图书在版编目（CIP）数据

背叛 /（日）渡边淳一著；时卫国译著 . — 青岛：青岛出版社，2017.7
ISBN 978-7-5552-5713-4

Ⅰ . ①背… Ⅱ . ①渡… ②时… Ⅲ . ①长篇小说－日本－现代
Ⅳ . ① I313.45

中国版本图书馆 CIP 数据核字（2017）第 149561 号

山东省版权局著作权合同登记号 图字：15-2015-49 号

书　　名	背叛
著　　者	（日）渡边淳一
译　　者	时卫国
出版发行	青岛出版社
社　　址	青岛市海尔路 182 号（266061）
本社网址	http://www.qdpub.com
邮购电话	13335059110 　（0532）68068026
策划编辑	杨成舜
责任编辑	刘　迅　E-mail：siberia99@163.com（日本方向选题投稿信箱）
封面设计	乔　峰
封面插图	裴梓彤
照　　排	青岛双星华信印刷有限公司
印　　刷	青岛双星华信印刷有限公司
出版日期	2017 年 7 月第 1 版　2018 年 5 月第 2 次印刷
开　　本	大 32 开（880mm×1230mm）
印　　张	11.125
字　　数	200 千
印　　数	8001-13000
书　　号	ISBN 978-7-5552-5713-4
定　　价	39.00 元

编校印装质量、盗版监督服务电话　4006532017　0532-68068638
本书建议陈列类别：日本　当代　畅销　小说

渡边淳一
作品

背　叛

时卫国 译

青岛出版社
QINGDAO PUBLISHING HOUSE

目录

上　卷

因果

　　风野在睡梦中仿佛听到了汽笛的鸣叫声，惊醒了过来，他回忆梦境，内容很模糊。由远而近的汽笛声不断传来。风野注视着用窗帘遮挡着的阳台，确认已是第二天的清晨，接着瞥了一眼枕边的台钟。

　　五点过十分。

　　在熄灭的台灯旁边，衿子脸朝下酣睡着。

　　风野看了看衿子扁平的肩头，开始凝神倾听不间断的汽笛声。根据高低起伏的声音判断，好像不是警车报警，而是消防车在鸣叫。

　　是哪里失火了呢？既像在阳台的正前方向，又像是再往右边的方向。

　　这失火也着实早了点，现在才早晨五点钟。是早晨做饭用火失误，还是昨晚没控制好火源呢？抑或是哪儿漏电引发了火灾？风野想着想着又联想到了自己的家。

　　他是昨天下午一点钟离开家的。先到了新宿，去正受委托编纂社史的保险公司资料室，同其他编辑一起工作并共进晚餐、喝酒，最后才到衿子家，到达时已经十一点多了。

　　风野在资料室待到傍晚这段时间，家中尚且能够与之联系，之后就找不到人了。

　　风野从没对妻子说起衿子所住的地方，但妻子知道自己正和一个叫矢嶋袷子的女人交往。妻子没问过袷子的住所，也没问电话号码，其实她就是问，风野也不打算告诉她。

对于妻子当下不知自己的下落，风野一方面不为此忧心，一方面略感愧疚和不安。

像风野这样写东西经验尚浅的人，不知何时何地就会有稿约。这样的时候他人联系不上自己，也许会失去难得的工作机会。

风野原先想把袷子公寓的电话号码只告诉关系密切的编辑，又觉得这样做有点过于任性，就作罢了。

总体来讲，像现在这样玩失踪，要是单位或家里出了什么大事儿，谁也无法联系到他。

尽管觉得不会出什么大事儿，但每当在袷子家里过夜，他总会感到一丝歉疚和不安。

鸣叫着的警笛声似乎与他毫无瓜葛，但他心里却担忧家里出什么事儿。

最近，风野经常清晨很早就醒来。

即使前一天夜里工作到两三点钟，仍然会很早突然醒来。

虽说是醒了过来，但并不急于马上起床。而是躺在床上想半天不得要领的事情，有时又不知不觉地再次入睡。

第二次醒来的时候，往往就接近中午了。

对关系密切的编辑说起这事儿，对方会笑着说："不就是年龄的缘故吗？"

"我才四十二岁。"

"可能过了四十就这样吧。"

"清晨起得早，那不是身体好的证据吗？"

"可不是啊。据我那做医师的朋友说，起得早是没有长时间深度睡眠的缘故，或者说没有沉睡的持久力。"

“睡觉也需要持久力吗？”

“据说体弱的人睡不踏实，隔一会儿醒一次。而年轻人一旦睡着，就是电闪雷鸣照睡不误，炎炎太阳照到脸上也不会醒。”

风野每当听到这话，总感到有点落寞。

瞧瞧当下酣睡的衿子，连眉毛都一动不动。

然而她一醒过来，就会诉说各种不适，一会儿低血压，一会儿又贫血。现在她这么能睡，也许是年轻的缘故。

风野有时看到这副睡容会很羡慕，现在却没有这种情绪。

与其说没情绪，莫如说他在倾心关注失火的事。似乎有好几辆消防车呼啸而至，警笛声低沉而悠长地响个不停。

风野又在床上倾听了一会儿，瞥见衿子还在睡觉，就从床上爬了起来。

因为房间里挂着窗帘，室内还像夜里一样光线暗淡。风野小心翼翼地避开衿子的被窝，蹑手蹑脚地去了趟洗手间。回来之后，掀开窗帘的一角向外看。

阳台的玻璃已被夜露打湿了，穿过栽植圣保罗堇和天竺葵的两个花盆看，东方的天空已经发白了，但路灯还亮着。

果然如想象的那样，警笛声从阳台右手边传来，应是家的方向，但看不见烟火，距离应该很远。

风野走到阳台上，注视着警笛鸣叫的方向，身后突然传来衿子的声音。

“怎么啦……”

风野回头一看，在昏暗的光线下，衿子仍躺在床上，白皙的脸庞正对着阳台这边。

“是火灾吗？”

“应该是，好像很远。”

风野离开阳台，走到客厅，拿了香烟和烟灰缸，又回到卧室，钻进被窝。

"几点啦？"

"五点稍多一点儿……"

风野侧卧着把脸靠在床边，点燃了香烟。远处的火灾好像没有扑灭，警笛声仍然响个不停。由于阵风的缘故，有时听着像在跟前。当他快要吸完香烟时，衿子开口问道：

"您担心吧？"

"担心什么……"

"您家里出事儿……可以回去看看嘛。"

风野不得已露出苦笑的表情。衿子继续说道：

"打个电话吧！"

"没事的。火灾好像离这儿很近。"

风野想到刚才自己站在阳台上，注视着警笛声响的方向，被她从身后看到了，心里就略有不快。假如她能从背影中窥见男人想家的心思，那可了不得。

风野仿佛要抛掉想家情绪一般地掐灭香烟，把手伸向了衿子的肩头。

六个榻榻米大小的和式房间里，只能放两套被褥，这正符合风野不喜欢睡床的雅兴。风野一个鲤鱼打挺，滑进衿子的被窝。

"喂……"

衿子的被窝里有着女人特有的暖融融。风野体验了一阵儿后，欲把衿子搂到怀里，衿子却慢慢地背过身去。

"讨厌……"

衿子总在风野想要她时，随口说"讨厌"。这与其说是拒绝，莫如说是源于羞耻心的反射性应答。风野对此已见怪不怪，他想用两只胳膊把其身子扳过来，但衿子像大虾一样弯着身躯，用力缩成一团。

"你怎么啦？"

衿子默不作声。风野挺起身子探头一瞧，衿子面部一脸淡然，眼睛睁得圆圆的。

"可以吧。"

风野又想从肩头处搂住她，但衿子仍缩成一团，一动不动。如果在这样的时候强行介入，也可能会被允许，但会让人心里觉得不快。即使男人能达到性高潮，女人会淡漠，甚至会感到乏味。

风野通过多年的性生活经验深谙这种道理。

尽管如此，他以前也曾经强行地要求过，而现在则能控制得住。与其说是能够善解人意了，莫如说是因为年纪渐大，人也变得宽容了。

风野为了分散精力，抑制燃烧的性欲，再次点燃香烟，只是把腿搭在衿子的小腿上。远处的火灾可能是快被扑灭了，警笛声也不再那么刺耳了。

衿子突然从被窝里滑下床，将睡袍的对襟合上，从房间里出去了。

"要是报纸送来了，就给我拿来！"风野喊道。

衿子没答话。风野耐心等候着。衿子把报纸拿进门，放到风野枕侧，又出去了。风野打开台灯，侧着身子开始读报。

头版头条是医疗机构拖税的事。这种情况每年都有，应彻底调查一下内幕。题目则是某月刊杂志以前用过的。

他想做爱，现状又不允许强行去做，无奈只得放弃。今天或明天就假装没事儿给她打个电话吧！风野脑袋里思考这件事，眼睛只扫看政治版、经济版的标题，最后将目光移向社会版。

阅读完报纸，风野闭目养了养神。可能火已被扑灭了，警笛声完全消失了。

客厅里十分安静，衿子仍没回来。

"喂！"

风野手拿报纸，朝客厅喊了一声。卧室和客厅之间只立有隔扇，喊一声马上就能听到。

"喂……"

风野又喊了一次，依然没有应答。衿子可能是去洗手间了，或者是在厨房里，那样待的时间就长了。

风野从被窝里爬出来，打开隔扇一看，衿子却端坐在客厅的桌子前吸着香烟。

五年前与衿子相识时，她基本上不吸烟，偶尔半开玩笑地吸吸，也吸不好，马上会被呛得咳嗽。然而近两三年，却渐渐地吸起来了。经常是饭后或喝酒时吸，心里焦躁时也吸。现在一定是后者。

"不睡了吗？"

风野又问了一遍，衿子仍不作答。他冲着她的背影注视了一会儿，接着溜下床来，在睡衣外面裹上睡袍，坐到了衿子旁边。

"怎么啦？突然不高兴啦……"

"没什么。"

衿子不客气地说完，喝了一口自己刚沏的咖啡。

"那边失火了，我只是看了看家的那个方向。"

"可不是。"衿子侧过脸说。

"你人在这边，心里却挂记着家里的事。不为这儿担心，只是担心家里。"

"我什么也没说嘛。"

"可我能感知到，心绪就表现在你的背影上。你要想回去，可以马上回嘛。"

"我没说回去嘛。"

"用不着勉强待在这儿啊。"

衿子露出带有微笑的不满表情。这是她与人争吵或情绪激动时易出现的表情。

"简直是荒唐。虽说是我家的方向有警笛响，并不能证明是我家着火嘛。"

"是啊，你的家周围宽敞，树木又多，不会着火吧。"

"你什么意思……"

"没什么意思。"

风野的家在小田急线的生田①。六年前，他用当年的退休金和妈妈给的钱，加上部分贷款，购买了这栋三十五坪的带土地的新建住宅。

到目前为止，住宅周围已陆续建了很多房子，尽管如此，从整个都内来看，这住宅仍不过时。

住房贷款还没还完，但周围的土地价格在上涨，如果现在卖掉房子，会大赚一笔。

当然，衿子并没到过风野家。至于房子周围有空地、树木也很多，只是她的凭空想象。

衿子所住的地方居于小田急线的下北泽②，和风野家所在的生田相比，是相当繁华的市中心。然而，住所只是一个单居室、带厨房的公寓。尽管生活很方便，到车站步行才五分钟，但周围建筑密集，阳光经常被遮挡住。

把两者的家一比较，肯定是风野在生田的家住着舒畅，但他有

①地名，位于神奈川县东北部。
②站名，位于东京都世田谷区。

两个分别上中学、上小学的女儿，也不能说住得多么宽敞。

"别瞎说啦！"

风野不想再与之争论。好像远处的火已彻底熄灭了，事已至此，他也不急于回家了。

即使现在往回走，到家也要超过六点。这个时候，孩子们已经起床了，自己早晨才回家的事会暴露无遗。

"继续睡觉好吗？"

风野比先前更加温柔地对衿子说，衿子却摇了摇头。

"睡什么觉！"

"还拘泥于小节吗？"

"哪是小节啊！这对我来说，至关重要。那边出了什么事儿，你马上就往回跑，不管我是什么状况。对你来说，还是那边重要，我无所谓。"

"不是那回事儿。假如我在那边的家中，这个方向发生火灾，我立马就会赶过来。"

"别说好听的啦！上次问你发生大地震时应该怎么办，你说，'家的周围空地多，没事儿嘛'。当时就暴露出你的心思归属啦。"

风野记得确实这样说过，那是无意间被问到，顺口一说而已。想不到衿子对此耿耿于怀。

"那是说当时正在家里，发生地震的话……"

"是啊，对你来说，那边始终是你的家，这儿只是个过夜的旅馆。"

"不是那回事儿。我不是把资料和要换的西装、内衣都放在这儿嘛。"

"只是图方便才放在这儿的。与人会面以及写信等重要的事不都是在那边吗？"

"那没办法嘛。总不能把朋友或编辑领到这儿来吧。"

"是啊，这儿始终是隐居之所嘛。"

衿子一对决起来，就没完没了。目光发亮，眼角向上吊，眼眶里却热泪盈盈，全身颤抖，缩成一团。其苗条的身子变得异常敏感。

此刻她已经出现这种征兆。风野明白：在这样的时候，要么不表明态度，保持沉默，要么强行地抱住她，安慰她。

总之，争吵是最不好的。每当这个时候，衿子也是最不讲道理的。

本来在说现在的事儿，她马上联想到过去。这中间似乎没有多少道理可言，只是风野过去话语的闪失被她铭记在心，借此机会予以攻击。这犹如洪水积蓄过量，一有薄弱之处就会溢出或决堤。

这种争吵对风野来说，明显不利。无论什么场合，风野都比衿子清醒，正是因为清醒，他才尽量避其锋芒，而衿子又会得寸进尺。

风野非常了解这一点，故应战的方式也会随自己的身体状况而变化。

当精力充沛且时间富余时，就奋起应战，似乎要展开殊死的斗争。有时是没完没了地喊叫，有时是互相对骂，耗费半天时间，致使事情越闹越大。

当身体疲惫且时间紧迫，没有抵抗的精力时，他就让衿子单方面地唠叨，充耳不闻。但是，有时她也惹起他的火来，她会更加性急，火势也会更大。

这些争执，事后也很难分辨清楚孰是孰非。

当下，风野显然很焦躁。拂晓就被警笛声吵醒，担心家里有事儿，又受到衿子指责，不得不放弃回家的念头。既然决定这样待在被窝里，还是与衿子亲热一番为好。

既然到衿子的公寓来，当然是想和她幽会。他的内心深处早有一种欲望：今晚要和她睡觉！故出了车站，大步朝公寓走，脑海里满是淫荡的念头。

但是，昨晚酒喝得有点多，一直昏昏欲睡，洗完澡后，马上就睡着了。本来想要做爱，却输给了睡意。

现在，刚刚醒来不久，精力很充沛。

近来，风野爱在拂晓时分与衿子缠绵。无论是六点，还是七点，只要解小手回来，就想发生肌肤之亲。过去他是夜猫子型，包括性交在内的诸多事情都放在晚上做，现在却变成了早晨型。

而衿子可能有低血压的缘故，早晨没有性需求。就是风野引诱，她也是不情愿地摇头，把身子背过去，有时会闭着眼睛哀求："别这样……"也可能衿子受工作拖累，与其做爱后，半天半静不下来，不如多睡会儿觉恢复一下体力。

风野也认为早晨要她，似乎有点欠妥。衿子所在的位于神田的教科书出版社，十点开始上班。比一般的出版社稍晚一点，但由于路远，九点稍多点儿就得出门。考虑到女性还要化妆和整理衣物，必须提前一个半小时起床。在这样匆忙的早晨再与她做爱，她一定认为是个负担。

作为风野来说，性欲在早晨最旺盛。可以说，两个人的性需求时间刚好相差半天。

然而，今天是星期六，衿子所在的出版社休息。

"喂！"

风野又把手搭在衿子的肩头上。

"别闹了，睡觉去吧！"

"你刚才喝过咖啡，还能睡得着？"

衿子突然站起身，拉开茶几抽屉，拿着一个小瓶走向洗碗池。

"喂，住手！"

风野从后面追上去，把装着安眠药的瓶子夺下来。

"干吗要喝这个！"

"因为睡不着嘛。"

"没必要喝嘛。"

风野想借此机会抱住衿子，衿子却奋力地挣脱。

"讨厌，放开！"

风野明白形势又恶化了。这种情况往往会发展成很大的争吵。然而现在不管她如何反抗，必须强行把她拽回被窝。既然已搭手抱住了她，就只有往下进行，做到半截再抽回手来，反而不像个男子汉。

无论如何也不能让她喝安眠药。如果衿子喝了安眠药，就会进入酩酊样的状态，没有做爱的那种真切感，反应也平淡。

他自己的情绪这样亢奋，如果让她喝了安眠药，身体松弛如泥，那可让人受不了。

"过来！"

风野抓着衿子肩头，想把她拽过去。衿子却叉开双腿，用力站稳，其睡袍的肩头已被拽歪了。

"讨厌！"

此时衿子的声音格外地尖锐，带有妙不可言的媚气。

"为什么不躺下睡呢？"

"用不着勉强地拥抱我嘛。"

"没勉强。"

"你赶紧回家吧！"

"傻瓜！"

"我就是傻瓜。你找傻瓜干吗！"

"别说了，过来！"

风野伸出胳膊，想要把衿子拽过来，不料被衿子咬了一口。

"你怎么咬人？"

风野有点发怒，衿子便躲到了沙发后边。

"你走！"

"别说啦！"

"甭管咋样，你走吧！"

衿子把脸扭向一旁，脸色有些苍白。

"真的让我回家吗？"

"你瞧，还是想回家吧？就等着你说这句话。"

"别开玩笑啦……"

"你才开玩笑呢！"

衿子用纤细的手往上拢了拢乱糟糟的头发。

风野拿不定主意：究竟是应该回家，还是应该留下呢？

与其现在回家看妻子不高兴的脸色，还不如留下好。再说自己还有尚未发泄的欲望。

然而，去宽解闹得这么厉害的衿子，也不是件容易的事儿。即使留下来，也未必马上能和她做爱，歇斯底里的衿子一定会抵抗得更厉害。

也许抵抗过后的衿子，会激情四射地充满魅力。当憎恨、嫉妒转化为力量且全部用于做爱，就会异常兴奋。她纤弱的身体会像弹簧一样地游刃有余。风野一边看着衿子充满憎恶的脸色，一边想象着衿子旧日里淫荡的姿态，不由得再次把手伸向衿子。

"真恶心！别碰我！"

"我干什么啦！"

"干什么都讨厌！回去！赶紧回你的家去！"

衿子已经不讲理了。开始随口找碴儿，再怎么责备也没用了。

"赶紧回家去，讨好太太去。"

"那我走啦。"

风野决定离开。既然她这么说，就不能不走。

风野站在大衣柜前，打开门扇，把昨晚衿子挂到衣架上的西装取出来，穿到身上。

衿子不说话，闷坐在沙发上，喘粗气。

风野穿好衣服，寻找从保险公司拿回来的资料袋。本想趁早晨时间看一看来着，现在看不成了。

找了找桌子上没有。是不是放到书架上了呢？他经过衿子面前，在书架上找，发现资料袋被几本书压着。他拿起资料袋，准备去开门，又发现忘了戴手表，再折返回来找。平时是放在桌子或茶几上的，但今天没有。走进卧室找了找，发现在枕头下面藏着。他把表戴在手腕上，回到客厅，看到衿子正打开大衣橱的抽屉，把风野的贴身衣服冲着他扔过来。

"喂，全部拿走！"

白色的跑鞋和短内裤刚好砸到了走向门口的风野的后背上。

风野回头一看，衿子的头发蓬乱着垂在前面，眼睛直直的。是一副与高兴时的神色相比，怎么也想象不出来的表情。

女人的表情怎么就变化这么大呢？风野觉得不可思议。他刚穿好一只鞋子，便听到"啪"的一声，夹克又飞到了脚下。

这件夹克是风野一个月前过生日时，衿子买给他的，英国制品，花了五万三千日元。是春末夏初穿的那种较薄的料子做的，只穿过一次，一直在衿子的大衣橱里放着。

"行了吧！"

风野刚要捡起夹克，衬衫和裤子又飞到背上来了。

"拿走，全都拿走！"

"过后来取好吧？"

"现在不拿走，全部从窗户里给你扔下去！"

风野觉得她不会这样做，但今天她特别激动，说不定会干出什么事来。没办法，风野只得蹲在地上，一样一样地捡起飞来的东西。衿子又开始在他背后大叫：

"要走，就走得痛快点儿！"

"你这是什么意思！"

"你的东西要全部拿走！并写保证书，以后再不来啦！"

"保证书随时可以写。"

"把这个、这个都拿走！"

衿子又从书架上向外扔风野的书和笔记本。

"别闹啦……"

风野对此难以忍受：就算是拂晓时记挂家里的事儿，她也用不着这么胡闹，太过分了！风野只拣起记着最近采访事项的笔记本，站了起来。

"我不再来了，行了吧。"

"果然想这样溜掉啊。你最大限度地利用了我，现在不合适了，就要溜掉！"

"谈不上利用。"

"就是利用。你束缚了我五年半，什么也不让干！"

"不能只怨我吧？"

"你说怨谁？难道你没有责任吗？"

"你随便说吧。我走啦。"

风野的手刚碰到门把手，衿子突然用手指头戳他的背。

"真就这么走啊？"

"你不是让我走吗？"

"好啊，你走吧，我死给你看。"

风野满不在乎地打开门，沿着走廊快步走到电梯前，按了下楼电钮。他在等着电梯爬升的时候，回头看了看衿子的公寓门。

以前曾这样闹过几次分手，衿子总是快步追出来，怒容满面，语言犀利地严加指责风野的不是，缠住他反问："居然真走啊！"并大吼："回来！"

风野喜欢这样的衿子。尽管嘴上谩骂和仇视，心里却放不下，还是恋恋不舍地追过来。这就是矛盾着的衿子。

风野此刻仍是站在电梯前，等着衿子追上来。

怎么还没来呢？也许是头发哭乱了，抑或衣衫不整，怕人看到。其实这样的事情不必介意。再说时间还不到六点，走廊上不会有人。

要是衿子跑过来，就尽情地拥吻她。她可能会像往常那样说讨厌，可以不予理睬，只用胳膊紧紧地搂住她。

这样做，她就不会再说什么了，而是精疲力竭地把脸埋在自己的胳膊中，变得像小猫一样老实。

怎么还不来？风野耐心等待，衿子始终没有出现。

升上来的电梯的门开了，眼看又要闭上，风野赶紧按开门钮，门又大开了。

反复了三次之后，风野气馁地上了电梯。

"这家伙真傻……"

风野一边嘟囔，一边瞅着电梯间的楼层显示。

一楼到了，风野走出电梯，再次回望电梯的楼层显示。要是衿子追上来，电梯会再次升到三楼。

但电梯停在一楼，没有动的迹象。等了几分钟，仍无衿子的动静，风野便步行到了外面。

外面天已大亮，晨曦把几幢大楼的墙壁映得发红。公寓入口的门旁放着送早报少年骑来的自行车。

风野再次回头看了一下，确认衿子没有追来，便沿着去车站的路迈开了步子。

从衿子的公寓到车站，步行需要五六分钟。一直是下坡路。可以从超市旁边绕一下，穿越商店街到车站。他和衿子常走这条路。有时突然改变主意，也走别的路。今天他习以为常走老路。

从坡路上走下来时，他停顿了一下脚步，绕过超市时，又回头看了一遍行人中有无衿子。

时间尚在凌晨，路灯还亮着，路上只有送早报的少年、配送牛奶的人员以及晨练的人们匆匆而过。

依然没有衿子的身影。

两人吵架后没和好就拂袖而去，还等着人家追出来，也有点人想当然了，风野自从离开衿子的公寓，就期待着衿子追上来。嘴上虽然很硬气，心里却没当回事儿，臆想她会很快追来，两人马上就能和好。

可以说，正因为风野有这种臆想和期待，才劲头十足地痛骂了一番后走出来。

然而，这种判断好像过于自信和乐观了。等这么久也等不来，衿子一定还待在公寓里生气。

风野一边回头看，一边走路，不知不觉到了电车站。站前人很少，有个年轻的女性直接走进了站台前的房子里，应该是这里的工作人员。还有一个年长的男性拿着高尔夫球具挎包，站在那里。虽说时光已到了五月，但还有点凉飕飕的，不少行人穿着外套。

风野把西服上衣的扣子合上，又回头看了看路上的行人，仍然没有衿子的身影。

"随她的便吧！"

风野嘟囔着买了张车票，又不想马上乘电车离开。就一直在车站前面站着。

要是不发生吵闹的事儿，这时段正和衿子做爱呢。想到这里，风野更加气愤。

"这家伙真傻!"

风野又嘟囔了一遍,有点气馁地走进站台,乘上电车。

虽然这时回家心里感觉不踏实,但既然与衿子闹僵了,也只有回家去。风野交叉着双臂,坐在电车空着的一角,微闭着眼睛。

居于生田的家,从下车站出发,步行需要十分钟左右,不算远。刚搬到这儿来时,大片的卷心菜田一角,盖有这五六栋刚出售的新建住宅。近几年楼房骤增,卷心菜田不见了踪影。

尽管如此,自家的门前原来是地主的宅邸,树木茂盛,野鸟常来聚集。此刻它们也是沐浴着晨曦,叽叽喳喳欢快地鸣叫。周围的邻居好像还没有醒来。

风野站在家门前,环视了一下四周后,打开紧闭的小铁门。

他家占地面积有三十五坪稍多,并不是多么大,但正门左边有大致二坪多的空地,可用做停车场,后面还有用竹篱笆夹出的不小的院子。家里没汽车,停车场里停放着妻子和孩子骑的两辆自行车,旁边摆放着两个孩子栽种的盆花,郁金香盛开着粉红色和深黄色的花。

风野凌晨回家,开铁门和楼门的声音自然会很小,尽量不弄出声。他小心翼翼地抽出夹在门缝里的报纸,轻手轻脚地上楼梯。二楼楼梯口即是卧室,接着是孩子的房间,再往里是风野六个榻榻米大小的书房。

风野经过卧室和孩子的房间,直接进了书房。虽然才六点半,估计孩子们快起床了。

看起来,自己的行踪没有被发现,风野松了一口气,但心里仍有疑虑:是妻子真的没有发现,还是已经发现了,只是没出来挑明而已?

至少孩子们是不知道的。他们起床后，看到风野在，一定认为父亲昨晚回来得晚。因为父亲工作繁忙，晚回来是再正常不过的事。

　　风野躺在沙发上，翻开了报纸。报纸与在衿子那里订的不是同一种，但内容相似。他瞥了一眼大小标题，就开始吸起烟来。

　　他睡眠不足，还想再睡一会儿，但并不愿意去妻子的身边睡。

　　想与衿子做爱的欲念在乘电车前已消失得无影无踪，当下也不愿意让妻子取而代之。

　　风野从半间的壁橱里取出毛巾被，盖到了身上。

　　以往工作到深夜或感觉累了时，常常躺在沙发上，只盖着毛巾被睡觉。此刻表现的场景，与往日没有多少差别。

　　因为还拉着窗帘，房间里显得很暗。他闭着眼睛昏昏欲睡。不一会儿，隔壁开始有了动静。

　　先传出了开门声，接着是上下楼梯的脚步声。

　　孩子们好像都起床了。

　　风野一直闭着眼睛，听着孩子们发出的声音，她们匆忙上下楼梯的声音很响。

　　妻子好像已经起床了，她大概知道风野回来了，并知道他待在书房里，但是没到书房来。

　　是生气了，还是故意不理睬呢？

　　妻子不是那种故意大吵大闹的女人。因而两人结婚十五年，没有过留下记忆的争吵。这么说来，不了解内情的人会认为"关系挺好"或"太太是个很温柔的人"，但事情绝非那么简单。风野在外面过夜，妻子也不说什么，抱无所谓的态度。根据不同的观点，可以说是毫不重视他。

　　风野有时会想：与其长期冷战，不如歇斯底里，大吵大嚷一顿为好。那样的话，自己有办法对付。如今冷冰冰地不理不睬，反倒不知该怎么办。假如是妻子看穿了自己的内心而泰然自若，那说明对方的确技高一筹。

风野翻了个身，把毛巾被拉到脸颊处。因为沙发太小，不得不蜷着腿。此刻躺着的感觉并不舒服，可能是因为心神不定的缘故。

回到家来没和妻子照面，没去探望一下孩子，衿子的事也令人挂念。

她后来怎么样了呢……曾想打个电话问问，但顾及自己主动打，好像是自己认输了。她的任性应该得到遏制，应该稍微缓一缓再行动。

书房的电话可以和楼下的电话切换，想打现在就能打，但还是暂且按兵不动为好。

先睡一会儿吧。今天还要在十二点以前到新宿的保险公司。

恰在此时，楼梯上传来脚步声，书房的门接着被扣响了。

"啊……"风野应声道。

门被推开，上中学三年级的大女儿出现了。

"爸爸回来啦！什么时候回来的？"

女儿身上穿着女兵服式的学生服，右手拿着一个小盒。

"昨天晚上很晚啊……"风野含糊地回答。

女儿笑着说："这个送给你！"接着把系着蓝色饰带的小盒递给他。

"知道昨天是什么日子吗？"

风野想不起是什么日子，顺手打开小盒，看到盒里盛着一个茶碗。

"不成啊，爸爸怎么不记得这日子？"

女儿轻轻地咂咂嘴，说道：

"是爸爸和妈妈的结婚纪念日。一次买了两个，你和妈妈各一个。

昨天就想送给你，但你回来太晚了。"

风野一边点头称是，一边拿起茶碗端详。

"怎么样，中意吗？"

"很好。谢谢！"

"好！"

女儿把手按在胸口，很欢喜。接着说：

"还有，妈妈问你吃早饭吗？"

"啊！那就吃吧！"

虽然现在不是多么饿，趁孩子们在场，到楼下和妻子打个照面正是机会。

"马上去。"

女儿离开不一会儿，风野下到一楼，见两个女儿正坐在桌旁吃面包，妻子在往盘子里盛色拉。

"爸爸，早上好！"小女儿喊道。

风野点点头，坐在一旁空着的椅子上。妻子没言语，默默地把色拉和烤面包片放到他的面前。

"今天天气真好啊。"

为了掩饰尴尬，风野主动同妻女搭话。性格开朗的小女儿随声附和道：

"爸爸说这个星期天要带我们去什么地方来着？阿弓的爸爸每周都带她出去玩。"

"啊。"

"别说'啊'，要说'是'。"

"想去哪儿？"

"去游乐园吧，坐小艇挺好。我想自己划一次呢。行吗？"

"哎……"

"姐姐和妈妈也一起去。""妈妈,下个星期天,爸爸说要带我们去坐小艇呢。"小女儿高兴地说。

妻子没接话,只叮嘱女儿道:

"哎呀,快点做准备吧!绘里要来迎你啦。"

"爸爸啊,说好啦!拉钩上吊,一百年不许变!"

小女儿接着说了声"吃饱了",就跑上二楼去了。

风野的眼睛注视着正在沏红茶的妻子的背影,心里在思忖刚才与衿子闹分手的事儿。

衿子后来是休息了,还是去别的地方了呢?要说时间那么早,也没什么地方可去。只可能是在激烈争吵之后,依然闭着窗帘,把自己闷在房间里。

摆在风野眼前的,是妻子结实的腰板儿和大女儿圆圆的脸庞。过了没多久,小女儿凌乱的脚步声再次响起,她拿着书包走了下来。

"妈妈,装球鞋的袋子呢?"

"你不是说下周才要吗?"

"不,今天就要。"

"怎么不早说呢?"

妻子一边埋怨,一边找出一个替换的袋子来。这时,门铃响了。

"你瞧,绘里来了吧?你身子后边露出衬衣来了,赶紧弄整齐!"

"好的,那我走啦。"

小女儿按着对讲机在讲话,大女儿说了声"吃饱了",接着上楼去了。

"阿明,别忘记东西啊!我昨晚说过要早做准备嘛。"

妻子好像要把丈夫晨归带来的不愉快都发泄到孩子身上。

然而,自己家里具有那种以孩子为中心的快乐和热闹。尽管妻子抱怨里外忙,说受够了,但家庭氛围中没有衿子那儿所飘荡的那种冷冰冰的孤独感。

两边哪儿好呢？可能会因人的嗜好不同而有两种答案吧！也可能人们会同情衿子吧。在胡思乱想的过程中，把孩子们送走的妻子回来了。

妻子朝风野瞥了一眼，仍没说话，拿起装着垃圾的袋子放到了侧门外面。

妻子又走出去了，风野松了口气，啜饮着不多的红茶，并若无其事地看着迎面挂着的日历。

今天是五月二十八日，星期六。再过五天，五月就结束了。

时间过得太快了……风野一边这样想，一边看着日历。忽然，他发现表示日期的数字上标着很多红记号。

仔细一看，2、7、11、15、19、22用红圆圈圈着，4、8、10等七个地方打着红叉。

这是怎么一回事儿呢？红圆圈是孩子带盒饭去上学的日子呢，还是另有什么活动的日子？孩子所在的学校每天都提供伙食。要是其他活动，一般应填写内容。挂历是一月一换，表示日期的数字周围尚有很多闲空，完全写得下内容。他不懂打叉的日子有何意义。

是妻子准备外出的日子吗？妻子是个不爱外出参加社会活动的女人。

假如都不是，那是什么呢？风野又观察到二十六日之后的这五天没打任何标记。

今天是二十六日，离今天最近的二十四日打着叉，再之前的二十二日画着红圆圈。

照此看来，这些标记并不是什么计划，而是事后做的记录。

前天，也就是二十四日有过什么呢……

风野一边啜饮着凉了的红茶，一边挖空心思地回忆自己的过往。

前天，自己像往常一样，中午去保险公司，傍晚被关系密切的编辑叫去打麻将。打完麻将已是下半夜，到家快两点了。二十二日，中午自己因《东亚周刊》的工作，去自民党议员的事务所进行采访，尔后顺路去东亚杂志社，最后去新宿和衿子幽会。两人吃了饭，看了电影，晚上在衿子的公寓住下了。

而前面画着红圆圈的十九日那天……风野回忆到这里，恍然大悟地喊叫起来。

"啊！明白了……"

22、19 和 15 这三天，是在衿子那里住下的日子。而打叉的那天是……

风野走进书房，拿来自己的笔记本。而笔记本上只是记载着简单的活动计划，比如"下午两点在 k 社碰头"或"三点，风月堂、上村氏"。在衿子公寓住下的日子，只记个开头字母 E。

由此可以推断，从 24 倒着数，画着红圆圈的日子，比如 11、7、2，都是风野在外面过夜的日子，而打着叉的日子，比如 10、8、4，则是超过夜里十二点才回家的日子。

想不到，妻子竟饶有心计地在挂历上做下这样的标记。风野突然觉得妻子的行为很荒唐，再想象一下妻子按时往日历上画圈或打叉的身影，又感到很可怕。

风野像看什么可怕的东西一般，审视着挂历。

假如圆圈是在外面过夜，打叉是深夜才回家，那昨天应做什么标记呢？

自己回来已是今晨六点，大概妻子会画在外面过夜的红圆圈吧。

做什么记号不要紧，妻子究竟为何要记录这些事呢？假如是为了让风野知道，那妻子不说，就不容易搞明白。假如是为了搞恶作剧，那也有点太过用心了。也可能是为了表达丈夫在外过夜的愤怒之情吧。妻子平时话少，也许通过这种方法可以使自己的情绪得到发泄。

不知为什么，风野总觉得自己被妻子严密监视着，且一举一动都会被其掌握，被其记录。实际上，这个做出标记的挂历，每月会被撕掉一张扔到纸篓里，绝对不会留下来。或许妻子会把标有圆圈和叉号的日子抄到她的笔记本里吧。

"想干什么……"

风野以带有唾弃的口吻自言自语。愤愤的情绪渐渐平静下来。他自己一直我行我素，也难怪妻子产生怨恨。

话虽如此，没发现妻子做记号之前，自己是多么白在啊。

挂历上的日期有着自己在外过夜玩女人的标记，妻子是以怎样的心情看待丈夫和孩子在挂历前谈笑呢？

假如妻子装模作样地听着"因为工作忙，晚回家或不回家"这种辩解，那她人就相当坏。

看你怎么去想，也许这比对方发怒或歇斯底里喊叫要让人郁闷得多。近两年，他在外面过夜的日子较多，她只是露出不快的神情，没有借机把事情闹大或大发雷霆，也许这样反倒使她自己郁闷。

仔细看一下挂历，一个月接近一半的时间都打着标记。引起风野特别注意的是，在外过夜之日的前一天多是假日或节日。都是衿子次日休息的时候。

当然，妻子也一定会注意到这种情况。

风野叹了一口气。常言道:女人"没有安身之处"。男人也一样。风野正这样哀叹着，侧门开了，妻子回来了。

风野好像换班似的抬起屁股，离开饭桌。饭早就吃完了，已没有待在饭桌前的理由。

但现在立马站起来，等于告诉妻子自己刚才在做其他事来着。

他回来还没和妻子搭话。只要说一句话，就能得知妻子的情绪和心思。当然，丈夫次日凌晨才回家，她不会高兴，但能探得出她是稍有不快，还是很生气。

风野先干咳了一声，接着开口问开始收拾桌子的妻子：

"没有电话找我吗？"

"没有。"

"昨晚他们让我陪着打麻将来着，真是吃不消。"

妻子不回应，只是用抹布擦着桌子，擦得"吱吱"作响。风野一边看着她柔韧的手指往复运动，一边站起来。

"休息一会儿，十一点再出去。"

妻子仍未搭话。风野沿着楼梯上到二楼书房，突然觉得身上好累。如果说上楼来逃离了与妻子交锋的险地，那有点夸张。但确实给他带来了身处安全地带的平静。

这样就能静下心来睡觉啦。风野再次躺在沙发上，盖上毛巾被。

妻子好像一直在生气。风野说打麻将，她好像对其待在衿子那里心知肚明。

其实早晨才回家也用不着怕什么，还是再光明正大点儿为好。风野这样开导自己，然后看了看腕表。

现在快八点了。十二点以前必须到达新宿的保险公司。十一点离家前往即可，还能睡三个小时。只要能睡一会儿，大脑就能更清醒一些。

风野把毛巾被拉到脸颊处，闭上了眼睛。

书房里的窗帘未打开，光线较暗。隔着窗子，仍能听到对面院子里野鸟唧唧啾啾的鸣叫声。

这是个比较安静的平和的早晨，风野的心神却依然不定。并没怎么剧烈运动，却能清楚地听到自己的心跳音。他感觉身上疲乏，却睡不着，只好闭目养神。刚才看到的挂历上的标记又浮现在眼前。

妻子是在什么时间段做的那些标记呢？他一直没留意，肯定是在自己不在家的白天或者晚上做的。

她做标记肯定非常小心谨慎，要是被别人问到这标记的是什么，妻子打算怎么回答呢？她的社会交际并不广，附近的主妇很少来家里。只有风野的妈妈和亲戚有时来访。要是被他们问起来，她该怎么办呢？总不能说标记的是丈夫不回家的日子吧？

妻子这事做得很不地道，风野想着想着生起气来。虽说自己不应该搞女人，但这样做又能解决什么问题呢？如果有意见，可以堂堂正正地讲嘛。那样的话，风野也有理由回答。她把自己在外过夜的日子记在挂历上，或者像今天这样不卑不亢地保持沉默，不就是向丈夫发出挑战吗？或者说是沉默之中潜藏着一种阴险的抵抗。

一生妻子的气，就会勾连起对衿子的思念来。

虽然衿子说三道四要性子，但与妻子相比，还是很可爱的。她喜怒哀乐均直率地表达，很清楚，不像妻子那样憋在心里，背后算计。尽管有时闹得厉害，只要情绪平稳下来，就像变了个人似的令人喜爱。

妻子的态度一直很冷淡，抱有那种不阴不阳、不愠不火、任凭事态自然发展的姿态。虽然不会大发脾气，但也不会激情燃烧。既没有憎恨，也不会产生爱怜。

总之，和妻子结婚后不久，两人的关系就变冷了。他们是经人介绍结婚的，他对妻子并不是由衷地喜欢。之所以下定决心结婚，还是与之前的女朋友有关。原先交往的那个女朋友跟别人跑到国外去了。他想尽快找个替补，填补自己感情的空白。起初觉得还行，但久而久之就不行了。是自己敷衍的态度给自己种下了苦果。

风野在胡思乱想之中慢慢睡着了。

他在睡梦中感到身上发热冒汗，醒来一看，从窗帘缝儿里射进的阳光照在自己的胸部。侧目再看桌子上的表，十一点过十分了。

风野把毛巾被推到一旁，在沙发上坐起来。

早晨跟妻子说过十一点要出门。她为何不叫醒他呢？走到楼下一看，妻子正在熨烫衣服。

"现在已经过十一点啦。"

风野本来想再发几句牢骚，因为凌晨回家难以服人，不能太逞威风。

妻子只是疑惑地转过脸来看着他，没说话。

"饭就不吃了。就这么出门吧。"

风野正要离开，突然想起衬衣有汗渍，裤子也有褶子。

"喂，还有别的西服吗？"

"不在那儿挂着嘛。"

妻子只是用眼睛示意了一下西服衣柜。这几年，妻子对风野穿什么已经不再关心了。他新做了西服或衬衣，她也不说什么。当然，这与风野不和妻子商量不无关系。

风野自己从衣柜里取出浅灰色的西服来，穿在身上，并穿上同类颜色的袜子。

此时已经十一点半了。紧赶慢赶，到公司也要过十二点。

说好十二点与之见面的，是一个以前在这家公司当营业部长的人，现在已经退休了，主要为编写公司史提供有关素材。当然，就是晚三十分钟，他也会等的。

姑且不谈早到晚到，妻子明明知道自己几点出门，却不叫醒自己，令人感到极其不爽。

"跟重要人物见面却晚点了。"

风野故意放大声音让妻子听到，说完匆匆离开了家。

从风野家往车站去，快走用不了十分钟。风野到了车站，刚想进站台，瞥见侧面有公用电话，便停住了脚步。

他站在那里犹豫，给不给衿子打个电话。沉思了片刻，他把十块钱硬币投进了电话。

现在给她打电话，等于自己认输了。不管怎样，只要确认她还安安稳稳待在公寓里就行。

风野拨了一遍电话，响了几次呼叫音，没人接听。他担心拨错了号码，又一下一个数码地慢慢拨了一遍，还是没人接听。

没办法，风野走进站台，乘上电车。

周六的中午时刻，驶往市中心的电车里显得空荡荡的。只有一对夫妇带着两个孩子散坐在前面的座位上。

风野注视着这一家人，脑子里又想起了衿子的事儿。

她去哪儿了呢？一般在争吵之后，衿子待在公寓里不外出。要么闭着窗帘在黑暗中沉思，要么喝了酒在床上躺着养神。这次也许她在自己离开后，喝了闷酒入眠或喝了安眠药昏睡。

风野一边注视着午时明亮的车窗，一边猜测正在睡觉的衿子的情况。

电车运行半小时后到了新宿，风野从西口走出来。从那里可以直接去那家公司，可又放心不下衿子，他再次拨打了公用电话。

这次仍然没人接听，只是间歇性地反馈着"嘟嘟"的呼叫音。

有时两人吵架之后，即使电话铃响个不停，衿子也不接。好像知道是风野打来的，故置之不理。过两三个小时再打过去，她就会接听。像这次这么长时间不接的情形是少有的。

是不是喝了过量的安眠药呢？风野突然想起了衿子在自己离开前说过的话。

"我死给你看……"

以往吵架时，衿子会顺口说出这样的话，让人听了不免担忧。但她只是在情绪激动时说说而已，其实话不走心。今天早晨又这么说，风野只是当成耳旁风——她不过是歇斯底里发作！

可是，时间已经过去了六个小时，怎么还不接电话呢？就是喝上点儿安眠药助眠，也该起床了。即使尚未完全清醒，也能听到电话铃响。

她会不会真的寻死呢？风野突然有点沉不住气了。

假如衿子寻短见了，那可不得了。尽管自己是因吵架而被衿子驱离的，但还是对衿子恋恋不舍。有时觉得她是个难以对付的女人，却不愿意和她分手。像今天这样折腾，把她逼入死地，那就有点太可怜了。

再说，她要是真的死了，警方肯定会追究死因，必然会牵扯到自己。衿子是三年前搬到现住的公寓来的，风野跟公寓管理员和隔壁的那家人都认识。即使自己不在现场，也难以逃脱干系，这都是情理之中的事。

风野还是个初出茅庐的纪实文学作家，名气不大，但要是衿子因情而死，他的名声就会大震："一个新作家的情人，因三角恋纠葛愤而自杀"……如果被媒体这样大书特书，那可受不了。这是个对新人期望值高且约束严厉的时代，不少新秀就这样被扼杀。

风野一看腕表，已经十二点二十五分了。

假如衿子服了过量的安眠药，早点儿急救，就能救过来。假如拧开了煤气开关，那会酿成大祸。风野眼前浮现出两年前那个自尽的女性的脸庞。那个女性也是因为三角恋的纠葛，用煤气……风野曾受某周刊杂志委托专门采访这件事，见过那女人乌黑而浮肿的尸身。衿子五官端正的脸庞可不能那样！

还是过去看看为好……

风野离开衿子的公寓快七个小时了。假如她寻死的话，现在赶过去为时已晚。再说已经让采访对象等了半个小时了。

是直接去公司，还是先去看衿子？风野拿不定主意。他浑浑噩噩地被人群推搡着朝高楼街走去。

初夏的阳光很晃眼，刺得双目发疼。虽说是在五月底，气温却有二十七八摄氏度。走在街上的男性大多只穿衬衣，女性则打着太阳伞。

"衿子那边没事儿吧？"风野反问自己，接着又自答，"没事儿。"

"死给你看"可能是她顺口瞎说，可能现在情绪已经稳定了吧。衿子是个常把这种话挂嘴边的女人。

"万一……也许……"风野内心又涌动着一种不安。

衿子可是个发起火来什么都能干得出的女人。

自己已经和一个麻烦的女人完全搅到一起了。如果没有这样的事儿，早就静下心来好好工作了。他走到公司，十二点四十分。

走进资料室，那个姓野本的原营业部长早已在等候。风野首先致歉，接着发出邀请："咱们就近吃个便饭，边吃边谈吧！"

野本原先当营业部长时，是个令人望而生厌、脾气很坏的人。因为早已退休，态度也变得温和了。

他们去了同一座楼上最高层的中餐馆，面对面坐下来。午餐的费用自然是该公司作为采访费支付。

"好久没来公司了，来到一看，公司完全变样了。"

对方开始叙旧。风野是局外人，不了解公司外貌的变迁。只想了解野本入社时公司的状况。

"您是昭和十九年进公司的吗？"

"不，是十八年。当时日军扩张到新几内亚一带，劲头儿很足。后来山本五十六阵亡了，形势开始急转直下……"

野本开始说和工作没有关系的事。风野一边随声附和，一边想起衿子的事。

绝不会因为那么点儿事就自杀。也许女人激动过了头，说不定干出什么事来。

"那时的学生都提前毕业。我们进了公司，但可能是暂时的，大家心里都有准备，说不定什么时候就会被拉到战场上去。"

"对不起！请稍等，我忘了打一个电话。"

风野站起身来，用置放在收款机前面的红色公用电话，拨通了衿子公寓的电话。

呼叫音响了三次、四次，最后响到了十次，仍没人接听。他怕拨错了号码，又重拨了一次，结果还是一样。

难道真有什么事儿……

风野心里惴惴不安。假如她是寻死的话，那就得快点儿赶过去。要是再早一个小时就好啦……真要那样，可就后悔莫及了。当下自己心情这么焦躁，就是继续采访工作也没有成效。

风野挂断电话，回到野本老人面前，行了个礼。

"真是对不起，我有点儿急事儿，要去趟下北泽。今天就请您单独用餐，咱们再找别的机会聊吧！"

老人露出惊讶的表情，接着点了点头。

他来餐馆前，跟资料室的女性说过，他要和野本老人边就餐边叙事，就这么半路中断采访倒也无妨。这是自由职业的好处。

风野出中餐馆到新宿站，再次乘上小田急线电车。

他想：现在又沿着一个小时前过来的路线回返，早知道这样，还不如在来的路上顺便去看看呢。不过事已至此，后悔也没用了。

电车很快到达下北泽车站。车站边上自己早晨离开时关着门的商店现在都在营业，从弹子房里传来欢快的《军舰进行曲》[①]。他大步从前面走过，又穿过宽阔的大街，沿着坡路向上走，很快看到了衿子的公寓。

快到入口处时，他看见有个妇女牵着一个两三岁小孩的手走出公寓，可能是要去购物。风野先把妇女让过去，再故意走到入口左边，瞅了瞅三楼衿子房间的窗户。因为是从正下方往上看，看不全面，仅从窗口来看，与往常没有两样。

风野放了一半心，然后乘电梯上到三楼。午后阳光照耀着，室内很明亮，走廊上摆放着的白色栽培箱和盆花格外醒目。

从拐角上数第三个门是衿子的房间。风野在门前停下来，先环视了一下四周，确认没有人后，按响了门铃。

圆润的铃声在公寓里回响，但没人应声开门。他稍稍用力拧了拧把手，门锁得很牢，打不开。

风野手里有衿子公寓的钥匙，直接开锁也行，但一丝不安掠过他的脑际。

她要是死了……

接着他又排除了这种可能，并再次按响了门铃。

忽听到身后有人说话，他回头一看，是两个妇女站在走廊边上闲聊。他曾在电梯里和这两人遇见过。

风野觉得似乎被人盯梢了，便拿出钥匙，打开了门。

早晨他出门时，门内还散落着被丢弃的内衣和书，现在已经收拾干净了，放鞋子的石板上整齐地摆放着衿子的凉鞋和高跟鞋。房间里仍然闭着窗帘，暗淡且幽静。

风野轻轻关上房门，慢慢往里走。

[①]进行曲名，由作曲家濑户口藤吉编曲。

起居室中央的桌子上放着药瓶，旁边放着盛着一半水的玻璃酒杯。

"在吗……"

风野一边喊，一边打开连着日式房间的门扇看了看。里面和出门时没有两样，窗帘依然紧闭，墙边铺着的褥子上，衿子正以微微俯卧的姿势在睡觉。没有什么凌乱不堪的模样，她白皙的右手从被角上伸出来，抓着床单的边儿。

风野慢慢地靠近床边，轻轻地蹲在衿子的枕侧。

因为房间里很安静，能微微听到衿子有节奏的呼吸声。风野终于松了口气，然后开始呼唤衿子：

"喂……"

他轻轻地拍了拍衿子的肩头，衿子顺势翻了个身，露出了侧脸。

"衿子！"

"啊……"

衿子答应着，却依然闭着眼睛。风野看到她昏睡不醒，估计她喝的安眠药药量很大，但应该是量不致死。

"你要坚强些！"

风野觉得这样说话可以安抚其心灵，衿子却轻轻地摇了摇头。

一想到没什么大事儿，他突然憎恨起正在睡觉的衿子来。

你无故喝药，惊扰旁人。害得我心惊胆战的，自己却在舒舒服服地睡觉。

但他接着发现衿子沉睡的脸上有较重的泪痕。

借着窗帘边儿上漏进来的光线仔细看，衿子还有很深的双层黑眼圈儿。

也许她先哭了一段时间，再把自己扔乱的东西收拾好，尔后什么也不想做，便喝了药。

衿子不是那种为了转换心情而去外面找乐子消遣的女人。

两人争吵之后，她至少会在接下来的一天里闷闷不乐、彷徨烦恼。正是因为这样的性格，才会在积蓄了一段日子后，爆发那种歇斯底里。

话虽如此，一个人捡起自己乱扔的东西时的心情，该是怎样的呢？肯定是怀着对情人回妻子那里的怨恨，不得已把内衣和书捡起来的。风野再次看着衿子哭过后的睡容，不由得感到怜惜。

他抬手一看腕表，一点半整。窗帘边儿上透进来的阳光照到了酣睡的衿子的胸口。风野一边端详着被褥的条纹花样，一边思考工作。

就算赶紧回到新宿，也见不到野本老人了。如果去资料室，工作倒不少，但并非要现在急着做。还应当去东亚社露个面，但也不是非要今天。

原先的计划是，今天从衿子这里直接去新宿，和野本老人见面，然后再回家一趟，和家人一起吃顿晚饭，因为已好久没回家了，还想在家把拖了较长时间才写出的评论赶紧整理出来。

风野并不是特别想家，但至少周末应待在家里，与孩子们亲热一下。但从今早妻子的反应来看，就是回家待着，也不会有欢乐的气氛。

是他自己做了坏事儿还嫌不开心，确实有点太任性了。但想起那份记着自己在外过夜日期的挂历，他心里就感到郁闷。

正当彷徨之时，衿子翻了个身，抖掉了一半被子，把背冲向这边。在暗淡的光照下，衿子从肩到腰再到臀到脚，呈现出女性特有的柔美曲线。风野看着衿子绰约的风姿，不觉滋生了性的欲望。

在凌晨时分，自己就对衿子有性的欲求，后来为一些无聊的事儿吵架，欲望就慢慢淡去了。当下，自己的性欲被催生，应当尽一下床第之欢。风野慢慢地脱下外衣，只剩内裤，从旁边悄悄地钻进了衿子的被窝。

"喂……"

风野先低声喊了一下，衿子没反应，仍在酣睡中。

她什么时候能醒来呢？以前风野曾与喝了安眠药的衿子做爱，但她不像现在这样酣睡，而是闭着眼睛，介于半醒半睡之间。他把她搂在怀里，她摇头表示不应，但他不管不顾地继续进行，结果她反应淡漠。风野既觉得自己在瞎卖力气，又有一种妙不可言的兴奋——他强奸了一个正在睡觉的女人！

此刻好像又要重复这种情形。他除去她盖在身上的薄薄的被子，她敞口的睡袍袒露出白皙的酥胸。

衿子的身体纤细而柔美，乳峰也不太大，从整体上看，属身材矮小类型。

与之相比，自己的妻子算是比较健壮。以前也曾纤弱，最近几年来逐渐发福，肚子和腰身特别大。当然，妻子大衿子十多岁。大部分人到了中年就会变胖，不光是女人，男人也一样。某种程度上说，这是没办法的事，不应当责备她。

风野总觉得已婚中年女子厚墩墩的体态是与满足于现状的怠惰生活联系在一起的，他对此不太喜欢。是婚后心理的安定感造就出了笨重的身体：结了婚，就无所事事啦！当然，并不是所有已婚女子都会发福，也不是所有发福的人都会怠惰。个体差异性很大，不能一概而论。尽管了解这一点，但是一看到妻子那厚实的身材，他就精神郁闷。

回想一下，这种感受也许是老夫老妻之间的一种撒娇。相互之间既会对熟悉而笨拙的腰身具有安定感，又想追求年轻而娇美的身体。可以说是具有奢侈而任性的需求。

不管怎样，还是年轻的女性身材苗条，生气勃勃。也许正是男人的这种憧憬，致使他们以更加严厉的目光审视妻子。此时此刻，风野志得意满地把妻子所欠缺的纤细而柔美的腰身搂到怀里。

"不……"

衿子闭着眼睛表达自己的意愿。

"别睡了吧！"

风野轻轻地晃动着衿子的身体，"啪啪"地拍打她的脸颊。衿子只是左右地摇头。风野不管不顾地解开睡袍的扣子，用嘴吸吮其小小的红红的乳头。

"不行……"

仰卧在那里的衿子，口中发出了微弱的声音，双臂却一下子紧紧地抱住了风野。

风野一跃而上，压住了衿子的整个身体，风野对衿子的言行感到略有困惑，他用手轻轻抚摸衿子柔软的头发。

好像安眠药还在起作用，衿子尚未完全清醒过来。从她紧紧搂抱自己的这种执着中，可以窥见她歇斯底里发作之后，企盼自己归来的本心，风野对此感到满足。

以前也是这样，两个人的争吵往往不知因何事从何时开始，而总是以肌肤相交、相互确认自我而终结。

然而，几乎所有的过往，都是风野首先屈从并求她原谅，衿子开始不接受，加以拒绝，三番五次后才接受。从表面上看，都是风野理屈，获胜的总是衿子。

不过，衿子的抗争只是表象，似乎是得理不饶人，实际上态度模棱两可，不时地表现出许可的样子。而且随着争吵时间的延长，其愤怒、反抗的情绪会逐渐减弱。嘴上还在谩骂，心里却想尽快休战。

风野凭着以往的经验，知道该何时休战。当觉得该到此为止时，就低头求饶。这既是男人的大度，也是男人的优雅。

这样反复了几次，停止争吵越来越难。风野觉得该休战了，便主动讨好衿子，她却严厉地予以还击。和好的时机不能拖太久，否则会把事态搞得更为复杂。什么事情都能把握好时机也是很难的。

不管以往如何，当下的状态是在朝着争斗终结的局面发展。衿子依然在睡觉，神志还有点不清醒，身子疲沓而柔软，好像浑身没骨头。如果仅从门上着锁、不给风野打电话这些迹象看，衿子至此还没有让步。

如果衿子真的憎恨风野而想死的话，那应该喝更多的药。一个执意寻死的人，不会只依靠这种效力莫测的药来了却心愿，可以打开煤气中毒而亡，也可以从公寓楼上跳下去。

她之所以没有这样做，固然有对生的依恋，同时也有原谅风野的意思。更能说明问题的是，她虽神志不清，却在风野拥她入怀时，主动靠过来。当然，她知道待在旁边的是风野，而不是别人。

揣测一下，也许是衿子想要平息自己愤怒的心情才喝药的。也许是讨厌自己为琐事争吵、为稳定思绪才借助药物入睡的。她认为只有沉沉地长睡上一觉，怨愤才会消逝，心情才能平复。如果这时候男人回来拥抱自己，就任由对方摆布，女人的立场由此可以得到维护。她也确实不想再吵架了。

风野这样开导着自己，顺势进入了尚未清醒的衿子那柔软的体内。

喝过药的衿子有点经受不住，反应极其平淡，并不能充分地满足风野的色心。

可是现在已经进入了衿子体内，接下来就要走完全程。完了事，风野才能沉下心来，也能给衿子体内留下性爱的证据。

衿子依然闭着眼睛，她似乎微微地有了快感，一边摇晃脑袋，一边皱起眉头，且轻轻地张着嘴巴。

她嘴里继而发出了"啊……"的声音。起初放在床单上无所事事的手紧紧搂住了风野的肩膀。

衿子下意识的动作，让风野觉得很可爱。风野紧紧地抱住她，转瞬又陷入一种错觉之中，觉得自己正在强暴一个失去抵抗的女人！没过多久，就完事了。

他仰身躺了下来，不知不觉睡着了。后来觉得有点凉，睁眼看见室内依然关着窗帘，衿子仍在睡觉。

几点了呢？想看看表，但懒得爬起来，就一直在衿子身旁仰卧着。

完事时，衿子曾微微翘起上半身，大叫了一声。此刻又紧闭眼睛，进入新的梦乡。不过还时不时地皱一下眉头，也许是因为被爱的余韵还残留体内。

衿子微微冒汗的微红面庞和黑色的头发，与白色的床单形成鲜明的对比。风野端详着那张熟悉的侧脸，脑海里浮现出与她的过往。

已经五年了……

五年看似很长，其实很短。这期间，两人吵过几次架，也闹过几次分手。今天上午还在想：衿子这次真要分手，就和她分手。几小时前在新宿站时，自己还在生气：这个女人真能给人添麻烦！

可是现在两个人又躺在一个被窝里。

自己做这样的事儿，似乎很没出息。和这样的女人交往，家庭关系不用说，工作也做不好。现在已是下午三点来钟了，同事们都在公司里忙碌地工作或者在外面辛苦地奔波，他自己却躺在一个喝了安眠药的女人身边寻欢作乐，这样行吗？

风野思想上这样反省，手指却去抚摸衿子光滑而富有弹性的下半身，并惬意地眯起眼睛。

摩罗

进入六月以后，风野突然忙了起来。他需要加快编写以前别人委托的评传，也要编辑《东亚周刊》"他的简历"这个专栏，还得开始对各界的最高权威进行采访写实。再说《批判医疗行政》这一专集的截稿日期快要到了。保险公司史料的编写工作也需尽快结尾。

他起先以为，作为自由职业者，工作会比较集中，其实工作量是经常波动的，会突然减少，会突然增多，而且每个月都不一样。总体来看，还算比较忙碌，也不是一帆风顺。

风野自己寻思：早知道这样忙，就不应该接受那个公司史的编写工作。当对方约稿时，自己误认为是很好的工作，非常乐于接受并想尽力干好。当然，像风野这个级别的作家还不能对工作挑挑拣拣。既然接受了约稿，就得尽力而为，以便获得较好的评价，这也是日后成名的重要条件。

风野忙起来之后，很想在哪儿弄间办公室。

他在生田的家里有间书房，但是太小，离东京市中心也有点儿远。当然只要提前完稿，让编辑来取，远点倒不是问题。但周刊杂志的连载文章，他总是快到期限时才交稿，还得修改校样，这样来回取送稿件，编辑可受不了。要是在距离东京市中心不远的地方有间办公室，不仅方便工作，编辑也省事。特别是对他这种既采访又写作的人来说，距离太远，会有各种不便。

再说工作多起来的时候，每天都在同一个狭小的书房里写作，会感到厌腻。一想到从早晨起床，到晚上睡觉，一直待在小屋里，就郁郁不乐。倒不如坐坐电车，装作上下班的样子，使眼中的景物不断得以变换。如果只在家里，也会因为运动不足，而导致脑筋不灵活。而且把自己局限于家庭这个框架之内，文思也不能自由驰骋。

"我在哪儿弄个办公室呢……"

一天早晨，风野吃完晚点的早饭后，这样小声嘟囔。妻子对此充耳不闻，只顾自己收拾桌子。

"单间也行啊。你说怎么样？"

被风野这样问，妻子才停下收拾碗筷的手。

"如果工作需要的话，那没办法嘛。"

"那就找找看吧。"

风野和妻子说着说着，忽地想起了衿子的公寓。可以把衿子那儿当办公室嘛，既可以和她住在一起照料日常生活，又节省房费。

长期以来，风野背着妻子每月交给衿子十万日元。

凭风野现在的收入，每月拿出十万日元，还是有办法的。尽管他是个初出茅庐的作家，收入不是那么多，也不像工薪人员那样收入固定。他可以瞒着妻子给，也可以在数额上打马虎眼。可是，现在大一点儿的出版社改为把稿酬自动转入银行卡，存取不太自由。再说银行卡在妻子手上，自己费力写完稿子，却拿不到现金，心里总觉得不太舒服。

而作为小一点儿的出版社，或是大一点儿的公司，还可以要求以现金或支票的形式支付稿酬。像风野这个级别的作家，顾主给的采访费不多，有时需要自掏腰包。也可以借采访费的名义打妻子的马虎眼。总之，凑足十万日元并非难事。

这十万日元并不是衿子开口要的。衿子今年二十八岁，已在现在的公司工作了三年，每月拿接近二十万日元的工资。除去每月交纳的八万日元房费，其他的钱足以维系一个单身女人的生活。

风野常去吃住，就是袗子不提资助，风野也要给钱，并用无足轻重的口气说："进了点儿稿酬……"或者"随便买件衣服吧"，再把钱交到她手上。

要是用"这是每月的补贴！"这种口气说话、交钱，要强的袗子大概就不会接受。她定然会退回："不要，我又不是你的姨太太！"

曾经有一次，他什么话也没说，就把十万日元默默递给她，她见状愤怒地扔了回来。给钱的人可能想法单纯，而接受的人却会变得神经质起来。

风野时而去那里居住，时而去袗子那里吃饭。有时还要请她洗内衣，或者让她把衣服送到干洗店，给她增加了不少额外的开支。给她钱只是出于一种感激，并没有恶意。

当然，这与买卖关系的"性交易"更不沾边。假如是交易，十万日元就太便宜了。像袗子这样妩媚迷人的女性，一定会有大款愿意出三十万或五十万日元来包养。归根到底，每月给她十万日元，不过是风野对袗子的一番情意。

风野也想多给袗子一点儿钱。宁愿少给家里，也愿补贴袗子。

风野把熬夜完成的稿子的稿酬交给妻子，她只是默默地接过去，不言语。而袗子无论接过多么少的金额，都要说声"谢谢"。风野看到她满意的笑容，就觉得没白给她。

风野甘愿给袗子钱，还因为心中的歉疚。

袗子与他初识时，只有二十三岁，至今已经过去了五年。这期间，既有恩爱，也有争吵。不管怎样，关系维持到了现在。过去的五年，对风野来说，是中年时期的一段延续，而对袗子来说，则是一个女人青春芳华最美丽的时段。而有妻室的风野完全垄断了这个时段。

当然，在这期间，也有男人主动接近袗子，也有人提过几次亲。

袗子的娘家是金泽一带的名门，如果姑娘到了二十六七岁还不出嫁，就会遭受种种质疑。当袗子的父亲得知她与有妇之夫的风野交往后，极为生气地与之断绝了联系，好像现在只有妈妈与之悄悄地互通信息。

不能说风野负有全部责任，说大半责任在他也不为过。虽然不出嫁是袗子自己决定的，但主因肯定是风野的存在，动摇了袗子出嫁的念头。袗子曾经问过风野："怎么办呢？"风野恳求她说："希望你别出嫁！"

时至今日，袗子已经快三十岁了，她对自己一直未嫁，没有特别抱怨。她性格刚强，相对忠贞。也许嘴上没说，心里后悔。风野和她初次发生性关系时，袗子是处女身。她当时惊恐、紧张的狼狈相及其后对风野的专心致志，无疑都是处女的表现。

风野心里有着这种歉疚：自己拽着这样的女性一直走到了今天！

至于这种歉疚能否用每月十万日元作为补偿，是另外一个问题。而且单纯地用钱来衡量，也估算不出价值。

这种歉疚也许是不成立的：虽说男人垄断，女人也是因为喜欢对方，才与之体验快乐生活的。男女之间的这种关系，没有加害者与被害者之分。这是相爱的两个人的共同责任。尽管这样想，风野还是觉得歉疚。认为对袗子来说，除此之外，她还可以有更加踏实、更加幸福的生活。

风野这样想的背后还有一种自卑：自己已经结婚，育有两个孩子，家里经营得很好，妻子也心无旁骛，自己却一直垄断着袗子，故觉得自己算是个自私而狡猾的男人。

当初和袗子发生关系时，风野已经有老婆孩子。虽说碰到了一个惹人喜欢的女性，但又不能马上跟妻子分道扬镳。接下来任由自己偷偷摸摸，也是不负责任。

衿子在这种三角关系中很可怜，风野及其妻子也左右为难。

风野一说想把衿子住处做办公室，衿子当场赞成。

"你工作起来方便，挺好嘛。"

与妻子勉强答应相比，衿子的反应截然不同。妻子可能在提防他假借外租办公室和衿子进一步亲近，而衿子则期待风野更多时间远离家庭。

"我真的想把这儿当作研究室呢。"

"我真的不介意啊。"

在衿子这里工作，不用每次吃饭都去外面，只要打声招呼，沏好的咖啡就会给端上来。但是，长时间待在一起，就会让编辑们知道他们的关系，会被他们关注和议论。住在这里可谓有长有短，而最重要的是，妻子知道此情，肯定不会同意。

"要不就在这附近间找房子。"

"在这附近找房？府上会不方便吧？再说这儿离市中心远，不如在新宿或涩谷这样的地方找？"

"那些地方是便宜，就是房租太贵。"

"一流作家干吗那么小气？"

"我可不是一流作家。"

"不用说得那么谦恭！我觉得只要属于自由职业者，不是一流，也是一流。"

衿子所说确有一定道理。风野所认识的走红的作家，自由职业者居多。内中也有人认为自己第一，自己的意见最正确。有的则很独断。正因为自由职业者具有某种自信，所以才能混得好，赢得一定社会地位。

"索性在新宿找吧！离这儿也近，我可以常去给你打扫。"

听衿子这么说，风野很愿意。

"需要多大的公寓？"

"就我一个人办公，单间即可，最多1DK（1室1厨1卫）就够了。"

"桌子和床呢？"

"当然要买新的，还需要一张床。"

"是啊！忙不开的时候，你就住那儿。平时累的时候，在床上休息。"

这话说得对。

"下个星期天，咱们一起去找找房子吧？顺便去趟百货公司，给你看看家具和床上用品。计划好了就应马上办理。"

风野点头称是，继而产生出一种错觉，似乎要和衿子建立新的家庭。

到了星期天，风野和衿子一起到了新宿，去不动产经销处看了看。据说现在是六月中旬，新学期开学和调动工作的时期已经结束，是空闲房屋比较少的时候。当然，并非没有合适的。

新宿南口往代代木方向走，不远的地方有个公寓，月租金七万日元。八个榻榻米大小的单间带有一个厨房。是所谓的1DK式的房型，不太大，容一个人工作很合适。在钢筋混凝土大楼的六楼，到南口步行六分钟，周围比较安静。

"就要这个吧！"

衿子奉劝风野：这套房屋，月租金七万日元，两成权利金、三成押金，再加相当于一个月房租的中介费，需要近五十万日元的首付。

“有点儿贵吧？”

“不算贵。要是这样工作起来方便，不就很合适吗？”

裕子话说得简单，风野却在为付钱太多的事犹豫不决。

确实，拥有这套房屋作办公室是再好不过的，但需要为此每月付出七万日元的租金，还得先支付近五十万日元的首付。

租下这样的房子，也未必就能写出好的东西来。如果单纯为了写作，自己家中的书房就足够了。凭自己现在的收入，每月拿出七万日元来缴房租，也不是件轻松的事。再说，自己也没有能够赚取与房价相抵的收入的自信。

“租这么好的地方，也不能让人神气活现吧？”

“现在还说这个！不是你要租房的吗？”

风野想得太多，故犹豫不决。而裕子则是一旦下定决心，绝不迟疑彷徨。

“总觉得有点奢侈。”

“你拼命地工作，享受点是应该的。”

听裕子这么说，风野的心绪渐渐地稳定下来。

“那就暂定这套。”

连租一个公寓都要由裕子拿主意，风野对自己的迟疑和懦弱感到有点惭愧。但话说回来，风野会联想起妻子听到房租费数目的表情和编辑们听说此事后的反应，还有自己的实际支付能力等等，各种烦恼萦绕脑际，而裕子可以毫无顾忌地决策，轻松愉快地租房。

两人又转着看了几个地方，傍晚四点多钟时，终于拿定了主意，决定租下离代代木很近的一处公寓。在一次缴纳了五万日元首付后，两人去了百货公司的家具柜台。

桌子是最重要的办公用具，材质好一点的，出乎预料地贵。从实用性上而言，和式炕桌比较牢靠，但是坐时间长了，腿会疼，还是洋式的宜于写作。椅子也要选个稍好点儿的，桌椅加起来超过二十万日元。再加上床和书架，光家具费就需要近五十万日元。

"你长时间伏案工作，坐着舒服、不劳累才好啊。"

衿子劝风野买贵的。风野觉得自己单独使用，无需太高级。

两人最后决定先去看看公寓，量好尺寸，再确定买哪种家具。然后离开了百货公司。

此时已是晚上六点了，周围的霓虹灯开始闪烁。他们朝着车站方向迈开了步子。衿子问风野道：

"喂，现在干吗？"

风野本打算选完房子后，径直回自己的家。上个星期天去大阪工作了一整天。大上个星期天为了赶急活儿，在周刊杂志的编辑室熬了一夜。

这个星期天应当早点儿回家，和大家一起吃饭，但此时此刻把衿子甩开，觉得有点对不住她。风野转念说道：

"想跟你一起吃个饭啊。"

最近一段时间，风野没和衿子在外面吃饭。偶尔在一起吃饭，也是在衿子的公寓里，两人好久没有悠闲自在地闲逛了。

"不行吗？"

望着衿子疑虑重重的眼神，风野越发觉得打发她一个人回公寓有点可怜。

"行啊。"

"那吃什么好呢？"

"哎呀，真是太高兴啦！"

衿子愉快地蹦了一下，并用自己的胳膊勾住风野的胳膊。

"喂，你想吃什么呢？我好久没吃牛排了，想吃牛排。"

风野一边点头，一边想起回家的事儿。曾与家人说好今晚早回家，现在晚饭应该准备好了，或许家里人已经开始就餐了。看来又让她们失望了。

要是不回家的话……思来想去，他挥手叫停了空驶过来的出租车。

"去六本木！"

上车坐定后，他告诉司机目的地。

"租的房子需要窗帘啊。也需要绒毯，选什么颜色的好呢？"

车子开动后，衿子一脸认真地问。

"因为作办公室嘛，以素净点儿为好。"

"绒毯淡紫色，窗帘浅驼色，可以吧？我明天下班后，给你买买看。"

衿子好像要给自己装饰房间般开心。

风野点点头，开始琢磨日后公寓钥匙分配的事儿。租了办公室，会有多把钥匙，应当交给妻子一把，万一有什么事儿时，或许用得着。还得交给衿子一把，这是不得已而为之的事儿，另一把……

现在，风野手里有衿子公寓的钥匙。这不是自己索取的，而是衿子主动给的。意思是说：你想什么时候来，可以随便来。也包含"除你之外，我不乱搞，请监督"的成分。

衿子给了他钥匙，他也应该给她。起码她提要求的话，就不能拒绝。

可是，把钥匙交给这两个人，万一碰到一起，该怎么办……

想到这里，风野感到很忧郁。衿子却越来越快活。

"以后我常去给你打扫房间。也有客人去那儿拜访吧？"

"主要是编辑。"

"那就需要配备餐具和水壶。也需要除尘器和冰箱。"

确实，要把办公室布置停当，需要很多琐碎的东西。如果让妻子去准备，衿子会闹别扭。

车子在六本木拐到饭仓方向的交叉点处停下来。风野挑选的这家牛排店就在旁边大楼的三楼。这一带的烤牛排都很贵，唯有这家从产地直接采购，多少便宜些。

两个人在放着台灯的桌子前坐下来，要了红葡萄酒。

"来，为了新办公室！"

衿子露出有点诡异的眼神与风野干杯。

"好好工作啊！"

"嗯……"

"好容易寻到了中意的办公室，你却绷着个脸，怎么啦？"

"没怎么，我很高兴啊。"

风野脸上绽开笑容，开始喝杯子里的葡萄酒。

店里人满为患，可能是星期天的缘故，工薪族和两人一组的客人很多，两口子同来格外引人注目。

铁板烧的坐席呈 L 字形。他们左侧的坐席上，有一对四十岁上下的夫妇，带着两个孩子在吃饭。中学生模样的大女儿，从父亲的盘子里夹走了里脊肉，还给了腰身肉。这家店在六本木算比较便宜，每个人至少要消费五六千日元，看来这家人生活比较富裕。

风野斜乜着这家人，不觉想起了妻女，并意识到自己正在做什么坏事儿。

之前风野曾对大学时代的朋友诉说过这种心情。这位朋友说："这应是你良心的底线！"并断言："你能这样想，会有办法得到拯救。"

当下风野却为自己心中残存良知的闪现而感到郁闷。应该清除这样的意识，更加冷静一些。无论妻子和孩子如何在家等待，都不予考虑。来到外面，就要寻求彻底的自由。

然而，要完全忘掉老婆孩子是很难的，毕竟自己的家庭客观存在。自己背离家庭，家外安家，也许是太自私了。要是没有家庭就好了。不结婚，也不生孩子，一个人来去自由，也不会这么郁闷。

或许结婚、生孩子对自己来说，是个错误。某作家曾经说过："家庭是各种坏事的根源！"他对此感同身受！人在熙熙攘攘的餐厅里，却又想到家里的事儿，因而觉得饭食乏味。不！岂止是在吃饭时想这些，工作起来也一样，一想到孩子在等待，就想快点结束，回家享受天伦之乐。

"在想什么呢？"衿子问道。

风野急忙强作笑颜。

"牛排柔软，很好吃啊。"

衿子蘸着番茄酱等佐料吃里脊肉，小巧好看的嘴巴慢慢翕动。风野一边看着她吃，一边喝葡萄酒。

以前，孩子过生日或亲戚从乡下来时，风野会带着一家人去外面吃饭。按照孩子或来客的意见，吃中餐或西餐。有时也吃自助餐。一年约有两三次，孩子们很高兴。孩子们认为："和爸爸在一起，可以吃得稍贵点儿。"妻子则一个菜一个菜精选着吃，因为没有机会在街上的一流饭馆用餐，她们觉得什么都稀罕。当然，还没领她们吃过这样的铁板烧肉。

"电视怎么办？"衿子突然问道。

风野把用筷子夹起的肉放回盘子里。

"因为是办公室，我觉得不需要。"

"要是累的时候想看呢？"

风野家的电视机是七八年前买的，近来画面开始闪烁。

"要不就把家里的旧机器拿来？"

衿子先是沉默，接着用坚定的口吻说：

"不要拿，买新的！"

"有点儿奢侈吧？"

"你什么都是'家、家'的。是打算买新的放在家里吧？"

风野听衿子这么说，方理解衿子为何不快。

"办公室是工作的地方，用不到电视啊。"

"那样的话……"

衿子话说了一半，又咽了回去。

风野见状，悄悄叹了口气。

一些在别人看来微不足道的小事，甚至是无聊无趣的事儿，未必不会成为两人争吵的起因。风平浪静的海面上，不知何时会巨浪滔天。前些天的早晨，为从阳台上看失火吵架时也一样，好着好着就翻脸，两人之间似乎隐藏着一种一触即发的态势。风野觉得像抱着一颗定时炸弹。

"那就买新的吧……"风野讨好地妥协道。

衿子却不再搭话。

吃完饭八点整。两个人离开牛排店，朝六本木的交叉点方向走去。

今天是星期天，没有平日那种人来人往的热闹，但交叉点周围还是挤满了人和车。

"去哪儿呢？"

风野没有明确的目标。今天是为找办公室，两人才一同出来的。本打算和衿子吃个饭就分手回家，结果慢悠悠地拖到了现在。孩子们一过十点就睡觉，过了这个点到家，和深夜回家没有区别。如果早晨起不来，又错过了和孩子们见面的机会。

"只要爸爸回到家，我们就安心，所以你要早点儿回来！"

可能因为小女儿是小学生，所以她常说这种撒娇的话。也许妻子觉得无聊。对于孩子们来说，一边记挂着父亲回不回家，一边睡觉，也许心里不安，难以入眠。

"我想再找地方喝点儿酒。"

可能是喝了葡萄酒的缘故，衿子略显醉意。

"喂，带我去喝酒吧！"

"今天是星期天，没地方喝酒嘛。"

"旅馆可以啊。"

风野未吱声，衿子又问：

"不愿意吗？"

"不是不愿意，是今晚有点儿工作需要做。"

"什么工作？"

"倒不是多么重要，但星期一要交稿。"

"占用你一点儿时间可以吧？这儿离大藏很近，就去那儿的酒吧行吗？"

风野看了看腕表，八点十分。如果喝半小时就走，兴许十点以前能到家。

"出租车停一下！"

衿子朝车道探出身来招手拦车，风野不得已注视着。

六本木离大藏很近。两人到了一家高耸于十二楼的酒吧，在柜台前落座。

"喂，这个夏天能休好几天假，想去外国转转啊。"

"想去哪儿？"

"欧洲最好，只要和你一起，哪儿都行啊。"

风野去过两次欧洲、一次美国，但衿子没出过国。

"夏天能休半个月假吗？"

"有难度。因为周刊杂志的连载是从秋天开始的啊。"

"十天总没事儿吧？各自的费用各自出。"

"夏天旅游，学生有点多，拥挤啊。"

"我只有那时能休假，没办法嘛。"

风野是自由职业者，随时可以抽身去，衿子却限于黄金周、暑假或正月休假，才有难得的空闲。

"你说过下次带我去国外嘛。"

确实，风野每次在国外都想：要是和衿子一起来……下次来的时候，就带她来。第一次去国外，是和大学时代的朋友在一起，第二第三次都是去工作，没有富余时间带衿子游山玩水。

"要是包价旅游，需要提前预约。"

衿子对此很感兴趣。

"我明天去旅行社查查，可以吗？"

"包价旅行多没劲儿啊。"

"要是自助旅游，需要很多费用吧？我今年务必要去一趟，去一趟才像回事儿。"

衿子开始诉说女同事怎么去外国旅游。

"喂，今年务必要带我去呀！"

"嗯……"

"你说得再清楚点儿：'带你去！'"

衿子这样逼问，让风野很难作答。对风野来说，去国外闲逛，前前后后会有许多撰稿的工作，不易抽身。再说还有怎么蒙骗妻子这样一个问题。

"一定啊！"

"明白了。"

风野点点头，一看腕表，差十分九点。

"还去写稿吗？"衿子有点失望地看着风野问。

风野对留下来还是回家，有点拿不定主意。如果还在这里黏黏糊糊，就更回不了家啦。他不看衿子不作答，只是快速把香烟和打火机放进口袋。

　　"用不着那么着急嘛。"

　　"不是说过有工作嘛。"

　　"只是这么说，其实是想早点儿回家吧？"

　　"不是，不回家。"

　　"你要去哪儿？"

　　"去公司。"

　　"瞎说！星期天，公司开门吗？"

　　"周刊杂志没有周日、周一。明天是交稿日，需要去编辑室工作。"

　　"你可是自由撰稿人，不是职员。"

　　"是一个组的人协同工作，就是自由撰稿人，也不能单打独斗在家干。"

　　"真的吗？"衿子反问道。

　　风野没吱声。

　　"真是去公司工作吗？"

　　"当然……"

　　"几点结束呢？"

　　"很难说，可能要熬夜吧。"

　　"公司里有休息的地方吗？"

　　"倒有个休息室，不一定能睡得着啊。"

　　衿子流露出同情的目光，接着问：

　　"早晨几点能结束？"

　　"大概……"

　　"结束了工作，马上回来！"

"你明天早晨不去上班吗？"

"明天有人顶替我，中午再去就行。"

也许今晚袷子执拗地不愿离开风野，是因为明天上班。

"明白了，走吧！"

风野站起来想走，袷子又关切地问道：

"今晚熬夜，买点儿寿司带着吧。"

"不，不用。"

"要是夜里肚子饿呢？"

"卖拉面的摊子在公司附近，没事的。"

风野一边对自己撒谎成功沾沾自喜，一边继续撒谎掩盖真相。

风野回到家，十点稍多点儿。孩子们还没睡，正在看电视。

"大家都在等着您，爸爸回来得太晚啦。"小女儿先发牢骚。

大女儿继而用冷淡的口气责怪："爸爸没有信守承诺！"

"有点儿急事，没能赶回来。"

"吃饭吗？"

妻子问得更冷淡，且就事论事。

"稍微吃了点儿，不吃了，"

"妈妈好不容易做的什锦饭，好吃极了，爸爸不赏脸啊。"小女儿有点夸张地叹息道。

"快睡觉去吧！"

风野展示出父亲的威严。说完，拿起了报纸。

孩子们又看了一会儿电视，可能是看到爸爸回来放了心，不约而同地说了声"睡觉去啦"，便回到她们的房间去了。屋里只剩下风野和妻子两个人。风野简单说了一下租办公室的事儿。妻子只是听着，不吭声。当说到需要配备碗或酒杯等琐碎的东西时，才开口问道：

"那些东西需要家里准备吗？"

"当然。怎么？"

妻子没回答，眼睛仍盯着电视荧屏。

妻子的意思是：衿子还不给你准备那些东西吗？如果从她的嘴里说出这话，好像是讥讽，不如不多嘴！

风野见状，端着妻子沏好的茶，上楼进了书房。

尽管是自己的家，进了书房，在椅子上坐定，心里才感觉到安宁，才有种得到个人自由空间的平静。

风野望着收拾得干干净净的桌面，又想起了刚刚分手的衿子。

她后来是直接回公寓去了吗？自己说是去公司，才故意乘上与衿子相反方向的车，实际是后来改乘同方向的车回家来的。她应该不会知道自己回家来了吧？要是她往公司打电话找自己，那会怎样呢？今天是星期天，公司歇业，自动电话会告知"本日歇业"，并提示：如果您有急事，请拨打某某号！

估计衿子不会打电话。万一打了，知道风野说谎，肯定会找自己算账。

自己可以再找个理由敷衍，说那时正在不通电话的房间里紧张地工作。

明天就早点儿起床去找她吧！装出刚从公司回来的模样。风野就这样确定了继续哄骗衿子的步骤。

第二天早晨七点，风野一觉醒来，马上起床做外出的准备。妻子对此很诧异：他平时九点以前可没起来过。

"今天要去千叶那边采访，需要早点儿出门。"风野这样欺骗妻子。他喝了咖啡，吃了葡萄柚，快步出门了。

他沿着熟悉的道路奔向车站，工薪族的人流逐渐地增加并涌向车站，站台前挤满了人，趟趟电车满员。已是好久没在早晨拥挤的时刻乘车了。他以前是非常讨厌挤电车的，现在反倒觉不出什么，甚至乐于贴近拥挤在一起的、令人舒爽的女性肌肤，喜欢时髦女性身上散发出来的香水味道。

车到下北泽，他下车看腕表，八点二十分。

自此要和去车站的工薪族逆行，前往衿子的住处。

风野进了公寓，打开门锁，进里面一看，窗帘紧闭着，光线很暗。衿子正用平时那种俯卧的姿势在睡觉，身旁铺展着给风野备好的被褥。枕侧还放着一本妇女杂志，可能是看着它入睡的。

风野先去了趟洗手间，回来接着上床，脱得只剩下背心和短裤，尔后钻进衿子的被窝。可能是冰凉的双腿触碰到了衿子，她"啊"地叫了一声，很快又发出了清晰的问话。

"你回来啦……"

"是啊。真暖和。"

风野把身子全贴过去，衿子顺势搂住了他。

"现在几点？"

"还早。"

可能是低血压的缘故，衿子睡醒后容易迷糊。从睡醒到肢体有意识活动，至少需要半个小时的时间。别看此刻说话正常，脑袋和身体好像还没有完全清醒。

风野刚要把手伸到衿子的睡袍里，衿子轻轻地扭动了一下身子。

"等一下……"

风野不管不顾地把手伸进去，先摸了摸乳房，又轻轻地抚弄乳头。

"啊……"

每当被抚弄乳头，衿子就轻轻地喊出声，并逐渐苏醒。

周一的早晨，奔波的人们都挤电车去公司上班，风野却在温暖的被窝里与女人淫荡。他一方面为自己的行为感到内疚，一方面又为自己沉浸于性乐而感到满足。

风野像往常一样，又在事后睡去了。醒来时，房间里仍然关着窗帘，窗帘边上漏进来的光线很强烈，楼下不时传来汽车的轰鸣声，衿子已不在身边，房间里也没有人。

"喂……"

风野一边喊，一边看了看枕侧的表。十点过五分。

自己在八点半左右来到衿子的公寓，已睡了一个多小时。

"喂！"

又喊了一次，仍然没有回应。她是在厕所里，还是在门外呢？风野正欲再喊，隔扇被打开，衿子露面了。

"喊什么？"

"你来一下！"

其实并没有什么事，他只是想和衿子闹着玩玩。希望她悄悄地和自己接个醒吻，把自己拉起来。应是一种撒娇的心态。

"拉我一下！"

风野从被窝里伸出手臂，等待衿子的动作。衿子却突然扭过脸去，走开了。

"你怎么啦！"

她的神态显然不对头，风野对此大惑不解。今天早晨来的时候，她尚未睡醒就主动搂抱自己，怎么一下就变了呢？

风野爬起身，寻找脱在被子里的短裤，但没找到。

"喂，内衣找不到啦！"风野刚想重复这句话，衿子走了过来，把洗过叠齐的背心和短裤放在了枕边。风野赶紧穿在身上，套上睡衣，走到隔扇前，看到衿子正坐在镜子前化妆。

"睡得挺好……"

风野缓缓地伸了个懒腰，衿子冲着镜子里的风野说：

"昨晚一宿没睡吧？要多睡会儿！"

"人不能太悠闲啦。"

"昨晚的工作顺利完成了吧？"

话语的措辞郑重，似乎有着某种含义。映在镜子里的脸也很严肃。

"怎么啦？完稿后回来的……"

"回哪儿？回的是那边的家吧？"

风野瞬间感到了窒息：她怎么知道他回家了呢？昨晚分手时，自己说去公司开夜车，衿子相信了。今天早晨过来时，她还是深信不疑。

"怎么能回家呢？"风野仍罔顾事实。

"行啦，用不着糊弄我，想回那边直说就行！"

"真弄不懂啊。"

"我们女人脑子笨，感觉可不迟钝。"

"别随便乱说！昨晚真的工作啦。"

"那，这是什么？"

衿子站起身，走向沙发边，用力扔来了袜子。

"明明是回家换的。"

确实，今晨出门前，没顾及来此，穿了双新袜子。平时妻子不催换，自己一双袜子穿三天。今晨是没找到昨晚脱下的袜子，才穿了新的。新袜子颜色与昨晚脱下的相同，都是藏青色，只是样式略有区别。细心的衿子发现了差异。

"袜子有点脏了，就在公司里换了双。"风野立即辩解道。

"难道你会把备用的袜子放在公司里吗？"

"在文件柜边看到的，不知谁的，有就穿了。"

"你竟然面不改色心不跳地信口撒谎！"

"没撒谎。"

风野曾在某个杂志上看过，说搞婚外恋即使被发觉，也绝对不能承认。书上说，尽管妻子或丈夫在责备，心里却祈祷不会发生，应该借此心理坚决不予承认。就是在床上被抓了现行，也硬说什么也没做。这样对方就能得到拯救，婚姻关系也得以维持。

现在与之相反，他是被情人责备回妻子那里，个中道理也许相同。作为情人的衿子，肯定是嫉妒心在作祟，即使再怎么责备，她心里也希望他没回家。

"你昨晚说要去公司，我就觉得不对头。果然……"

"我真是在公司过的夜。"

"继续撒谎吗？"

"袜子在哪儿都能买到……"

风野正说着，衿子从洗碗池旁边的废纸篓里取出一团白布样的东西，放到风野面前。

"还敢说你没回家吗？"

抖开白布样的东西看，是风野早晨还穿着的短裤。风野瞅瞅短裤，再瞅瞅衿子。衿子正抱着胳膊挺立在洗碗池前，大口喘着粗气，眼睛闪闪发亮，有点歇斯底里发作的先兆。

"这个怎么啦？"

风野抑制着不安，装出气势汹汹的样子。

"连内裤都回家换了，还要撒谎？"

"换内裤？"

"看看不就知道了？"

平时，风野一直穿着带 G 社标志的短裤。在衿子这里也经常更换。特别是做爱之后，衿子会拿出新的来，让他穿。起先他曾担心：会不会让妻子发现该标志？但一直安然无恙，后来也就不再把这事放在心上。

"不知道啊。"风野嘟囔着。

衿子用无以复加的冷冰冰的声音说：

"你太太在短裤上做了记号！"

听到她这样说，风野慢慢拿起短裤，仔细端详。

"看前面……"

果然，在短裤前片的内侧，紧贴胶皮的下沿，有一个用黑线缝出的小小的"K"字。

"明白了吗？"

K 是风野克彦英文名字的开头字母。

"穿来了带记号的短裤，还敢说没回家吗？"

风野不再吭声，只是打量着那个黑色的 K 字。

妻子是在什么时候把 K 字缝到短裤上去的呢？风野完全不知道。正因为不知道，今天早晨才毫不介意地穿着来。

"你敢说连内裤都放在公司里吗？"

假如这样被衿子逼问，就不得不认输。风野无奈地瞅瞅衿子。衿子好似有点厌恶地看着抖落在地板上的内裤。

"从你的背心到裤子，你太太早晚都会把 K 字缝上的。"

"……"

"K 简直就像你们的孩子一样。"

确实，在内衣内裤上缝出带姓名标记的字母，连男性朋友看到也会见笑吧。

"还是请你快点儿回家，穿上全部带 K 字的衣服吧。"

"别这么说！"

"那怎么说？事实明明摆在这儿，难道说错了？"

"这 K 字并不是我老婆缝的……"

"不是你太太缝的，谁缝的？买内衣时，商家不会逐人给缝上姓氏字母吧？"

"……"

"我很早以前就发现了这个。起先以为是看错了，结果你穿来的每一条短裤上都带有这个。每当看到这个 K 字，就仿佛看到了你太太的仇恨，让人觉得毛骨悚然。"

"可能是恶作剧……"

"恶作剧能这样吗？显然是故意做出标记，让我不痛快。"

如果确如衿子所说，那就不是单纯的恶作剧。她为何要把英语的一个字母，耗时费力地一针针缝到内裤的里面？

风野脑海里浮现出妻子在夜深人静之时，恶狠狠地往丈夫短裤上缝字的身影，不禁感到一丝寒意。他过去听说过一个故事：男人在外面乱搞，女人做一个貌似男人的稻草人，往上面钉钉子，念咒语，借以发泄对男人的憎恨，结果也很灵验。妻子当时的心情也许与其相似。她一针一针地往短裤上缝字，边缝边嘟囔："不管情人给你买什么样的内衣，我都厌恶。就是只让你穿做记号的内衣，其他的都扔掉。"

"多么讨厌！"

衿子突然喊了一声，尔后走到梳妆台前，竖起手指，往上拢了拢头发。

风野在窗户旁面无表情地呆立着。

衿子又胡乱地梳了梳头发。公寓太小，无处躲避，她只好面对着镜子，抑制自己激愤的情绪。风野与其同方向站着，只能见其项背，从镜子里的影像看，好像其脸庞已让泪水弄湿了。

风野不想凑过去安慰。害怕说出对方不爱听的话，引发怒吼或疯狂。

现在说什么都没有用。不管怎样，换掉的内裤就摆在眼前，内裤上的字太过刺眼。只消看一眼，风野就觉得妻子正端坐在角落里，表情凝重地看着这一切。

风野抑制着自己想逃走的愿望，转身望着窗外，一言不发。

衿子突然站起身来，拿起放在桌了上的皮包，朝门口大步走去。

"喂，要去哪儿！"

"……"

"喂！"风野又喊了一遍。

衿子不答话，径直走出去了。

风野欲马上追赶，无奈穿着睡衣，没法外出。他只好把自己狠狠地摔在沙发上，叼上香烟。

衿子一走，室内更加安静。屋地正中散落着的白色内裤和藏青色袜子，仍保持着被扔掉时的原貌。风野抽着烟，眯着眼，再瞅瞅这两件东西，又觉得不过是平淡无奇的内裤和袜子。

"怎么办……"

快要到中午了。窗外的阳光非常明亮，耳畔不断传来孩子们的笑声。风野掐灭了烟头，放下了心头的包袱，捡起地上的短裤和袜子，扔进了洗碗池旁的废纸篓里。继而脱下睡衣，穿上衬衣和裤子。

此刻，他仿佛从地狱一步迈进了天堂，沮丧的情绪灰飞烟灭。他耸耸肩膀、拍拍衬衣，精神抖擞地准备出门。

风野离开衿子的公寓，走向车站。本来，他想全天在衿子那儿悠闲自在地待着，故没有和人见面的约会，更没有要去什么地方的想法。

风野在站前停下来，环视四周，没有看到衿子的身影。他从西服口袋里掏出香烟，点燃一支。倚着行道树吸完后，走进了对面的咖啡馆。

可能是午休的缘故，店里显得很拥挤。风野在最里头靠窗的座位上坐下来，要了杯冰镇咖啡。

一个和衿子年龄相近的女性服务生很快端来了冰镇咖啡，放下了记账单。

风野一边往咖啡里加糖，一边思索今天的事情。

人们常说事情"不可预见"。今天发生的事，就证明了这一点，完全出乎他的预料。今晨前来时，还以为骗过了妻子，也骗过了衿子，两头安顺。

他以为两头都没问题，其实两头在明争暗斗。仔细回想一下，真是既气愤又可笑。

自己为安抚两头，绞尽了脑汁，却在意想不到的地方出现了漏洞。对于内衣这样私密性的东西，可以说完全不在自己的掌控范围之内。谁会逐个地翻看自己所穿的短裤背面？袜子也一样，只要颜色相近就是，不记什么样式。

可是，这是女人的私下较量，岂止是内裤，也许连每一个背心或短裤都作了记号。做记号的人不好，发现记号的人也不好。男人一般顾及不到那么细微之处。

妻子的这种做法确实阴险，也许正因为这样，衿子才忍无可忍。

话虽如此，衿子怒不可遏地遣责自己撒谎，也未免有些不妥。

不错，明明回过家，却说去公司工作，限于这一点，无疑是"撒谎"。可是，如果那时实话实说："孩子在家等着，我要回家去。"后果会怎样呢？衿子一定会大发雷霆。

风野是为了不得罪衿子，不想破坏来之不易的爱情才撒谎。换句话说，是因为喜欢衿子才撒谎，如果讨厌她，率直地说"今晚我必须回家去"，那又如何？

昨晚与她痛快地待到九点，最后迫不得已撒谎说去公司过夜，都是不想让衿子感到寂寞。

衿子不加思考地指责自己撒谎，是否心胸过于狭隘呢？

风野喝完冰镇咖啡，重新振作精神，拿起收款机旁的红色公用电话，呼叫了一下衿子。

因为她是一怒之下走的，他不认为她会简单地立马回头。果然没接电话。

风野回到雅座，从窗户里看着外面的世界。

在明亮的阳光下，四五个小学生放学路过窗前，走在回家的路上。一个主妇牵着一个四五岁孩子的手，也从店前经过。看样像公司职员的一伙人，似乎刚从繁忙的工作中解脱出来，他们拖着疲惫的身躯前往饭馆享受午餐。整个商店街开始热闹起来。风野沉浸于窗外的熙熙攘攘，感觉离衿子的事儿很遥远。

男人和女人为何要互相憎恨、互相咒骂呢？往返于窗外的成年人都经常和自己的妻子或女友、丈夫或男友争吵抱怨吗？不，这样的人应当很少，也许只有自己一个人遭遇烦恼之事，并因此而痛苦彷徨。

爱别人好像需要消耗大量的精力。特别是有老婆孩子的男人，再去爱别的女人，仅仅依靠往常的精力，显然是不够的。需要投入比完成一个重大工作项目或编写一篇大的论文还要多得多的精力。

想到这里，风野叹了口气。

假如把与衿子相处所消耗的精力全都用在工作上，他肯定干得很出色。也许自己不该再做这种得不偿失的事情了。

过去人们常说"四十而不惑"，他现在的状态不是不惑，而是越来越困惑，甚至是陷入了困惑的深渊。在这深渊之中，自己看着妻子和衿子两个人的脸色行事，既有无微不至地关照，又有无中生有的谎言，像钟摆一样来回不停地摇摆。

"真是丑陋……"

风野自责地暗想，然后闭上眼睛。

联想到"丑陋"二字，风野觉得自己的形象与行为都很丑陋，不好看。

妻子把他在外过夜的日子标在日历上、把姓名开头字母缝在短裤里，这等令人难堪的糗事，既无法当面指责，又不便对别人说。仅仅回想一下，就感到惊恐和气愤，同时自己厌弃自己：干了些多傻的事啊！

直到前不久，他还得意于同妻子以外第三者交往的成功。

一个男人，即使有老婆孩子，也应该有喜欢别人的自由。与其同不太喜欢的妻子靠惯性生活，还不如老实地顺从自己的内心，这样更符合人之常情。一个男人和一个女人结了婚，就应该永远相爱、永生相伴——这种道理的本身，就具有极大的不合理性。相爱的一对男女，长期生活在一个屋檐下，一天到晚待在一起，自然会产生厌腻。何况相互不是那么喜欢，感情逐渐疏离成为一种必然现象。

有个自己喜欢的人并且愿意爱这个人，有什么不好呢……

原先一直这样想，并相信自己选择的是一种正直的生活方式。

然而，现在清醒地考虑一下，这好像不是值得称赞的事。

相爱这种心理本身也许是正直的，但内中隐含着自私。沾沾自喜的背后潜藏着自以为是。自认为是在潇洒度人生，周围的任何人都不会认可。岂止如此，人们背后肯定还会嘲笑他。

"这样下去受不了啊……"

风野自己嘟囔着，似乎想从懊恼的情绪中摆脱出来。他拿起记账单，走向柜台。

从那天起，风野好几天没找衿子。既没去公寓，也没打电话。

毕竟长年生活在一起，妻子敏锐地觉察到了丈夫情绪的变化。原先爱搭不理、态度冷冰冰的妻子突然变得热情起来，声音也变得柔和很多。风野晚上工作时，她会端来红茶，关切地询问："还需要点儿什么？"

风野表示"不要"，妻子姗姗离开，留下一股香水味。风野望着突然穿着妖艳、举止亲昵的妻子，反而感到很困惑。

他最近不去找衿子，并不是恢复了对妻子的爱情，他仍在厌烦这个往自己内衣上缝字母、在挂历上标时间的女人。

妻子却误以为丈夫反省了。

"我不会这么苦闷地长期囿于家中。"风野在心里反抗着。他只是表面上没有外出走动，闷在家里写作。其实狂野的内心，早已飞到了九霄云外。

一般的男人，也许会抓住这样的机会再次回归家庭。即使是短时间自我忏悔，只要在家里待得住，就顺其自然地待下去。但在风野看来，则不以为然。这样做的结果，明显是妻子取得了胜利。或者说妻子的策略取得了成功。她以不再对骂和违抗为手段，而是把丈夫在外过夜的日子作上标记、把姓氏开头字母缝在内裤里，以此促使丈夫觉醒，那就十分成功。

思来想去，这次还是中了妻子的奸计。证据是：虽然他对妻子的这些做法很生气，却不能对此加以指责，更不能揭露其真实意图。好几次当面想发牢骚："别那么愚蠢！"可话到了嘴边，却难以说出来。

　　如果因发牢骚而争执起来，就是在暴露和张扬自己的隐私。就是闹得动静再大，也不能使自己搞婚外恋的事情正当化。

　　内裤纠纷发生后，风野三天没给衿子打电话，衿子也没来电话。到了第三天夜里十二点钟，电话铃响了。风野拿起听筒来接听，对方迅速挂断了。或许是衿子为了试探自己打来的，但没有确凿的证据来证明。

　　既然认为"或许是"，那说明内心盼望着衿子来电话。他表面上强硬，反复告诫自己不再打电话，但心里却急不可待：她为何不来电话呢？

　　到了第四天晚上，风野忍不住焦躁，拨了衿子的电话。心想如果衿子接了，就马上挂断。目的是确认对方是否安在，并不是认输了。

　　然而拨打了两遍，都是只有呼叫音，没人接听。

　　现在八点钟，为时尚早。十一点和十二点他又拨打两次，还是没人接听。衿子很少在午夜回公寓。就是和朋友出去喝酒，也会在十一点以前回来。

　　怎么回事儿呢？他心里不安起来。深夜一点再次拨打，仍没人接。

　　是和朋友谈得废寝忘食了，还是到哪儿旅行去了呢？明天不是假日，应该上班工作。

　　一直找不到衿子，风野突然担心起来。

　　或许是她另有新欢，谈得忘乎所以了。或许是被其他男人强求在外过夜了。衿子虽是个操行坚定的女人，但性格上会翻云覆雨，不一定会干出什么事来。她也未必不会自暴自弃，主动把身体奉献出去。风野越想越觉得不安。

　　"如果真这样，怎么也不能分手……"

风野对自己的懦弱感到后悔，他惊讶地发现衿子对自己来说，已经是个无可替代的女人了。

也许没有那样专心而坦率的女人。时而哭泣、时而发脾气，让人操很多心，或许这一点出自于爱情强烈。歇斯底里和疑心重，也是因为相爱的缘故。那么外表清秀、内心淫荡的女人，可能是为数不多的。

像她这样的女人，也许不会再次出现在自己面前。风野想着想着，越发急于见到衿子。

第二天早晨，风野醒来，快到七点了，他马上拨打衿子的电话，不顾她是否已醒来。

电话铃一直响个不停，响到第八声，衿子终于接了。

"唉……"

可能是还没睡醒的缘故，衿子的声音含混不清。风野听到她的声音，马上放下了听筒。

睡梦之中被叫醒，而且不讲话，衿子一定不高兴。

但此举证明了衿子是活着待在家里，且确凿无疑。

知道她还活着就放心了。但不能就此而止，风野还是想见她。

那就现在去她公寓吧……

可是，如果现在急忙赶去，就等于自己服输了。男人和女人的斗争要比耐性，谁忍耐的时间长谁能赢。

在这一点上，好像男人总是失利，这不只是风野的猜测。女人好像比男人更善于等待。她们在等待着要来的男人时，能够自我沉浸在幸福之中，即使对男人前来并没多少指望。与此相比，男人则没有耐性。他们盼着喜欢的女性前来时，哪怕晚来一会儿，也会产生急躁情绪，像关在笼里的狮子一样走来走去，一刻也不停歇。

男女的这种差异并不单纯是耐性差异，而是更加深邃，或许与男女的性相关联。比如做爱，女人的性感总是徐缓递进的，如涨潮一般，直至漫溢方获得满足。而男人则是急不可待，对方不愿意也不行，直到欲望发泄完。因而男人的性感呈直线型，是瞬发性的。

男人与女人总体上比，相对冷静而富有理性。而争斗最后输给女人，也许是性的特征决定的。

风野先和孩子们一起吃早饭，吃完后欲离家。妻子用侦探般的眼神瞅着急于出门的丈夫。

"采访工作快完成了……"

风野编造出这种假惺惺的理由，妻子好像早已看穿了是撒谎。

风野逃离般地从家里走出来，乘上拥挤的电车，在下北泽站下了车。

风野回想起半个月前，也发生过同样的事情，事发频率之高，连自己都感到惊讶。

到了衿子的公寓门口，风野欲掏钥匙开门，手刚搭在把手上，门一下子就开了。

连门也不锁，何谈安全？风野为此感到惊讶。走到里边一看，衿子躺在床上酣睡，桌子上放着威士忌酒瓶和玻璃酒杯，烟灰缸里堆积着五六个长长的烟蒂。项链悬垂在床头柜边，耳环散落到地上。衿子一向注重生活细节，很少弄得这样乱。

"喂……"

风野摇晃了一下衿子的肩膀，衿子摇了几下头后，睡眼惺忪地注视着风野的脸。

"怎么啦？"

"什么怎么啦，门也不锁……"

衿子没答话，侧目看着枕边的表。

"已经九点啦。"

可能是头痛，衿子用手指按压着自己的太阳穴。

"昨晚喝酒了吗？"

"喝了一点儿……"

"几点回来的？"

"一点左右吧。"

风野原以为两人大吵大闹后没和好而分手，衿子仍在气恼中，而现在的她出乎预料地温顺。风野不由得柔声问道：

"回来后又喝过吧？"

"睡不着。又来了一点。"

想到衿子喝完酒孤独地回到公寓，因寂寞难耐睡不着觉，风野顿生歉意，觉得衿子更加可爱了。

"给我打过几次电话吧？"

"我在想你是不是跟别人乱搞去了呢。"

"倒是很想……"

"傻瓜，说什么呢！"

风野冷不防地扑下身把衿子搂在怀里。

只要心情平静，气氛就显亲昵，事情也可顺理成章地解释：衿子昨晚独自回家，回来后又喝闷酒，没锁门就睡觉并不为奇。这一切，无疑都是为了排遣一个人等待的寂寞。她五天没给自己打电话，好像是按捺着见面相谈、不计前嫌的情绪，在拼命地坚持。

"一直想见到你。"风野只能直说。

衿子回应般地把身子靠过来。

五天之前，两人还与仇人般地互相指责，互相谩骂，而现在却互相拥吻，亲密无间，好像冰火两重天。

两个人连衣服也顾不得脱，紧紧搂抱在一起，任凭激情慢慢燃烧。

两人确认了相互的爱，先前的争吵一下子便褪了色，显得微不足道。有情人为何那样憎恨、那样谩骂呢？为何对区区小事固执己见呢？两人越想越觉得滑稽可笑。

"五天来一直想见你。"

"我也是啊……"

衿子接受着爱抚，心口一致地直率表达。

"是我不好。"

"我也不好啊。"

一般来说，情侣争吵之后，以不马上见面为好，各自冷静一段时间，彼此自我检讨，待相互思念的情绪高涨时再见面，似乎是和好的技巧。当然，要准确把握时机。一方做出让步了，另一方仍顽固不化，那也很难顺利和好。必须是双方你情我愿，才能水到渠成。此次两人这样快地冰释前嫌，也是少有的。

"还去上班吗？"

风野比以前沉着多了。

"打个电话说说，晚点儿去吧。"

衿子爬起来，在睡袍外面套上对襟毛衣，朝镜子慢慢走去，风野望着她袅袅娜娜的背影，觉得心里舒爽。

"喂，是下周去租用那个工作间吧？"

衿子一边梳着头发，一边瞅着镜子问。

"对啦。原以为和你吵了架，你不管啦。"

"我已买好了玻璃酒杯，现在拿给你看看。"

她是在大吵之后的冷战期间，为自己买好玻璃酒杯的。对于衿子这种不易撼动的情怀和背人之后的和善，风野感到激动和开心。

"找了很多种，选了这个，你喜欢吗？"

衿子把盛着酒杯的包装盒抱到卧室，在风野面前打开。

"怎么样，漂亮吗？"

玻璃酒杯有点细，还有一部分带有裙子碎褶般的衬环。

"我觉得需要酒杯，就买了一些。是芬兰制造的。"

"很棒。"

风野拿起一个酒杯，举到嘴边，模仿喝酒的姿态。

"各五个，够吗？"

"足够。客人嘛，不会多，也就一两个。"

"什么时候搬家？"

"下周，随时可以搬。"

"下周之前应该看看家具吧？有人陪你看过啦？"

"除你以外，没人可以依靠嘛。"

"那就星期天去商店看看！至于冰箱嘛，我的一个朋友，想送你个旧的。我看也行。电视机可以新买，我已与人交涉过，去取一个就行。"

吵架期间还在为自己忙碌这些事情？风野把衿子紧紧抱在怀里，深深地、狠狠地吻她。

六月末的星期五，风野搬到了位于代代木的办公室。

说是搬家，其实就是从家里运来了书房的旧桌子和组合式书架，再就是酒杯、水壶之类的零碎东西。睡觉的床和四件套的家具是新买的。

之所以在月末的星期五搬家，风野有他自己的考虑。要是拖到星期天搬，衿子倒能帮忙，但会和妻子碰到一起。这次租房虽是风野自己住，但有必要在搬家里东西时，让妻子跟来看一看。

这样，让妻子星期五帮忙搬家，让衿子周末来整理房间。两个人就不会碰到一起，一切相安无事。

从家里搬东西，交给了附近的搬运公司。新买的家具，商家让人直接送到办公室，一直到下午两点多，才算安顿下来。妻子眼瞅着堆在屋子中央的四件套家具问风野：

"这是你选的吗？"

"当然啦。不合适吗？"

"咱家附近有更便宜而且更好的……"

因为买家具时没征求妻子的意见，她说话有挖苦的成分。

"这儿离市中心近，买东西方便。"

"还需要窗帘、废纸篓和餐巾等东西吧？"

"一点儿一点儿地凑吧。"

"门口还是放个垫板好。"

妻子说的这些东西，风野本打算与衿子商定后购置。

"这样的公寓值七万日元吗？"

"你觉得贵吗？"

"不了解这一带的行情。"

"咱们去喝杯咖啡好吗？"

听风野这么提议，妻子露出意外的神色，接着点了点头。

已经好几年没和妻子进咖啡馆了。屈指算算，差不多有五年了。

"要两杯热咖啡！"

向男服务员说完，风野从口袋里掏出一把钥匙，摆到妻子面前。

"这是新租办公室的。"

这钥匙本来不想交，但思来想去，觉得不如主动交出去。这样，可以打消妻子的疑虑，使她放下心来，避免日后无端来此查岗或寻衅滋事。

一切都是有预谋的，妻子却好像很中意。

两天后的星期日，衿子来到了办公室。

"哎呀，东西都备齐了吗？"

衿子一进门就透露出未参与搬家的不快。

"算是急急忙忙地凑齐了。电视和冰箱怎么样啦？"

"说是今晚给送到。"

"还需要窗帘、卫生纸、拖鞋和立伞架。"

"那就出去买吧。"

衿子说完，瞅了瞅洗碗池周围，突然变了声调。

"太太来过吧！"她压低声音慢慢询问道。

风野不知所措，轻轻地摇了摇头。衿子立刻从洗碗池边儿上拿起一张淡粉色餐巾。

"这个是太太带来的吧？"

"不是，是我从家里随便拿来的。"

实际上，餐巾是妻子连同肥皂和毛巾一起给他带来的。

"是太太新做的。"

衿子把餐巾拿在手上，仔细端详了一会儿，接着像扔掉废弃的脏物一样，把餐巾扔到了洗碗池上。

"做得挺拿手啊。"

"……"

"那我什么也不用干啦。"

衿子边说边拿起手提包，准备离开公寓。

"你怎么啦？"

"反正太太都给你做好啦。"

"我是星期五独自搬的家，你在上班，没办法嘛。窗帘、卫生纸、拖鞋、立伞架等很多东西，都等着与你一起配置嘛。"

"可以跟太太商量着办……"

"别瞎说！"

"你才瞎说呢。原先说都让我做，其实都让太太做啦。"

"她什么也没做。只是让她给凑了点儿零碎的东西，她也没来这儿。"

"门上钥匙已经交给她了吧？"

"没有……"

"真的没有吗？"

"当然。"

"那就把钥匙给我吧！"

衿子目不转睛地注视着风野。风野像受到外力胁迫一般地从口袋里慢慢掏出仅剩的一把钥匙，递到衿子手上。

衿子接过钥匙，情绪突然高涨起来。

"从下周开始，我每天都来给你打扫房间。"

"那可不得了，不必每天，空闲时过来清理一下就行啊。"

"那就周中和周末来两次吧。"

衿子再次环视了一下房间，接着语重心长地说：

"今后一直在这儿工作就行。这儿比府上方便，可以静下心来，闭门写作。"

"也需要外出搜集和整理资料啊。"

"可以把资料拿到这儿来嘛。"

衿子好像可以借机控制风野回家，把他牢牢关在办公室里。

"这个电话号码是比较好记的。"

衿子把新号码记在笔记本上，然后高兴地说：

"下次通话就不用特别操作和费事啦，还可以随时呼叫，真好！"

以往衿子往风野家打电话，总是先让电话铃响两声，接着挂断重拨，风野即知是衿子打来的，这是只有两个人才懂的暗号。这种情况下，风野会在书房里抢先接电话，如果妻子已经在楼下接了，他就稍候片刻再拨过去。

"现在去买窗帘吗？"

妻子说过家里的窗帘可以移过来用。衿子提出重新买，没办法。

"还有废纸篓、卫生纸套、立伞架、浴室的擦脚布。"

关于废纸篓和擦脚布，妻子曾说把家里的拿过来用，否则会造成无谓的浪费。而今为了不伤害衿子的情绪，浪费点就浪费点吧。

"水壶和咖啡杯也需要啊。"

今天，风野从衿子步入公寓那刻开始，就决定万事服从衿子安排。

两人外出买完东西回来，时间刚好五点。衿子赶紧放下新买的东西，戴上拿来的围裙，开始清洗洗碗池的不锈钢台面和浴室。

衿子天性喜好洁净。虽是如此，这儿又不是她自己的公寓，为何饶有兴致地主动清扫呢？说到底是她爱自己。风野想到这里，觉得很惬意，但又觉得不仅仅是这样。也许是女人独特的独占欲在驱动——通过拼命地清扫和整理，可以把办公室置于自己的支配之下。这么一想，又觉得忙忙碌碌干活的衿子令人害怕。

"你瞧，干净了吧？"

清扫基本结束，衿子有点自豪地环视着"战绩"。确实，房间和浴室都焕然一新了。

"一到夏天，东西容易腐烂，生活垃圾必须每天按时扔掉。"

"用不着每天都扔啊。"

"你会让人送荞麦面或大碗盖饭吃吧？容易产生垃圾。"

衿子说着，摘下围裙揉成团，放到靠墙边的盒子里。

如果把围裙放在这样显眼的地方，妻子来时，会知道有女人来清扫过房间，所以他还是希望她拿回去，但先前跟她说过妻子不来这儿，现在也不便再说什么。

"这个茶碗是我专用的，放在这儿啦。"

衿子边说边把花梗图案的清水烧的茶碗摆在洗碗池旁边的玻璃隔板上。她好像打算经常来这儿喝茶。这倒好说，可是在显眼处长期摆放着一个花哨的茶碗，就表明有女人常来这里。

"还有别的茶碗可以用。"

"我喜欢这个，用这个喝着舒爽。"

女人会找出种种借口，逐渐地占领男人的领域。照此下去，这个房间迟早会变成衿子操控的模样。

"今天不着急收拾啦。"

"哎……"

"咱们出去买点儿肉，回家里做饭吃吧。"

因为上次吃过苦头，风野从开始就打算今天吃住在衿子那里。

搬过去一周后，风野在新的办公室里沉下心来工作了。

之前坐在家中的书房里，只能透过窗户，看到与小小院落前面的浅驼色灰浆墙，而这里可以通过窗口俯视通往商店街的热闹的马路。家中书房里所能看到的一切已是熟视无睹，而从办公室里看到的光景令他觉得格外新鲜。

风野每天临近中午时离家，到办公室去，工作一个下午，傍晚再出去喝酒或与衿子幽会。驻地附近有很多西餐馆、中餐馆或咖啡馆，只要肯出钱，吃喝都是很方便的。

之前在家中书房里写作，常常一天不外出，明显感到运动不足。现在有了办公室，每天都跑来上班，运动不足的状况得以解除。最大的好处是不受任何人干扰，有种置身世外桃源的解脱感，可以自由自在地想干啥就干啥。尽管在家中书房里关上门也挺安静，但感觉举动都处于妻子无形的监视之下。

风野每天一踏进办公室，就产生一种愉悦感："啊，又来到我自己的房间啦！"因为只有在这里，无论是坐卧，还是脱光衣服，或者是用很大的声音与其他女性通电话，都不会受到责备。房间虽不大，却是自己的王国。

近来，管理职级阶层的中年人乐于购买单间公寓，可能和风野具有相似的心情：想从公司或家庭的繁琐中摆脱出来，有一处放松身心的自在场所，远离公司或家庭的办公室正符合这种需求。

话是这么说，独居一隅利弊同在，有很多需要自食其力的事情要做。比方说，喝咖啡或喝茶，原先跟妻子打声招呼就送来了，而今都要自己来做。自己擦桌子，自己扔垃圾，自己清洗用过的酒杯和餐具。连登门的报纸促销员或强行销货者也要自己来应对。

当撰写稿件思路大开时，被这样的琐事困扰，那可受不了。但转念一想，即使自食其力，也不愿让妻子或衿子来办公室。多少麻烦一点，总比失去独自待在公寓里的解脱感强。

租居了这间办公室，日常各项活动都变得轻松了。

风野因为工作的关系，经常会去各地采访，之前每次采访，都要往返于离着横滨很近的生田，路上费尽周折。而今在东京都内采访，想要休息一下，马上可以回到居于代代木①的办公室。从外地采访回来累了，也可以躺倒在办公室小憩。同行的编辑们来代代木交通便捷，往复都很简单。出稿稍微晚点也会耐心等待。出去喝酒或聚餐也方便。

---

①地名，位于东京涩谷区。

生活过于便利，也会伴有短处，那就是喝酒的机会多起来。但喝酒可以使他与编辑或其他人的关系变得密切。如果平衡一下积极因素和消极因素，还是积极因素多。

居于东京都内好处多多，但也有麻烦事。

比方说撰写稿件，需查阅一下资料，不能半途停下来回家取资料，就把相关资料带到办公室。而下次在家里工作时，参考资料还放在办公室，会感到不便。有时还忘记搜集来的资料是放在家里，还是放在办公室。

再是服装。他的大半服装放在家中的衣柜里，需要在办公室换装时，很难如愿以偿。

七月中旬，他要去参加某出版社举办的宴会，就找不到合适的衣服。

那是个纪实文学获奖者的庆祝宴会，获奖者是风野的前辈，无论如何都要着正装出席。

但前一天晚上他是穿着衬衫出来的，一直没回家。办公室里没有西服，也没有衬衣和领带。风野只得给妻子打电话，让她把西服送来。

"你再早点儿说就好啦。"

妻子暗暗挖苦他昨晚没回家，说要四点以后才能到达办公室。

"可以，送来就好！"

风野挂断电话，继续工作。猛然侧目，发现衿子的围裙仍在盒子上放着。

如果被妻子看到，可就麻烦了。

风野环视了一下四周，看还有衿子的什么东西。他把围裙塞到了桌子的抽屉里，把洗碗池旁玻璃隔板上放着的衿子喜爱的花茶碗，藏到了洗碗池下面的橱柜里。

如此一来，女人的痕迹就没有了。风野一边自感欣慰，一边自觉怜悯。

自己多傻啊！竟有时间和心思玩这些小花招，还不如心无旁骛地干工作呢。他对自己的举动既感到无趣，又感到无奈。现在只能如此，别无他法。风野喝了口咖啡，调整了一下思绪，再次回到桌子前。

风野伏案忙碌到四点稍多点儿，听到了敲门声，妻子遵从吩咐，手提纸袋，送西服、衬衣、领带来了。当风野确认这些东西时，妻子警惕的眼睛扫视着房间，并翕动鼻翼，搜寻女人的气息，勘察留下的蛛丝马迹。

"装上窗帘啦。"

"啊，附近有家专卖店。"

"这和家里的没什么两样啊。"

妻子说完，走向洗碗池。

"也有冰箱啦。"

"半新的，便宜。仅一万日元，可以吧？"

"附近有个人曾说送给个半新的。不要钱。"

风野顺着妻子的话说：肯定是同一人的冰箱，开始说不要钱，最后塞给一万日元感谢人家。妻子从洗碗池边走回来，瞅着摆在门口的拖鞋说：

"夏天应穿缆绳花样的拖鞋，凉快。"

"这个冬夏两用。"

"不好，冬天还是毛织品的保暖啊。"

实际上，窗帘、冰箱、拖鞋都是衿子弄的。妻子心知肚明却不挑开，只是逐个挑毛病。

她大致观察了一遍，然后站起身来。

"我走啦。"

"你辛苦啦!"

"今晚不需要备饭吗?"

一会儿去参加宴会,供有烤牛肉、寿司等高档食品,但风野不喜欢在那种场合吃。可能他不适合与众人共同就餐,更不愿让人看到自己狼吞虎咽的样子,通常他只是闷头喝酒,过后再用拉面或荞麦面来果腹。

"不用备饭啦。"

"今晚回家吧?"

"当然。"

妻子点点头,走出去了。

跟妻子说昨晚没回家是因为工作忙,其实是去衿子那里住下了。妻子现在突如其来一阵提问,好像是知情之后的故意讥讽。

"真是麻烦……"

风野吸着香烟,琢磨着两个女人的明争暗斗,已经失去了继续工作的兴致。

时间临近五点了,要准时去参加宴会,该做准备了。

风野掐灭香烟,冲了个淋浴,换上妻子拿来的衬衣。他原在公司上班时,总穿西服、系领带。辞职以后,一直穿敞领衬衫。偶尔系上领带,感觉脖子卡得难受。

风野不得已系上领带,穿上西装,梳了梳头发。突然门铃响起,衿子进来了。

"要去新宿,突然想见你,就中途下车了。"

衿子右手拿着一束玫瑰花。

"怎么样,漂亮吗?"

风野一边点头,一边回想刚才妻子出门的情景。要是衿子再早来三十分钟，两个人就碰面啦。

"你怎么啦？一副吃惊的样子。要出门吗？"

"去参加出版社的宴会。"

"这西服……"

"刚才回家穿的。"

衿子走向洗碗池，把玫瑰花束放在不锈钢台面上。

"这儿没有花瓶，今晚就浸在这儿吧。"

衿子指着洗碗池说，接着又扭头问：

"喂，我的茶碗怎么没啦？"

风野马上想起他把茶碗藏在洗碗池下面的橱柜里了，但不能如实相告，否则她会怀疑藏碗的动机。

"没在那儿吗？"风野装糊涂。

衿子打开隔板，上下左右地找。

"怎么没有啊。你用过吗？"

"没用……"

"这么小的地方不会没有的。怎么找不到？"

风野不动声色地把香烟和打火机装进口袋。衿子伏下身子，打开洗碗池下面的橱柜。

这下可找到了。风野早已做好应对的思想准备。衿子发出了歇斯底里的叫喊：

"怎么能放在这样的地方！"

衿子用手紧紧握着花梗图案的清水烧的茶碗。

"是太太来过这儿吧？"

"……"

"老实说！是来过吧！你怕她看到女人爱用的茶碗，就急急忙忙藏到了这儿。"

衿子的感觉很敏锐，判断完全正确，但他现在不能承认。

"不是……"

"不是？那茶碗怎么跑到这样的地方去了呢？"

这么问，无言以对。风野默默地低头看腕表。

"等一下！"

衿子翕动着鼻翼，朝盒子走过去。这种嗅觉的灵敏确实是动物性的，不亚于警犬。

"围裙也藏起来了。藏到哪儿啦？快拿出来！"

衿子的眼神又呈现出歇斯底里发作前的征兆，晶晶发亮。既然她已发怒，再辩解也不易收场。

"说，放到哪儿啦？"

风野正欲不管不顾地溜走，无奈衿子从身后抓住了他的西服袖子。

"老实说！"

"别为无聊的事儿找碴儿！"

"根本不是无聊的事儿。"

风野没用鞋拔子穿上鞋。

"我要出去赴宴。"

"不行，不说清楚原委，就不让你走！"

风野未理睬执拗喊叫的衿子，闪身走出了房间。

"站住……"

门内传出衿子的呵斥声，风野置若罔闻，快步乘上电梯。

电梯门关上了。衿子没追来，风野喘了口气。

总算逃出来了。又是因为意想不到的事情吵架，他也没想到临出门时会节外生枝。

所谓的不走运就是这样，人要倒霉，倒霉事儿就会接踵而至。

按说妻子来送西服，不必非要把围裙或茶碗藏起来。如果妻子追问，就说是跟别人要的。再说已经藏起来了，妻子走后，就应该马上放回原处。就是因为懒得动，才造成了这种局面。

令人意外的是衿子突然现身。一般情况下，即使是回家途中顺路过来，她也是先来电话再来人的。像今天这样突如其来，尚属首次。

进一步探究起因，还要怪自己，明知今日有宴会，需换装前往，昨晚还不回家。如果回家就没事了。

昨晚工作到很晚，觉得回家很麻烦，又想和衿子幽会，就放弃了回家的念头。未租办公室之前，可以先和衿子幽会，再以参加宴会为由回家，次日在家换上衣服再赴宴，什么问题也不会发生。

这么看来，租办公室也许是个错误。

问题又不能完全归结在租办公室上。两人为一些无谓的事情吵架，实在不值得。如果把这样的纠纷告诉别人，可能会成为别人的笑柄，或许受到别人的讥讽："竟然为这些事吵架啊！"这样更会激起他的怒火，两人的争吵又要不可避免地进入胶着状态。

"无聊啊……"

风野嘟囔着，突然想起了过去读过的啄木①的和歌：

> 养猫遭猫欺，吾家殊悲凄。

现在风野和衿子的关系有点与之相近。一个围裙、一个茶碗都会成为争吵的诱因。在别人看来一些鸡毛蒜皮的事情，在两人之间就会发展成为互相憎恨、互相谩骂的争斗。而且，会在何时因何事吵架，谁也无法预测，无法控制。

------

① 即石川啄木 (1986—1912)，日本和歌作家，著有《一把沙子》《可悲的玩具》等和歌集。

风野走出电梯间，步行到新宿，乘上中央线的电车，很快到达了东京站，接着又换乘别的电车，在新桥站下了车。出版社举办的庆祝宴会的场馆离新桥站很近。

风野在电车上之时，双手抓住吊环，脑海里琢磨袗子被抛下后的情况。

如果是在平时，看到袗子怒火上蹿，他会先行劝解。但今天出门时间已到，没有机会"灭火"。再说就算他想辩解，她猜得那么正确，他也无法应对。这样的时候，辩解反倒不如沉默，越辩解越会给对方火上浇油。

今天主要是没有时间劝解，再是仅为一些无聊的事情劝解，让人觉得没有动力。要是和谁乱搞男女关系或者不履行重要的承诺，劝解还有必要。这次争吵是因他藏匿袗子的生活用品而起，区区小事，何足挂齿。他也有点厌烦自己怯懦而笨拙的做法，自以为小花招很巧妙，结果导致袗子大发雷霆。他甚至对自己游戏于妻子和袗子两人之间而感到懊恼。

再往深处想，两人反复吵架，居然没个够，是不是关系有点不正常呢？

所谓反复吵架，就是吵了言归于好，好了接着又吵。要是因吵架分了手，就不会再有日后的争吵。结果是吵与好往复循环，谁也没有分手的愿望。

这么看来，两个人还是相爱吧……

说实在话，现在两人已不像初恋时期那样忘乎所以地相爱。一旦分手也不会有那种撕心裂肺的感觉。大概袗子也一样吧。

也许可以说，当下两人是因为想要享受两性互爱的那种紧张感而相爱。希望置身于相爱的状态，胜过相爱的愿望。从这种意义上说，吵架是"调味剂"，也带有惯性。

话虽这么说，并不是两个人的爱降温了。岂止没降温，反倒比以前爱得更深了，是在波浪式地向前发展。不然，就不会大吵大闹后再言归于好。

这一点暂且不说。衿子对妻子的警觉是多么敏锐啊。她好像遁身于办公室内，观察着风野的所作所为，把握着风野的所思所想，想来令人感到可怕。

也可能常年交往，彼此了解，对方想什么、做什么都能知道吧……

一直以来，无论风野撒什么谎，基本都会被衿子识破。自以为撒得巧妙，天衣无缝，最后却被一一戳穿。当然，风野有点缺心眼儿，也有点吊儿郎当。如果做得细致一点，说得客观一点，也许可以蒙骗过去。但他往往疏忽大意、顾此失彼。这次的情况也是，如妻子走后马上恢复原状，这场战火就不会燃起。

这种懒散也许是天生的性格使然。

当然，即使做得再巧妙，也只能蒙混一时，最终总会被识破。原先自以为做得高明的事，最后都被抓住了把柄。也可以说，认定迟早会被对方识破的思想更加助长了他的散漫。

"无论如何要坚强面对！"

风野在电车里一边责备自己，一边紧抓吊环，任其颠簸。

奈落

今年天气有点反常，进入六月份不久，气象厅就宣布进入梅雨季，但霏霏的淫雨却没有踪影，反倒是干燥而炎热的日子接连不断。

人们很烦躁：这样下去，进了七月份该多热啊！真到了七月份，却意想不到地凉快，持续了一段梅雨天气。

风野比较耐热，但不喜欢晴朗的天气。理由是天气过于晴朗，会影响自己的写作情绪，使人介意窗外，产生一种困窘的心理：为何非要把自己一个人闷在书房里呢？致使稿子写不下去。适合写东西的天气，还是多云或阴天，光线暗淡要比光线明亮更令人满意。

进入七月不久的一个比较凉爽的梅雨天的下午，衿子的身体出现了异常。

那天是星期六，风野提前结束工作，去了衿子的公寓，看到衿子正在愁眉不展地喝咖啡。

"怎么啦？"

"我觉得肚子里有点不对头啊。"

听衿子这么说，风野才注意看衿子的腹部。从她穿着白地配藏青色的水珠图案的连衣裙看，外形没有什么变化。五天之前，衿子曾告诉他说，例假已晚了一周。

风野不了解这方面的东西，以为例假晚一周是常有的事情，故安慰衿子说："不要急，等等看。"衿子没说话，也希望没事儿。但事实不是这样。

"已超十天多啦。第一次这样。这儿火辣辣的，好像有点儿变大了。"

衿子用手指了指自己的胸部。

"唉……"

风野说要看看，衿子便把胸部的扣子解开了。

衿子身子较瘦，乳房不是太大，乳峰顶端微微上翘。风野认真端详了一下外形，认为乳房并没有变大。

"没什么变化吧？"

"可是，刚才喝牛奶吐啦。"

"牛奶不利于消化，是不是喝急啦？不用担心啊。"

风野尽可能地认为没什么，却难免挂记和忧心。衿子则脸色苍白，疑虑重重。

过往的性生活，风野非常注意避孕。他尝试着用荻野式避孕法[1]或放置避孕环来防止衿子受孕。听人说最简单可靠的办法，还是使用安全套，可衿子不乐意接受。

"总觉得隔着一层多余的东西……"

她这样说，心情是可以理解的。确实是隔了一层薄膜，这会让人觉得相互之间有了一层障碍物。

"可是，不戴那玩意儿有怀孕风险。"

"戴那个还不如服药好呢。"

对风野来说，衿子愿服药避孕，是求之不得的事。因为衿子一直以来没有怀孕，就认为她对此做得很妥当。不承想，她现在突然说怀孕了。

---

[1] 指日本医学博士荻野久作 (1882–1975) 发现的根据月经周期计算出的一种避孕法，简称"荻野式避孕法"。

"你不是一直服药吗？"

"开始服过多次，一直没怀孕，后来觉得没事儿……"

看看衿子那么小的腰围，很难令人相信她已经是个孕妇了。风野此刻也忆起自己曾说过"不服药也没事儿"的话。

"难道真是怀孕了吗？"

尽管怀孕是衿子亲口说出来的，她自己仍是半信半疑。

"怎么办呢？"

衿子问风野，风野无法回答。从内心讲，风野不能让衿子生孩子。现在连衿子一个人都应付不了，何况再生个孩子，那就更无法收拾了。再说，假如妻子和孩子们得知了这一情况，自己就陷入了灭顶之灾的汪洋大海。

但就目前来看，还到不了那个地步。确认衿子是否真的已经怀孕，是摆在眼前的首要任务。

"再观察一下发展情况吗？"

"要是去了公司，再发生今天这样的情况怎么办？"

"今天吐了很多吗？"

"量虽不多，但恶心了老半天……"

"还是去医院看看吧！"风野思考了片刻后，认真地说。

衿子却当场拒绝："不想去！"

"为什么？"

"去医院太可怕。再说这种令人害臊的事儿……"

衿子没怀过孕，对她来说，接受妇科检查也许是件不堪忍受的事。然而真是怀孕了，那就不能不去医院。

"那就观察观察再说吧。"

衿子把手按在前额，唉声叹气。风野看到衿子忧心忡忡的样子，开始感到精神郁闷。

只要不是怀孕就好。真要是怀孕了，不仅生产成问题，堕胎也不得了。

风野认为衿子也不想生孩子，她也不会顺从地去医院做检查。就是去，也会拖着自己一起去！问题是去哪家医院，该怎么向医生诉说？要是怀孕了需要堕胎，手术会顺利吗？万一不成功，那可不得了。手术费用又需要多少呢？风野越想越郁闷。

"没辙啦。"

风野嘴里发着牢骚，心里突然觉得眼前的衿子是个累赘。

难道我要带着这个累赘一直走下去吗？这个念头产生的同时，又涌出一种抛开累赘、及早溜掉的冲动。

然而，在女友怀孕之时，撒手离去的男人，大都是些不堪重负且忘恩负义的人吧。

"别担心……"

风野宽慰衿子说，又好像是说给自己听。

衿子把实情全说出来，心里踏实了，就打开了电视。荧屏上播放的是高尔夫擂台赛，衿子不懂高尔夫，应该也不感兴趣，两眼却一直盯着屏幕。

"要是去医院，去哪家呢？有什么考虑吗？"

"没有啊。"

衿子从未怀过孕，也不知道妇产医院在哪儿。也许是着慌的风野明知故问。

"问问别人吧。"

妻子生第二个孩子是在中野的一家医院。是他以前所在公司的上司介绍去的，医师很热情，病房也相当干净，但不能把衿子带到那里去。

"我觉得去哪儿都行……就是让人给检查一下，是否怀孕了。"

当下的衿子处于因妊娠而不安且情绪烦躁的时期。这期间，如果她受到精神方面的刺激，不知会怎么闹腾。他要尽量避免刺激她。但如果她真是怀孕了，则需要引导她的情绪向人工流产的方向发展。

　　"我觉得这事儿没有什么了不起的。"风野悠悠地说。

　　"你说什么？"

　　风野被冷不防地反问，一时说不出话来。他想说打胎也没什么了不起的，又担心此话说出口，会加重衿子的不安和烦躁。

　　"我说陪你去医院。"

　　"那可不是简单的事儿。"

　　"倒也是……"风野只好顺着衿子说。

　　他懊恼两人为何这样不慎重，导致怀孕。说来主要是衿子的责任。她再稍微注意一点儿，就不致怀孕。他又觉得随便把责任归咎于谁，也有点儿不负责任。

　　当前最为恰当的是，尽量和气地对待她。

　　"别害怕，没事儿。"

　　风野觉得这是句废话，但现在只能这样安慰她。

　　又过了五天，衿子仍未来例假，两人再次就怀孕的事儿商量对策。

　　"还是没来例假。有问题啦。"

　　风野刚和一个熟识的编辑喝完酒回来，衿子迫不及待地向他诉说。

　　"胸部也大了。今天差点儿在公司里呕吐起来。"

　　风野查看了一下乳房，乳峰的皮肤绷得很紧，乳头的颜色有点发黑。

　　"看来是怀孕了。"衿子不无忧虑地说。

一般情况下，女人的例假迟迟不来，还恶心呕吐，往往是妊娠导致的。

"怎么办？"

"什么怎么办……"

"往娘家打个电话说一下吧。"

衿子的娘家在金泽，父亲已经去世，母亲和哥嫂住在一起。

"给你妈打电话也没用嘛。"

"因为我害怕。"

衿子未婚先孕，告诉妈妈实情，只会让妈妈担心。衿子因为自己害怕而告诉妈妈，风野觉得既幼稚又可笑。

"别害怕，也别激动！咱们先去医院做检查，确认一下！"

"我不愿意去医院。"

"又这么说。不能放任不管嘛。"

也许是撒娇，也许是畏惧，此时此刻衿子显露了小女人的扭捏作态。风野有点厌烦，却不能发作，只能耐心宽解她。

"没事儿，去看看吧！"

"那我既不能去公司，也不能去外面了。"

衿子坚持着没去医院，时间又过了三天。衿子早晨起床就想呕吐，她终于想通了，答应去医院接受检查。

但她仍把"害怕！""不会有事儿！"挂在嘴上，并缠磨人，逼风野与她同去。

风野的妻子也堕过胎，并没牵涉风野的时间和精力。妻子说今天要去堕胎，然后就独自出门去了。风野下班回来，看到妻子依然是平时的样子站在洗碗池前。

与之相比较，衿子既胆怯，又矫情。不同之处是妻子在堕胎之前生过两个孩子，衿子尚属首次且是个未婚的姑娘。

"要是医院确认我怀孕了，那可怎么办？"

风野当然是想让她堕胎，但是她如果坚持生下孩子，就难以启齿说不行。

"分娩还是很痛苦的……不过你还年轻。"

"我已经不年轻啦。"

衿子的眼睛里不自觉地含着泪水。

"你不想养育咱们的孩子吧？"

"……"

"好啦，明白啦。明天我就到医院去。"

衿子嘴上很硬，最后还是决定去风野所找的医院。

医院是找到了，但不是托人特别介绍的。风野想：没有更好的医院吗？他偶然从千驮谷附近经过，一块"濑田妇产专科医院"的招牌突然映入眼帘。他被招牌所吸引，进到里面察看情况，这家医院居于一栋白色的很雅致的大楼内，医患进进出出，门庭若市。虽说不了解医术水平等具体情况，仅"专科医院"这种时髦的叫法，好像也能让人放心。风野拍板决定改去这家医院。衿子顺从地答应，恳请风野和她一起去。

"那是要去的。"风野并不推辞。

风野靠运气找到了这家医院，不能不陪着去，又顾虑前去专为女性服务的妇产专科医院，有点不好意思。万一和衿子去那儿被熟人看到，就是个麻烦事儿。

"我跟你到医院门口，你自己进去行吧？"

"讨厌！我自己进去，不知该怎么办。"

"真傻！就和感冒或负伤一样。去传达室挂号，说说名字和概况就行。"

"你就直接回来吗？"

"医院前面有个咖啡馆，我在那儿等你。"

"很快就能完事儿吗？"

"因为只是做检查，时间不会长。"

衿子好像同意了，她不再吱声。过了片刻，她又不安地发问：

"那什么时候去呢？"

"既然要去，还是早点儿好啊。外来门诊是在上午，十点左右可以吧？"

"那就不能去公司上班啦。"

"上午可以找人替一会儿，你稍微晚点儿到，中午以前就能到公司吧。"

"去医院检查后让做堕胎手术，还能去公司吗？"

"不是说能不能去，医生肯定嘱咐要休息，大小是个手术嘛，慢慢静养一下比较好吧。"

衿子脸上渐渐显露出严厉的神色，她表情端庄、口气严肃地问：

"你已经决定让我堕胎了吗？"

"没有……"

"我自己还没确定是否堕胎呢。"

风野听了，感到不寒而栗。在这节骨眼儿上不能和她争吵，把她顺从自己去医院检查的情绪搞坏，也不能再说手术不手术的事儿，尚且定下去医院的日子来就行。

"明天是我的交稿日，不合适去。别的什么日子都可以。"

"那就定后天吧。"

衿子说完，突然想起来什么，又动手翻看日历。

"还不行呢。后天是星期五，是凶煞日。"

"只是让医生给检查一下，用不着看日子、讲凶吉嘛。"

"这个很重要，改为星期六怎么样？"

"好像是门诊半休吧。"

"那就下个星期一吧。"

"干脆就明天！"

反正早晚得去，及早为好。如果磨磨蹭蹭的，衿子的想法可能会发生变化，或者会孕吐得更厉害。再说当下的状态持续下去，也会使自己不能沉下心来工作。

"明天是星期四啊。"

衿子思考了片刻，最后答应去。

"那就定下明天去，你今晚待在这儿陪我！"

"……"

"因为我心中没底。"

风野觉得明天就去医院，今晚没必要待在一起。但既然衿子提出这样的要求，也许万事顺从比较好。

"明白啦。"

风野点头认可，并暗暗思忖：从检查到堕胎，还不知她会有多少要求强加于人呢。故心里有些不爽。

虽然如此，只要能顺利把胚胎做掉就行。女人堕胎的过程肯定是既委屈又受罪，如果陪她能起安抚作用，使她情绪稳定，那倒是件简单的事儿。

"今晚可以吧？"风野岔开就医的话题问。

"什么？"

"那个……"

"你真傻！明天要去医院，今天还干那事儿，会被大夫看出来的。拥抱一下就行了……"

女人这样想，男人却感到不尽人意。风野甚至有点不失良机的思考：反正已经怀孕了，现在行房还不用采取怀孕措施。仅从这一点上说，也许有一些道理。

第二天上午九点，风野和衿子离开了下北泽的公寓。

风野昨晚没回家，妻子一定为他备了饭。

妻子也许会因此不高兴，但绝对不会想到丈夫一大早就和情人去妇产专科医院。

风野陪衿子沿着去车站的路向前走，他觉得自己是个极其卑劣的两面派。

"没辙……"风野小声嘟囔着责备自己。

到车站一看，虽然上班高峰时间已过，但电车上还是十分拥挤。两个人上车并排站着，抓住吊环，谁也没说话。

到了新宿站，两人下了车，改乘出租车。

从新宿到千驮谷乘总武线电车可直接到达。因为是去专科医院堕胎，觉得乘电车去，太过张扬，也怕碰见熟人，于是改乘出租车。

在出租车里，衿子仍不说话。风野为了改善衿子的情绪，说起到了秋天同去旅行之事，衿子眼睛盯着前面，仍不作答。

从千驮谷的车站前行二百来米，向右拐进去就是医院。风野不敢在医院门口下车。

他们在距离医院五十米的地方下了车，待出租车驶离，沿着人行道前行，很快看到了医院白色的大楼。

"那儿！"

风野用手指了一下，衿子扬起了头。

"漂亮吧！"

风野是外行，不知什么样的医院好，他觉得大楼漂亮、门庭若市就是兴旺的证明，就不是差地方。

"那儿有个咖啡馆。我就在那儿等你，行吧？"风野用手指着医院斜对面的咖啡馆说。

衿子又神情不安地瞥了医院一眼。

"没什么难的，是吧？"

"……"

"去吧，我等着你。"风野催促道。

衿子若有所思地看了看风野，迈步向大楼走去。

风野目送衿子远去，转身进了咖啡馆，回头再看，衿子小小的身影已消失在医院大门口。

午前的咖啡馆里冷冷清清，只有七八个客人在座。有的悠闲自在地品饮咖啡或读报。有的拿着文件，倾心交谈，可能是协商工作。风野径直穿过这些客人，到最里头的雅座落座。坐在这个位置上，可以透过玻璃门看到医院的全貌。

女服务员端来咖啡，放下离去。接着进来两个女性，坐到了风野的前面，遮挡住了他的部分视线，风野眼睛盯着咖啡，脑子飞速旋转起来。

可能现在衿子已挂完号，在等待诊察吧。一想到那些身着白大褂的医师向衿子问这问那，就涌起一股莫名的厌烦情绪。

猜测衿子在明亮的光照下劈开双腿接受医师诊察的情形，回忆两人置怀孕于不顾而纵欲放荡的场景，体会当下衿子抑郁而烦闷的心情。风野不禁陷入了一种难言的境地：接受诊察的衿子是个可怜的受害者，对她诊察的医师在做有违伦理的事情。

风野又很快从遐思中醒悟过来，他喝了一口咖啡，接着看了看柜台。可能是早晨闲暇的缘故，仅有的一个女服务员正提着托盘，无精打采地站在那里。

风野从柜台旁的报刊架上拿来报纸，阅读起来。报上登着美国总统选举和经济纠纷的消息。风野只看了看标题，就翻页看社会版，又看体育栏。虽是不同种类的报纸，登载的内容和出门前在衿子那里所看的报纸几乎一样。与其说是看报纸，莫如说是装模作样，满脑子都在想衿子的事儿。不过是表面上显得自在而已。

风野放下那张报纸，拿起《体育报》欲看，听见女服务员喊了声："欢迎光临！"不禁抬头向门口看去，因玻璃门反光，衿子那纤弱的身子仿佛穿越一般地出现了。可能刚从明亮的地方突然进入黯淡的光照下，衿子脸色发暗，神经质般地环视四周后，径直朝风野的座位走来。

她在风野正对面的座位上坐下来，对从身后追来的女服务员说了声"来杯咖啡"，然后就像泄了气的皮球，一下子瘫软下来。

"怎么样？"风野关切地问。

衿子不答话，眼睛平视着前方，轻轻地咬住嘴唇。

"果真是预计的那样吗？"

隔了片刻，衿子微微地点了一下头。风野喝了一口水，轻声问道："几个月？"

"三个月……"

风野曾有某种程度的思想准备，同时又希望不是现实。然而来到医院，医师确诊，由不得自己不信。风野瞅瞅衿子藏青色连衣裙下微凸的下腹，又瞅瞅她那张因紧张和抑郁而显得苍白的脸。

女服务员端来咖啡，放在衿子面前。风野突然想：可能这个服务员看到衿子是从对面的医院出来的，又通过衿子面无表情的脸色而看穿了一切。风野似乎有点沉不住气了。他满不在乎地用有点粗鲁的动作把香烟叼在嘴上，用打火机点上火。看到女服务员退到收银台，小声问衿子：

"那大夫怎么说的？"

"大夫问：'你要生下来吗？'"

"……"

"大夫说第一个孩子，最好生下来。"

风野啜饮着凉了的咖啡，并大口吸烟。

医师为何问这些事呢？看看衿子的外貌和打扮，就应该知道衿子未婚。或许是明知故问吧。假如是这样，不希望他再说一些使孕妇伤感、男人负疚的话。

"现在的医疗技术，堕胎很简单吧？"

"大夫说：'要是想堕胎，必须在这儿盖章。'"

衿子从手提包里取出一张有半张便笺那么大的纸片。上面横写着"同意书"三个字，接下来是"同意做手术"的一段文字。再下面有"本人"和"配偶"两个栏目。风野回忆起妻子堕胎时，也曾在类似的文件上签过字、盖过章。当时是顺其自然做的，没思考过什么。而现在看到"配偶"这两个字，既觉得有些刺眼，又感到意味深长。难道医院不顾及没正式结婚的男女看到这个字眼，会多么受伤害吗？或许有的人会因此不敢签字。

风野一边把《同意书》递还衿子，一边问：

"还需要这样的东西吗？"

"万一有什么事儿，才好办嘛。"

"绝对不会出什么事儿。"

风野自信地笑了笑，内心并没感到高兴。

"医生还说什么啦？"

"什么也没说……最后只是叮嘱了一句：'跟你先生好好商量一下！'"

在情人旅馆或酒吧里，如果男女同去，侍应者常称呼女方为"太太"。妇产医院的医生称呼孕妇的丈夫或男友为"先生"，应是情理相通。无论孕妇婚否，均说得过去，但显而易见，今天听起来像是挖苦。

现在不是对这些事情吹毛求疵的时候。首要问题是如何打掉衿子肚子里的孩子。

"说过什么时间可以做手术吗？"

"说医院是每周一、三、五上午为手术时间。其他的日子只做应急处理。还说下周一和周三的手术已经排满，最早要星期五啊。"

"堕胎的人那么多吗？"

风野突然意识到：在这座白色的豪华大楼里，每天都有几个胎儿被扼杀在母腹之中，想来令人毛骨悚然。

"要是做手术的话，明天就得联系啊。"

"那就在下周五做吧！"

衿子先是点头认可，接着又出尔反尔：

"我不愿意去做啊。去做那种让人害羞的事儿，还不如死了好。"

"但是……"

风野说到半截，环视了一下四周，周围的客人忙于自己的事，没人关注他们。

"还是走吧！"

在这样的地方，谈做手术的事儿，有点不太妥当。风野拿起账单，走向柜台付款。

两人走出咖啡馆，午前的强烈阳光照射在沥青铺设的路面上，使人感到热乎乎的。一个系领带的公司职员急匆匆迎面走过，身后两个年轻人大步流星地笑着超越他们，可能是在附近学校上学的学生。风野朝他们瞥了一眼，举手拦住一辆驶近的出租车。

衿子没有去公司。两人一同回到公寓，衿子换上 T 恤衫和牛仔裤，开始沏咖啡。

"要是肚子大起来，这个也穿不上啦。"

衿子端坐在沙发上，一边按着小腹，一边说。风野又开始不安起来。

她应该不会想生吧？虽然是开玩笑，却也令人忧心。

"那个大夫是个什么样的人？"

"大概四十来岁。长得不是很好看，但稳重、和蔼。"

"那挺好啊。"

风野只想快点儿听到衿子打算什么时候做手术，她却怎么也不说出来。

岂止不说，还节外生枝地望着自己的肚子说：

"我也能怀孕啊。"

"因为是女的嘛。"

"像做梦一样啊。"

虽说采取过一定的避孕措施，但长期以来她没怀孕，如今腹中怀上了孩子，她觉得新奇又不可思议。

"我这样的身体能生育吗？"

"大夫说什么了？"

"说是状况良好。"

良好当然让人放心，但肚子一天天大起来，可就麻烦了。风野为此捏着一把汗，衿子却百般珍惜地抚摸着小腹，充满幻想似的说：

"这个肚子慢慢大起来，乳房也鼓起来，然后就能生出孩子吗？"

衿子一方面为自己初次怀孕而感到懊恼，一方面为验证了自己有生育能力而感到自豪。

"真令人好奇啊。"

"没什么好奇的。"

"是吗……"

风野憋不住了，直截了当地问衿子：

"下一步怎么办？"

"什么怎么办？"

"堕胎啊。不早点儿定下来，日子一长就没法做啦。"

"我可不愿意连这样的事儿都听你吩咐啊。"

"你这是什么意思？"

"你随意开口'堕胎''堕胎'，这可是我的孩子。我的孩子我做主，该是理所当然的吧？"

"单个人怎么能生孩子，男人也有一半作用嘛。"

"那你负点儿责任，让我生下来嘛。"

"你别急！"

风野敦促自己：不能随着衿子的节拍走！

衿子真想生吗？如果真生了，她就是未婚妈妈，孩子就是私生子。她也不能再去公司上班了，日子很难过下去。即使有风野的帮忙和资助，肯定也会深受其累。衿子明知利小弊大，怎么还要生？不！她从一开始就不想生，是故意装出要生的样子来，或是在窥视男人的态度，或是在捉弄男人。看着一说要生就惊慌的男人，也许挺享受。

不能中她的诡计！要沉着，更要冷静。尽管他反复提醒自己，而衿子说到"想生"，他还是感到惊慌。

虽说孩子是男女的结合体，但女人坚持要生，男人阻止不了。无论怎么喊、怎么叫，孩子由女人孕产。说句极端的话，如果要坚决地阻止分娩，那就只有把女人杀死。

当然，风野他既不敢也不能那样做，他只能采用谦逊的态度，等待着衿子回心转意。

这么说来，谁横下心谁就能赢。女人要是坚持："无论谁，说什么，我都要生！"男人就会坐卧不安。相反，男人要是严厉抵制，讥讽说："愿意生，就随便生吧！"女人也会惶惶不可终日。还有恒心与耐心的问题。好像在这一点上，女人要比男人强不少。特别是像风野这样有老婆孩子，还需坚持工作养家糊口的男人，是很脆弱的。

如果他是个不工作、没收入的好酒好色之徒，可能会采取回避的手段。无论别人说什么，都回答"我不知道"。风野却不能这样。当然，这也许有点多虑。毕竟是他的心上人怀孕了，只要沉下心来就能共渡难关。如果过于担心，也许会被别人钻空子。

但是像这次这样意外怀孕是第一次，弄不好会引起大吵大闹。单纯认为自己是在玩女人而不深追究的妻子要是知道了，更不会沉默。

风野要想方设法让她顺利地堕胎，时常在心里暗暗祈祷尽快遂愿。背后还隐藏着一种极为自私的念头：再怎么喜欢她，也要维护家庭的完整。这一初衷是不会改变的。

风野连哄带骗、苦口婆心地劝说，约摸过了一个小时，衿子终于同意将胎儿打掉。

"全身麻醉之后，我也许会就此死掉啊。"

"绝对不会的。"风野安抚衿子。

衿子顾虑做人工流产会死掉，当然有些夸张，因为是首次打胎，心里忐忑不安是可以理解的。

"那就定在下个星期五吧。"

"好吧。没办法嘛。"

衿子好像不甘堕胎，她先叹了一口气，接着说：

"还是要做太太啊。"

风野马上明白衿子想要说什么了。如果她是正式的妻子，就不用费这么多心思去堕胎，马上就能生下来。自己的妻子不就接连生了两个孩子吗？

"无聊啊。"

裕子点燃一支香烟，慢慢地吐烟圈。给人一种与其说是想开了，莫如说是委曲求全，不得已而为之的感觉。

风野按捺住诚心想说"对不起"的情绪，沉默不语。他心想，要是道了歉，也许一切都会断送掉。无论裕子现在说什么，都要坚持让她堕胎，绝不能改变初衷。

"堕胎还是对的啊。"

裕子突然快活地说，并边说边从手提包里取出医院给她的《同意书》。

"填写这儿！"

风野仔细看了一遍说明，从上衣口袋里掏出圆珠笔，开始填写内容。

"配偶者：川崎市多摩区生田……"风野写到这里，停住了手。

填上配偶的正式住所和名字，有什么事需要联系时，便于通知和寻找。

"写得不对，也没事儿吧？"

"为什么不写对呢？"

"就写你的真名字吧！"

风野在住所处写上"裕子"，配偶栏里取裕子的姓，写"矢嶋"，名字写自己的本名"克彦"。

风野这样写完，放下圆珠笔。裕子默默地拿起《同意书》翻看。

"你还是怕泄露真相啊。我在痛苦，你却想给社会一副好脸。"

确实，在《同意书》上将住所填写为裕子的公寓，万一在手术过程中发生什么事，与住所联系根本就找不到人。再说配偶矢嶋克彦这个人物根本就不存在，所有联系均会落空。

"我在医院万一有事……"

"打上麻醉剂就睡着了，什么也不知道啊。"

衿子所害怕的不仅是堕胎，好像还有麻醉之后的神志不清。

"讨厌啊……"

衿子担忧的心情可以理解，也让人觉得可怜，作为男人的风野无法代替她，只能以安慰了事。

"没事的。堕胎手术本身不是大手术，不用担心。"

"怎么就怀孕了呢？"

直到刚才，她还在为能怀孕而自豪，此刻却又自责起来。

"这么说还是不好吧？"

"什么……"

"像我们这种关系，很难啊。"

腹中有孕而不能生下孩子，衿子此刻才深切认识到她和风野这种情人关系的空虚和渺茫。相爱而没有正式结婚的情侣往往会分手，常常会以未婚先孕为导火索。

风野想安抚衿子，稳定其情绪，但现在却找不到合适的话语。

"过几天就……"

"过几天就什么？"

本来是毫无意义的敷衍话语，被衿子一反问，风野更无法回答。

"就是生下孩子，将来也不管用嘛。"

"那你怎么生孩子了呢？还是觉得有孩子好吧？"

说实在话，风野并不是抱有什么特殊目的才生下孩子的。因为当时快三十了，是适婚年龄，与妻子婚后待在一起，顺理成章地有了孩子。仅此而已。

"并不像你说的抱有什么目的性。"

"没想生却能生，真羡慕啊。"

无论再说什么，怀孕的衿子都会和风野的妻子做比较，怀着偏见去看待一切。

手术前的一周，风野尽量回避易产生摩擦之事，不去刺激衿子，即使到达吵架的临界点，也抑制着自己的情绪，不去发作。

据说女人在怀孕期间易情绪焦躁、情感脆弱，但衿子并不是特别不好伺候，只是时不时地瞪着眼睛发呆，好像是有什么挂心事儿似的闷闷不乐。

她应当还是担心堕胎的事儿才郁郁寡欢。此刻也不宜胡乱安慰或多嘴多舌、以免打乱术前的平静。

风野最为担心的是妇女周刊杂志上那些新闻广告信息对衿子的影响。

某妇女杂志上刊登着一个新婚不久的男歌手与妻儿的合影，其妻子刚生了个男孩儿，夫妻俩抱着婴儿在微笑；另一本杂志上热闹地叙述了某个上了年纪的女演员克服高龄初产的困难，顺利诞下一个女婴。还有一本妇女杂志上刊登着一则科普知识——"夏季孕妇和产妇的卫生"。

衿子不太爱看妇女周刊杂志。风野常在下班时买回杂志，放在房间的某个地方，闲暇时拿起来看看。每当杂志上介绍幸福的婚姻或产婴的消息，风野就感到不安，悄悄把杂志藏到房间的角落里。尽管衿子已经想通了，但这类消息只会使一般人开心，对衿子这种状况的女性，则是一种刺激，令其感到精神忧郁，哀叹命运不公。

为什么要大书特书这样的消息呢……

风野原先对这些消息弃置不顾，现在却觉得很可恨。

曾经有一次，他和衿子一起朝办公室方向走，路上碰见一个肚子挺大的孕妇。看样子有七八个月了吧，行动笨拙，走路慢吞吞的，怎么看都不漂亮。那孕妇提着购物篮，与和她并肩走路的妇女谈笑风生，脸上洋溢着丈夫爱自己、生下孩子更幸福的那种自信，完全没有身怀六甲、行走不便的那种精神负担。

衿子见状没说话，和那个妇女擦肩而过。风野马上从孕妇那里收回视线，观察衿子的情绪。后来，他对挺着肚子，满不在乎地走在大街上的孕妇感到反感和气愤。

手术的那天早晨九点钟，风野和衿子匆忙离开了下北泽的公寓。

手术在十点钟开始，医生希望提前十分钟到。

堕胎不是大手术，没有需要特意准备的东西。只带着睡衣、毛巾和替换的内衣，就足够了。如果手术顺利，下午就能回家。

风野起先打算把衿子送进医院的病房，后来思考在衿子手术期间，自己待在病房里等着，既不太合适，也不好意思，就决定只把她送到医院门前。

"没事儿的。征询过大夫好几次意见了。"风野说。

衿子达观地进医院去了。

说实在话，风野曾想在病房里等着衿子的手术结束。如果可能的话，还想在手术期间握住她的手，给她以安慰。当她从麻醉中苏醒过来，第一眼就看到自己在她身旁。

然而，四十多岁的男人陪着小自己十多岁的女性做堕胎手术，的确不太合适。无论谁看到，都会认为两个人的关系不一般。如果自己再惶惶不安，更会引起医生和护士的好奇心：那个男人算什么东西！

风野在医院门前把衿子扶下车来，目送衿子步入医院，转身进了上次去过的那家咖啡馆，要了咖啡。

"祈祷手术顺利……"

风野好久没祷告了，对"神"的依赖又自然显现出来了。

手术万一失败了，就是大事。听说有人做堕胎手术，出血时间过长，造成荷尔蒙失调，引起炎症，此后不能再怀孕了。特别是初产妇堕胎，后果不能令人满意。

衷心希望一切顺利，千万别因手术失误而死或因麻醉过量休克而死。麻醉剂好像是静脉注射，一般没事，但也有死亡的病例。

万一衿子有事，医院会马上往下北泽的公寓打电话联系。

风野想起了《同意书》的内容，赶忙离开咖啡馆，回到衿子的公寓。

以前，风野在衿子的公寓里，从没主动接过电话。今天的情况不同以往。要是电话铃响，马上就要接。风野不间断地注视电话，心想：如果电话铃响了，就是大事。他一边祈祷铃别响、手术会顺利结束，一边瞅着餐具柜上的座钟。

十点十五分。

按照原定计划，十点钟施行麻醉，麻药发挥作用也需要点时间。然后正式做手术，手术顺利的话，三十分钟就能结束。

那么，麻醉剂已注射过了吧？要是手术稍晚一会儿开始，也许到十一点左右结束。

十一点以前不来电话，就没问题。

风野再次注视着电话祈祷：在十一点之前你不要响！不要响！由于内心急躁，嗓子干了。他站起身来，去洗碗池那儿倒了一杯水，一口气喝了下去。

"祈祷顺利……"

风野又回到沙发上祈祷，耳畔仿佛听到了衿子抽抽搭搭的哭泣声。

终于到了十一点，电话没响。应该是顺利结束了吧。也许是医院里人杂事多，开始时间滞后了。风野决定再等三十分钟。依然注视座钟和电话，祈祷手术顺利结束。

妻子做手术时，他没这么担心，只是思考：现在正在做手术吧，很快就会结束的。仍安心工作。那时他还在公司里工作，或许是工作忙碌的缘故，或许是人多搅和在一起，感觉不到烦闷和焦急。

再说公司离医院不远，心中有踏实的感觉：万一有事，可以赶过去。

现在他与衿子是一种不愿为人所知的关系，故而总是忐忑不安，方方面面往坏处想，精神负担大得很。

眼瞅着时钟指向了十一点半。耳畔突然传来了收废品者的吆喝声："收旧报纸、旧报纸……"

风野站起身来，从窗户里往外看。只见公寓入口处有两个妇女，抱着各自的孩子，面对面在交谈。载着废品的轻便客货汽车缓缓地从路上驶过。风野又朝远处张望了一会儿，走到洗碗池旁，沏上一杯速溶咖啡，开始喝起来。

按时间计算，手术应已结束。会不会人在手术中大出血，医生进行应急处置，没有时间打电话呢？要是往患者家里打电话，情况就相当糟糕吧？

"不会有那样的事儿。"

风野尽量使内心平静，拿起早晨的报纸来读。然而眼睛看着标题，内容却读不下去。于是又打开电视机，节目是天气预报。天气预报播完紧跟着正午报时，午间新闻又开始了。风野再也憋不住了，抓起听筒，开始拨打医院的电话。

"我姓矢嶋，衿子的手术结束了吧？"

"矢嶋先生？"

"我问的是今天十点钟做手术的那个人。"

"请等一下！"接听电话者应是年轻的护士。

过了一小会儿，听筒中传来似乎有点上了年纪的女声。

"矢嶋小姐的手术已经做完了。"

"什么时候？"

"一个多小时以前。人现在在病房休息。我想再过一个小时就可以回家啦。"

"没什么事儿吧？"

"没有。不用担心啊。"

风野手握听筒，长吁一口气。

太好啦！风野不由得欢欣鼓舞，接着又像突然泄了气的皮球，一下子瘫软下来。

已经没事儿啦。不用再担惊受怕了。

虽已卸下"包袱"，但教训必须汲取，这样的折腾不能再反复了。要好好与衿子协商，采取必要的预防措施。再也不能经历这样的痛苦啦。

风野开导着自己，做好了出行的准备。

衿子再过一个小时才能回来，还是去接一下比较好吧。

风野跟衿子说：他会不断地和医院取得联系，请她放心。起初他打算追随衿子手术的全过程，因为衿子堕胎之后出现悲哀之时，陪伴或许是解除痛苦的唯一一剂良药。后来才决定静候佳音。

根据刚才的通话情况推断，衿子已经从麻醉中醒过来了。麻药渐渐失效之后，人会疼痛不已。或许她正忍着疼痛，凝视着病房里白色的天花板。直到现在，风野才后悔没一直待在病房里等她。

早晨送衿子去医院时，他不敢和她一起进去。觉得一个大男人恬不知耻地跟着女人去堕胎，是蒙羞的事，让人看到很不合适。

要是现在去病房接她，同样觉得不好意思。风野又往医院打电话，问当下情况。

"需要人去接一下吗？"

"无所谓。她一个人也没事儿。"

听筒中传来的还是那位上年纪的护士的声音。

"家在下北泽，离那儿挺远。"

"我给叫出租车，不用担心！"

就算是十点开始做手术，到现在才三个小时，她身体吃得消吗？风野对护士轻描淡写的话感到困惑，他悠悠地问道：

"那下面呢……"

"今天休息一天就没事儿了。同时也服些药。"

好像真的不用特意去接她。风野说了声"请多关照"后挂断了电话。

一个半小时后，衿子独自回来了。她脸色苍白，满面倦容，走进房间，一屁股坐在沙发上，不再动弹了。

这样的时候，该说些什么呢？想说"辛苦啦"，又好像是迎接工作回来的人。

"怎么样？"风野关切地问。

衿子一边艰难地大口喘息，一边双手按住小腹。

"疼吗？"

"……"

"赶紧休息一下吧！"

风野进入和式房间，把衿子的被褥铺好，又拿来睡袍。

"来，换上衣服！"

衿子站起身来，慢吞吞地朝卧室走去。身子有点前倾，双手依然按着小腹。

风野目送衿子进入卧室，吸完一支香烟，也走进卧室，见衿子仰面躺在床上，脱下来的连衣裙像蜕下来的皮一般，叠放在枕侧。

"药呢？"

"刚才服过啦。"

"把光线调得暗点儿好吗？"

风野把脸凑上前去，看到衿子微闭的眼睛里渗出泪水。

可能还是疼，抑或带着堕胎的哀伤，不管怎么样，风野无以言表。他关上窗帘，把冷水和毛巾放到衿子枕侧。

"我在对面房间里，有事喊我！"

风野关上和卧室之间的隔扇，在起居间的沙发上躺下来。他想看电视，又担心影响衿子休息。只得起身再次浏览已经看过的报纸。他侧身瞥见了餐具柜上的座钟。

快四点了。

他今天既没回家，也没去办公室。也许妻子或编辑们在寻着行踪找他。而今天是个特别的日子，应该一直陪着衿子。

风野放下报纸，突然觉得肚子饿了。从早晨九点钟送衿子去医院到现在，什么东西也没吃。

风野确认衿子已经入睡，便穿着凉鞋，去了通着车站的商店街。快要到准备晚饭的时间了，街上挤满了提着购物篮的主妇。风野拿不定主意去哪儿采购何物，最后去超市买了点盒装生鱼片、豆腐、鲑鱼块和葱。

如果此举被妻子看到，一定会特别惊讶。风野从没为家里买过做晚饭的东西，当然也没有做过。此时此刻，这个男人却在为别的女人买做晚饭的东西。

风野把东西装进超市提供的纸袋，心情却意外地平静。

尽管不愿让人看到自己当下的状态，但是为堕掉自己孩子的女人做晚饭，也并非不好。按理说，他是在做偷鸡摸狗之事，而悄悄地干这种偷鸡摸狗之事的感觉并不坏。

也许男人在拥有上升志向的同时，也拥有堕落志向。风野边走路边思考，回到袗子住处，见袗子早已醒来了。

"去哪儿啦？"

"去街上买了点儿东西。下面要给你做晚饭。我当学生时自己做过饭，很好吃。"

袗子躺在被窝里笑了。

"疼吗？"

"稍微好些啦。"

"想吃什么东西呢？"

袗子慢慢地摇了摇头，表情却很温和。风野走到洗碗池前，打开了纸袋。

生鱼片可以直接装盘，鲑鱼块可以用铁丝网烤，部分豆腐和葱用于酱汤，剩下的豆腐可以切一下，做成冷豆腐。问题是如何做米饭，用电饭锅放上适量的米和水，好像就能行。

风野哼唱着小曲，打开电饭锅开关。此刻，他发现自己是个两面人：一是在位于生田的家里，呈现着懒散、不和气的大丈夫面孔，二是在情人袗子的公寓里，呈现出甘愿付出、乐于做饭的暖男面孔。

可以有这样不同的面孔吗？自己身上还有吉基尔博士和海德先生① 那样的双重人格吗？

风野想起以前读过的推理小说中的一个人，那人在妻子和情人那里生活，用不同的名字，扮演截然不同的角色。

"喂，饭做好啦。"

---

① 小说中的主人公。

风野去隔壁房间喊了一声，衿子慢慢地在床上坐起来。

"吃吧。"

"谢谢！"

衿子又无力地笑了。看到那副笑吟吟的面孔，风野觉得晚饭没白做。

"你先吃着吧！"

风野回到起居间，拿好筷子，衿子下床了。

风野以为她要坐下吃饭，为她拿出椅子来，而衿子转身去了洗手间。

她还是慢慢地弯着腰走路。过了一会儿，她从洗手间出来，又去盥洗室整了整头发，表情有些舒爽地在桌子前坐了下来。

"怎么样？做得很好吧？"

"是啊。"

衿子以少有的目光朝桌子上打量了一番。

"吃吧！"

"光喝点儿酱汤就行啊。"

"从早晨就没吃东西，要稍微吃点儿！"风野劝说道。

衿子吃了半碗米饭，喝了一杯酱汤。

"好喝吧？有二十多年没做酱汤啦。"

衿子没吱声。风野见衿子已吃完，开始收拾餐具。

"我来收拾吧。"

"那哪儿成……今天全交给我啦！"

衿子仍坚持要收拾，风野硬把她扶回床上。

风野站在洗碗池前洗刷着碗筷，突然想吹口哨。

他有二十多年没做过饭了，隔了如此之久，才回想起独身时代的生活，那时的自己做饭很快活。今天的实践证明，自己做菜的手艺还可以，应当比不会做饭的年轻女性强很多。

如果有熟识的人约自己吃饭，可以把他领来做给他吃。

去超市买东西、做晚饭给女人吃，饭后主动收拾碗筷等，也许不是正统男人干的事。姑且不去评论现代家庭的年轻夫妇，四十多岁的男人洗碗就不是个事。在别人看来，有点不成体统。

现在的风野，倒有点喜欢这种不成体统和吊儿郎当。尽管自我感觉像梳发的丈夫或情夫一般，内心却有种释怀的愉悦。

回想一下，家里的其乐融融已经淡化了很多。自己总是耍一家之长的威风，支配妻女干这干那，持有那种自以为了不起、也不暴露自身缺点的所谓男子汉态度。

这种虚张的威势，也许与他同龄的四十几岁男人普遍都有。

实际上，这与潜藏在他们心里的一种欲求有关：愿在自己喜欢的女人身旁懒散而放纵地生活，成为不考虑收入和地位的难以救药的男人。

可能是风野思想开小差，用手洗着的小碟不小心滑落，碰到了洗碗池的角上。幸亏没破，但边儿上碰掉了一块瓷。他把碎片捡起来，扔进垃圾桶，把小碟放回隔板……抬头看表，晚上七点。

西边的天空还很明亮，夜幕尚未降临。

风野接着烧开水，烧完打开通往卧室的隔扇门，探头问衿子：

"怎么样？喝咖啡吗？"

衿子睁着眼睛，躺在床上，听到问话，想爬起来。

"不用起来，躺着就行，我给你端过去。"

"你今天一直待在这儿吗？"

"当然啦。"

"咱们看电视吧！"

风野打开隔扇，以便让衿子从躺着的位置看到电视。荧屏上播放的是电视剧，好像是一对相爱的夫妻之间发生的吵闹。风野转换频道，观看流行歌曲节目。

电视剧中的夫妇之间，会发生各种纠纷，但最后都是圆满的结局。这好像是一种定式。为什么就能那么容易确认爱呢？现实可不是那么顺利的。风野看到这类剧情，就觉得气愤，这也是风野不爱看这类电视剧的原因之一。

转换成歌曲节目，衿子并不说什么，只是跟随着看。

"身上不疼吗？"

"唉……"

"我也休息一会儿。"

风野换上睡衣，躺倒在衿子的身边。

这时候不宜交谈，看电视比较好。

衿子身材矮小，她把枕头垫在身后，与风野并排躺着看。

衿子的体温慢慢地传到风野腿上。

今天的状况，肯定不能和衿子做爱，充其量只能身体挨着身体。故而风野心情相当平静。两人勾着腿，看电视，听歌曲，觉得很舒畅，以前也曾这样待过，但不是这样的心情。

风野觉得两个人越来越难以分离了。

尽管有过各种纠纷，但衿子怀过自己的孩子这一事实却无法否认。无论说什么，两个人都有终身相守、生儿育女的愿望。今后，两人之间无论发生怎样的纠纷，只要想起今天的事，也许马上就能重归于好。

不知衿子怎么想，相信她一定不会再做以前那么任性的事了。

风野享受着衿子温暖的肌肤，想起了"坏事变好事"这句话。

风野在衿子手术前后两天没有回家。他回到生田的家后，妻子没说什么。当然并不是原谅风野，对他不闻不问、漠不关心就是愤怒的表现。

风野讨厌妻子这样消极对抗。有意见可以明确提出来，该怎样就怎样。然而，如果妻子和衿子一样，歇斯底里地吵闹，自己也会十分尴尬，也会吃不消。妻子默默忍受着不发作，才维持了家庭的安宁，说其阴险有点过于自私。

妻子和丈夫之间可以在沉默中对抗，互相试探对方的愤怒，但对孩子们却不能这样。

小女儿放学回来，得知风野在家，放下书包就闯进房间来，用责怪加教训的口吻说："爸爸去哪儿啦？要按时回家。"

"我有点事儿。"

"老说有事儿，总不在家，妈妈多可怜。"

绝不会是妻子让她来说这些话的，一个小学生竟如此出言不逊。

"喂，咱们说好，从下次开始早点儿回家，来！拉钩。"

女儿说着伸出小指来，等风野回应。风野嫌麻烦，就模棱两可地回答说："不必如此。"

"讨厌！"

女儿忍不住大喊一声，接着赌气说："再也不理爸爸了！"转身跑了出去。

两个孩子长大以后，会怎么样呢？也许会渐渐地怀疑父亲的作为，探测父亲的行踪。好像妻子没对孩子说起过衿子的事儿，而孩子们早晚都会知道的。上中学的大女儿最近见到自己，几乎不说话。今天见了面，也没说："您回来啦！"

像小女儿那样教训自己，还算顾及亲情。也许过些日子，两个孩子都会维护妻子，谁也不靠近自己。

也许那样更痛快些，但真要那样，抚养孩子的意义就不存在了。

她们与自己离心离德，也许不是她们的过错，促使她们厌弃自己的，是自己长期以来的家外有家。

衿子那边刚安顿好，这边家里又开始冷战。

衿子术后第二天是星期六，她所在的公司休息，星期一上班。

这天晚上，风野在家吃完饭后，借买香烟的机会，用商店的公用电话找衿子。

"怎么样？"

"什么怎么样？"

"身上还疼吗？"

"不太疼啦。"

"我还在工作。"

他已经回家吃完晚饭了，却信口撒谎。不能用家里的电话找衿子，也不想让她得知自己在享受阖家团圆。

"今天就不过去了。"

"没事儿的。"

原以为衿子会诉说寂寞，想不到回答得如此爽快。

"身体没事儿吧？"

"这不算什么啊。"

回答似乎漫不经心，但语气冷淡，看来她的情绪不算好。

风野曾想今晚去衿子那里，但不知不觉走回了家。已是连续两天不在家，再不回家也有点不合适。

"过会儿再给你打电话吧。"

"不用啦。我要休息啦。"

"那就明天……"

风野话未说完，对方就把电话挂断了。

"尽管她不高兴，今天也不能再过去。"风野对自己鼓劲儿说。

今晚他走夜路过来，从远处看到家里灯火辉煌，突然觉得独自待在公寓里的衿子有些可怜。

不管怎么说，自己不在场时，妻子有两个孩子陪伴在身边，而衿子做了堕胎手术后却孤苦伶仃地待着。要说这就是妻子和情人的区别，那就罢了，但还是觉得有些不公平。

第二天，风野本想及早给衿子打电话，但因事情太多，又拖了下来。

原计划下午与衿子碰个面，不料妻妹两口子过午来到东京，参加什么学会的会议，使他没能抽身。一晃到了晚上，妻子少见地要在外面吃饭，他又陪同去了附近的中餐馆。

妻妹两口子当晚要住下，风野不得已一起回到家里。

可能是很少在外面吃饭的缘故，妻子又恢复了往日的乐观情绪，孩子们也很快活，妻妹两口子再加进来，不大的院落里笑声不断。

过了九点，风野只身进了书房，抓起听筒，给衿子打电话，他沉思片刻后又放下了听筒。

此时打电话，也只是告诉她"今天去不了"。既然去不了，打电话也没什么意义。

风野扣好电话，坐了下来。过了一会儿，他又担心起衿子来。

衿子的情况可能挺好吧。她没有主动联系自己，就证明她挺好。也不排除她故意不联系自己的可能。

与其不闻不问，让她感到自己冷血，不如打个电话问候一下。

风野拿定了主意，又拿起听筒来，电话很快接通了。

"我还以为你睡了呢。"

"没睡啊。"

"今天想过去，因为太忙，没抽身，明天一定去。"

"不用来啊。"

对方口气生冷，声音清晰可辨，风野赶忙握住听筒。

"不用勉强来啊。"

"并没有勉强。"

"我认为我们还是不再见面比较好。"

风野屏住呼吸，思量话外之音。只是昨天和今天没过去，衿子又耍小性子了。

"我没能过去，也用不着发火嘛。"

"我没发火。现在是实话实说。我认为我们应该分手了。"

衿子的话音，竟意想不到地平静沉着。

以前，衿子提出过几次"分手"，说过"绝对不愿意再见你啦"。都是吵架时赌气说出来的，不出自于本心。而且一边说，一边骂，有时还哭起来。待情绪平静了，关系又恢复如初。

然而，这次的语调与以往完全不同。人很冷静，听上去干脆又明快。

"为什么非要分手呢？"

"为什么？做出那样的事儿，你还拿着不当事儿吗？"

"哪能不当事儿呢？但是……"

"如果继续下去，我们还会反复做同样的事儿。还要怀孕、堕胎。我不愿意再这样了。要是再出现同样的事，我就死。"

"只要处处注意预防就行啦。你要是配合，预防的方法有的是。以后绝对不会失败啦。"

"不是说好好预防就行。你不懂女人的心。总而言之，我不愿意再受那种罪啦。"

"所以才说处处注意嘛。"

"我躺着考虑过。这是上帝为了惩罚我们而给予的考验。这次惩罚得很严厉，促使我下了分手的决心，这一点儿很感谢上帝。"

"喂喂，别急！"

"我已经决定了。"

风野好像误会了。先前他认为：男女关系发展到女人怀孕的程度，就不会简单地分手了。思想观念姑且不说，凭身体建立起来的关系相对牢固，不会轻易地分道扬镳。

但衿子的反应恰恰相反。怀孕和堕胎这些事，反倒成了她下决心分手的契机。

理由是不愿意再做那样的事儿，其实避孕并不是件很难的事。今后采取预防措施，时时处处注意就行。她提出分手并不单纯为这个。如果说女人在其中痛苦或悲哀，那就没有反驳的余地。

如衿子所说，初次怀孕却又堕胎的情况，是不多见的。其实，如果仅此而言，正式结婚的夫妇也有不要孩子的，有的为达到"丁克"，反复堕胎多次。至于衿子，绝不能说把孩子生下来为好。就现实情况看，堕胎应该是最好的处置方法。如果以此作为分手的原因，那可有点强词夺理。如果往坏里想，可以说是她在利用怀孕、堕胎的事情，达到分手的目的。

"别瞎说！"风野责备道。

衿子却用干巴巴的声音说：

"咱就趁机分手吧。你我都能轻松点儿。"

也许分手对双方都有利。之前，风野曾在两人吵闹后考虑过几次：不能再这么麻烦、这么痛苦地和衿子交往了！这样的关系是没有发展前途的。早分手要比晚分手明智得多。

然而，决心尚未下定，两人关系又复苏了。一方面觉得应舍弃，一方面又热衷卿卿我我，喜欢和厌恶并存。其由来不是什么理论或思想，而是内心深处迸发出来的热情。这种热情迸发之时，再怎么开动脑筋、再怎么理智行事也遏制不了。

"就互相轻松点儿吧!"

衿子的声音格外地干脆。

"我马上过去。"

"你不要来啊。"

风野决定立刻过去。急忙换上西装,走到客厅,对妻妹两口子说:"很抱歉,突然来了工作……"

"姐夫真是忙得不得了啊。"

妻妹很同情,妻子却露出不屑的表情,沉默不语。

可能是要去衿子那里吧。妻子很有灵性,很快揣测到了实情。

风野走到门口,换上鞋子。小女儿走过来送行:

"爸爸今晚回来吧?"

"好呀……"

"要按时回来!"

风野没应声,快步离开了家。

风野直接跑到大街上拦出租车,因为是在星期天的晚上,车很少。

他等了五分钟左右,终于驶来一辆空车,便乘了上去。司机是个很开朗的人,热情地问风野:"是要去工作吗?"

"是呀……"

星期天的晚上,穿着短袖衬衫和裤子出门,别人都以为是去做什么工作,不会想到他是为情人提分手而赶去安抚。

风野隔着车窗玻璃,瞅着被厚厚的雨云覆盖着的夜空,后悔从昨天到今天一直没去管衿子。

也许女人独处之时,心里会感到格外不安,故而去思考各种各样的事儿。特别是像衿子堕胎这种情况,情绪特别不稳定。在这样的时候，自己却悠闲自在地待在家里，不能不说是一种失误。

自己经常不在家，妻子怎么不动摇呢？是厚脸皮，还是有自信呢？抑或是具有"妻子"这一合法地位会有稳定感？

风野胡思乱想着，车子很快到了下北泽。走进衿子公寓，看到她正在熨烫晾干的衣服。她今天穿着 T 恤衫和牛仔裤，从外表看不出是刚做完人工流产手术的人。

"你那样说，我就赶来了。"

"用不着来嘛。"

衿子依然不客气，但还是站起来，给他沏了咖啡。

"你说要分手，我能无动于衷吗？"

"我是为你着想。那样对双方都好。"

"我不愿意。不能分手。"

风野悻悻地说。衿子没答话，把盛着咖啡的两个杯子放到桌子上。

"知道你这次堕胎有很多酸楚，为了这个而分手，你不觉得有点太残酷了吗？"

"……"

"要不是因为怀孕去堕胎，你不会这样吧？"

"堕不堕胎都一样。"

"你以前就想分手吗？"

衿子不回答，脸上带着冷淡的表情，小口啜饮咖啡。

风野原先在这样的时候，会冷不防地把衿子抱在怀里与她接吻。或不管三七二十一地把她抱到被窝里，脱掉她的衣服。衿子当然会抵抗，只要是表露出非这样不可，争执也就到此为止。

现在的氛围既不能接吻，也不能要身体。风野抑制着自己的情绪，喝完咖啡后，悠悠地说道：

"我不分手。完全不想离开你。"

"……"

"今天我要住下来。"

"不用啊，你挺忙的，回去吧！"

"不，要住下。"

争执之后，风野那晚还是在衿子的公寓住下了。之前衿子从没比风野早睡过，只有那天晚上例外，衿子先睡去了。

风野上床躺下，妻子和妻妹的脸庞映入脑海，辗转反侧睡不着。后来挨着衿子暖融融的身子，慢慢睡去了。第二天醒来，衿子好像昨天什么事儿也没发生似的，和颜悦色地对风野道："早安！"

风野看到她的笑容，终于放下心来。只要两人待在一起，衿子就显得很高兴。尽管风野有时觉得无聊，但想到她孤独寂寞，也没觉得有什么不好。

"那个事什么时候可以做呢？"

"哪个？"

"那个。"

风野瞄了一眼衿子的下半身。衿子见状微微羞红了脸。

"真傻，一直都不行。"

"'一直'是到什么时候？"

"据说半个月不能做。你不会在这期间乱搞女人吧？"

"绝不会……"

"会和太太做吧？"

"一直没做。"

"真要是忍不住了，只允许你和太太做。"

衿子话罢，紧接着左右摇头，不无遗憾地说：

"不！那样也惹人讨厌啊。"

"从一开始我就说不做嘛。你放心吧！"

"你太太怎么样？她不要你吗？"

"她不像你那样贪婪。"

"瞎说！我可不贪婪。"

风野和妻子处于平静的冷战状态，相互没有激情燃烧。风野偶尔地尽尽义务，妻子勉强地予以应付，根本没有以前的火热和胶着。

然而，衿子不愿相信风野和妻子的性关系冷淡。认为两人同住一个家里，发生性行为是自然而然的事情。这是没有实际体验过夫妻生活的衿子的专断，不能责怪她。

看到衿子的情绪恢复了，风野也放了心，转而又惦念起家里的事儿。妻妹他们今晨起来，见风野夜不归宿，会觉得不对头。孩子们也会疑惑："爸爸怎么没回家呢？"面对大家的疑问，妻子会说什么呢？是为了体面找个适当的理由掩饰，还是把丈夫在外搞女人的事坦诚告诉妹妹呢？

不管怎样，现在不能回家去。

风野和衿子一起离开公寓，乘上电车。衿子要去公司，风野在新宿站下车，去了办公室。

衿子是堕胎后第一天上班，从其外貌上看，没有什么变化。

风野想：这个女人几天前还拿不定主意，到底是堕胎还是不堕胎，并担忧会不会在做手术时死掉。现在却一如既往地行走在洒满阳光的道路上。

风野一边目送着衿子远去，一边感受着女人的坚强和魅力。

怀孕，堕胎，还流了很多血的衿子，现在却穿着西装裤，潇洒地走在大街上。上周的这时候，还在为孕吐而烦恼，随之下决心堕胎上了手术台。之后又闹着要分手，最终得到他的安抚。看来，女人的身体发生变化，想法也会随之变化。

人们常说女人情绪变化大，想到她们怀孕、妊娠、分娩带来的身体变化，会觉得理所当然。即使是男人，身体状态发生大的变化，思想、行为也一定会带来变化。只不过男人比较冷静，能保持理性，或许是因为变化总不如女性来得多，来得大。

风野有些信服地走进了办公室。

两天没来，房间里有点儿霉味儿。他打开窗户，换了会儿空气，接着开了空调，又点燃香烟。

电话铃声突然响起，他拿起来接听，对方又迅速挂断了。

极有可能是妻子打来的，但无法确认。

鉴于自己在外过夜的日子，时常接到无声电话。现在也不感到意外。也许是妻子在打探自己在不在办公室，抑或是其他情况。总之，这是个令人不快的电话。风野又陷入昨晚在外过夜的忧郁之中。

风野突然想：要是一直不回家，那会怎么样呢？干脆来个下落不明，让一家人陷于恐慌，妻子岂止生气，也许会哭着四处寻找。

他漫无边际地胡思乱想了一通，上午的时光快要消逝了。

渴爱

　　像风野这样的工作，既没有寒假，也没有暑假。

　　当下，风野忙于一本周刊杂志和一本月刊杂志的连载，周刊杂志的截稿时间是每周的星期一，故而在前一天最忙。另外接收的单项工作或新编写的稿件要同时来的话，都要按时做完。

　　这些工作一旦赶在一起，就既没有星期六，也没有星期天。相反，不忙的时候，闲暇时间很多。可以这么说：生活节奏不像工薪族那样周而复始，而是按照截稿日期的需求来转动。

　　从一月初开始的周刊杂志连载，到七月底结束了。进入八月份，就有了闲暇时间。

　　闲暇时间来了，并不值得高兴。虽说时间可以自由支配，但收入确实相应地减少了。

　　因为是自由职业，不像工薪族那样有工资之外的奖金或津贴，当然也没有住房补贴、通勤补贴、退休金之类的东西，收入是每月浮动的。假如风野病倒了，收入就会戛然而止，日后的生活令人担心。

　　周刊杂志的工作结束了，风野的月薪锐减到之前的三分之一，幸亏预定从十月份开始接手新的杂志栏目。再说到了十一月份，新写的评传会成书，多少能进一点版税。收入能有预期，才会放下心来。

　　中间的八九月份，手头有点紧，但悠闲自在。他想在此期间多读点书，更新一下知识，武装一下头脑，以备日后再战。

像风野这样从社会经济到时事政治及民生问题都染指的所谓多面写手，要不断地看、听、读、想各种东西，不断深入实践，采集素材，才能赶得上社会发展的步伐。即使只写一个企业的生存发展，从经营者的感受到职员的生活实感，如果不全部了解到，就写不出令读者信服的文章。

"超越时代不行，要时常停下来思考！"

这是风野成为自由撰稿人时，前辈作家对他说过的话，从这种意义上说，这两个月就是停下来思考的时期。

今年八月的旧历盂兰盆节，是风野的父亲逝世十三周年纪念日。风野的老家在水户①。每年一到夏天，妻子和孩子就回去住几天。风野已好久没回去了，想回去住几天。

故乡有亲戚，也有过去高中时代的同学和朋友。风野见到他们时的心情很好，每天都悠闲自在地度过，很惬意。

再说水户老家还有年逾七十的妈妈，她和弟弟、弟媳住在一起。风野每年在盂兰盆节和新年回故乡两次，每次都给点零花钱，这是风野表现孝顺的时候。

原以为告诉衿子这事儿，她会鼎力支持。结果她得知风野要回老家，满脸不高兴地沉默起来。

"怎么啦？"

"我也想回自己的老家。"

"我不在的时候，你可以回嘛。"

"这样的状态怎么能回呢？"

"这样的状态？"

"回到老家，就会被众人问：'还是独身吗？' 弄得人待不下去。"

---

①地名，位于茨城县。

"新年的时候不是回去过吗？"

"回去只待了一天。在家里，妈妈哭着求我快点出嫁！还让看相亲照片，大脑都不正常了。她警告我下次再不领爱人回去，也许就不让回东京啦。"

衿子的老家在金泽，那儿的人思想比较保守。女儿身在东京，快三十了还没结婚，被人说三道四是很自然的事。妈妈的思想压力可想而知。

"久而久之会被妈妈抛弃的。"

"你不是说讨厌乡下，不想回去嘛。"

"要是让我心情舒畅，我也想回去啊。回去见见亲戚、朋友，与儿时的玩伴聊聊家常。"

衿子以前几乎不提故乡和母亲的事儿，就是问她，她也是草率应答，说得不详细，原以为是她情不到位，现在看来是事出有因，她一直强忍思乡之痛。就在风野欲回故乡待一个星期的当口，她的思念决堤了。

"我并非突发奇想要回老家，盂兰盆节是父亲逝世十三周年纪念日，再说妈妈也上年纪了……"

"我妈妈也上年纪了。"

衿子这么说，风野无言以对。

衿子适龄而未婚，独身一人，处于不完整的状态，根源无疑在风野身上。没有他的存在，像衿子这样的女性，会有很多人向她求婚。即使回到乡下，也会有很多人提亲。实际上，在她的周围，包括因工作接触的男人当中，好像也有人向她求过婚。

衿子有时会凭一时高兴向他说起有人求婚的事儿。也许是想说自己很吃香，也许是想说这样很讨厌！

风野每当听到这些话，就会自我反省：是自己的贪婪和任性，把衿子的一生葬送了。也许应该还她自由。

说实话，风野对衿子一直恋恋不舍，不愿分开。不，岂止是不愿分开，甚至希望此生此世永远在一起。尤其是最近，他莫名其妙地预感到自己和衿子是他此生最后一次恋爱。尽管他清楚自己存在着自私和狡猾，但一想到这是今生今世最后一次刻骨铭心的爱，就倍加珍惜和呵护。

当然，四十多岁的男人应该更懂道理，祈祷对方幸福长久，可以在适当的时候让对方自由。即使衿子不积极，他也应该因势利导，这才是男子汉大丈夫该做的事。

风野思考着何去何从，又猛然想起以前从书上看到过的"漂亮地分手"这句话。书上说：为了留下美好的回忆，分手应该漂亮一些。

风野认为所谓"漂亮地分手"是人为编造的谎言。如果真的喜欢对方，就不会轻易地分手。只有两个人厌倦了爱，产生了恨，互相攻讦，伤害到对方的心，两个爱过的人才会分手。分手无所谓漂亮不漂亮。

如果恋恋不舍，就不应持续现在的三角关系，干脆对妻子说清楚："我找到了个喜欢的人，怎样看都喜欢。你跟我离婚吧！"真要这么说了，不知该多痛快。自己如实地坦陈所思所想，也许对三个人都是幸运与解脱。

但一回到家里，看到妻子熟悉的脸庞和孩子们桃花般的笑靥，话就咽回去了。下了几天的决心瞬间土崩瓦解，被欢乐的家庭气氛所淹没。

难道仅仅是因为没有勇气而难以启齿吗？

风野考量日后与衿子的生活，想象得甜蜜而满足，同时也隐隐感觉有种不安定感。

衿子年轻、漂亮、有魅力，对年逾四十的风野来说，是个难得的好伴侣。也许正因为年轻、漂亮，相反会成为特定时期的一种负担。现在两人没有朝夕相伴且吵吵闹闹，迟早会出现隔阂，产生致命的裂痕。想来令人惴惴不安。

或许这样的担心是风野过虑，只要两人结了婚，顾虑就会烟消云散。两人虽是老夫少妻，年龄相差一轮多，人家有的夫妇相差二十多岁，照样甜蜜度日。从这个方面看，年龄差距应该不是问题。需要介意的是，如果和袄子结了婚，就会被紧紧地束缚住，失去现在的自由。

现在的妻子度量大，有着视而不见的从容。虽然两人的感情趋淡，但相互给予很多自由，自己的个人空间很大。相比妻子，袄子似乎要严厉得多。尽管这样比较有点不公正。

似乎思考这些事情无济于眼前之事。现在是风野要回老家，袄子欲仿效而不能，要设法帮袄子排除这种寂寞。

"盂兰盆会是十四至十六日，三天之后，我马上回来。"

"可以啊。待一个星期也没关系啊。"

"只是你一个人待着……"

"我从开始就知道这样。觉得你无论如何得回去。"

"真的就待三天，可以吧？"

"我又没说不让你回去。你就按照计划，带着太太荣归故里吧。"

袄子对风野这次回老家吹毛求疵，不像是因为自己有家不能回而泄愤。她似乎认为风野是以"祭奠父亲逝世十三周年"为托词，带着老婆孩子回家探亲。

"虽说都回去，但家属先去了，回来也是各走各的。"

"起初打算一起去吧？"

"为不同行，我才晚点儿去、早点儿回嘛。"

"用不着勉强啊。就是分头回去，在老家也凑在一起。"

"是因为做法事，两个人都得参加。"

"好啊，是啊，就这样吧！"

衿子故作夸张地点点头，接着从餐具柜里取出香烟，一口接一口地快速吸起来。这种情形，表明她内心焦躁。

"等我三天，马上就回来！"

"您随便！我要到外面玩去。"

"去哪儿？"

"哪儿都行。和你一样的时间。"

衿子这次把香烟叼在嘴上，不紧不慢地抽着，显得沉着而冷静。

"和谁去？"

"不知道啊。"

风野瞅着衿子冷冰冰的侧脸，心里开始不安起来。

迄今为止，风野从未从衿子的身后看到男人的影子。尽管衿子为了工作和应酬，既会跟男性喝茶，又会跟男性朋友聊天，但相互只是朋友关系，并非有更深的交情。

对此，风野从没盘问过，衿子也没故意做过解释。也许只是对方对衿子抱有好感。

衿子与异性交往，没有超出朋友的范围，这点是确凿无疑的。这也许是风野作为男人的高度自信。但凭着五六年的相互了解，看到衿子平时的作为，她是真做还是瞎闹，很快就会明白。

衿子有点歇斯底里，但在男女关系方面却很规矩。她喜爱洁净，房间里多少脏点儿，就待不住。在与异性交往中也保持洁身自好。她以前曾威胁过风野说："你要是跟别的女人玩，我就找个男人玩。"但风野根本不相信。她就是再出言不逊，也不是个轻率干那事的人。这既与她的个性有关，也与在古老而有特色的安分家庭中受到的教养有关。

不管怎样，他一直认为衿子不会乱搞男人。

然而这次却有点惴惴不安。

她只是说在自己回故乡时外出旅行，为何就这么担心呢？

说是外出旅行，也不是要和哪个男性一块去或蓄谋已久。至于去哪儿、跟谁去根本没确定，只不过是她刹那间闪现的偶然想法。反过来说，正因为是一时的冲动而兴起，故让人觉得有些担忧和害怕。

平时，衿子温柔、顺从，但一旦情绪冲动，不一定会干出什么事来。正因为性格执拗，才有点天不怕地不怕。

"非要这时段去旅行吗？"风野小心翼翼地追问。

衿子默默地点点头，似乎外出的决心已定，不想做出改变。

有时候，衿子的情绪会突然改变。头一天还在憎恨和谩骂，第二天就会变成温柔与顺从，并道歉："对不起！"她今天是听说风野要和老婆孩子回老家，嫉妒心作祟，扫兴而赌气。也许到了明天，情绪就能平复。

"我早点儿回来不行吗？"

"没事的，您多待几天就行！"

听衿子这么说，风野有点不想去了，可是适逢父亲逝世纪念日，又不能不回去。

"我最近身体还是不适啊。"

"去医院看过吗？"

"不愿意再让大夫做让人难为情的事儿。"

"总得诊治一下嘛。"

衿子又沉默了。她就这样，本来情绪不错，突然间变得消沉，心不在焉地望着窗外。今天不高兴算是有点理由，但有点突发性。也许一切都归咎于身体不适。

"还是因为流产手术的原因吗？"

"大概是这样。"

祐子做过堕胎手术后，风野要过几次祐子，但那个瞬间所燃烧的强度与以前相比，似乎很微弱。可能是令人厌烦的堕胎记忆还留在心里，或者是当初对怀孕的不安还留有痕迹。总之，动手术给两个人的心中都留下了一种难以名状的阴影。

在这样的时段，让祐子一个人外出旅行也许是危险的。如果女人的信念发生微妙的动摇，不一定会干出什么事来。

风野相信祐子的品行，但难以掌握她身体的欲求。

最后，风野没能制止祐子要外出旅行的愿望，他决定任其所为，自己回老家去了。

风野曾对祐子说过，这次回老家要为父亲逝世十三周年做法事，会很忙。

父亲逝世三周年和七周年时，都是在寺院做的法事，这次因有近亲和左邻右舍参加，需在家里做，要把自家两间铺榻榻米的和式房间打通。

妈妈和弟妹已经联系了参与者，订购了外送的饭菜，基本做好了准备。这样，当天风野可以直接去扫墓，并得以向参与者寒暄一下。

说是寒暄，参与者大多是久违的人，谈起家常会啰唆。还因为乡下的人对风野的工作感兴趣，会问他很多事儿。内中有人最近读过风野写的东西，意见侃侃而发。乡下的人悠闲自在惯了，饮酒没有时间观念，有的已有了醉意，口中喋喋不休。

风野一边应酬着他们，一边琢磨着祐子的事儿。

此时此刻，她一个人待着在干吗呢？是正在准备外出，还是已经出门了？说是和朋友一起出去，是和谁一起去的呢？应该是和女性朋友一起去，也不排除是男性。

风野想着想着，有点沉不住气了。以前回到老家，他也会想起衿子，但从来没有像这次这样介意。

法事从下午两点开始做，过了五点也没结束。参与者又坐下喝起酒来。

风野离开座位，朝休息室里的电话走去。

老家的电话可以在茶室和门口附近的休息室之间切换。在这之前，风野没从老家给衿子打过电话。虽说家中只有妈妈和弟弟小两口，但如果和女性长时间攀谈，会被他们听到。妈妈是个古板的老人，听到后会担心这担心那。

然而，只有今天却不能这样说。家里挤满了客人，大家都喝醉了，或热衷于说话，很嘈杂，也许这样的时候反倒没人听到。

风野把电话开关由茶室切换到门口近处的休息室，然后开始拨号。

要是和衿子交谈时有人过来，就装作谈工作。

风野这样想着，把听筒放到耳朵上。那边无人应答，只有单调的呼叫声不时地响着。

等到响了十声，他挂断重拨，还是没人接听。

风野昨天下午离开东京时，她还在家。如果是出门了，就是昨天晚上到今天早晨这段时间出去的。

她是和谁、去哪儿了呢？一般不是和男性朋友出去，但也令人忧虑。

风野再次回到铺着榻榻米的和式房间喝酒。酒喝了不少，反倒一点不醉，脑子很清醒。

到了晚上八点钟，家中只剩下了亲眷，风野又去休息室拨了两遍电话，还是没人接。

今天是她所在公司的休息日，看来她是旅行去了。

她说要出去旅行，风野一方面觉得理所应当，一方面期待她只是说说不践行。当下他自己痛痛快快地回到老家，撇下衿子一个人，也有点儿太任性了。当然，之前热恋中的衿子，会耐心地等待他，这样温顺而专心的衿子着实令人爱怜。而今经常与他吵闹的衿子，再不会俯首听命，照他叮嘱的做。

　　风野两天没能与衿子取得联系，越来越沉不住气了。

　　妻子和孩子们来到院落宽阔、绿树成荫的老家，感到很惬意。而风野却无心再享受这闲适的乡下生活。

　　"明天回去。"风野这样一说，妻子和孩子们都露出了惊讶的神色。

　　"怎么这么早回去？你说要悠闲自在地待一个星期嘛。"

　　"周刊杂志的工作提前啦。"

　　"还说好要领我们去采集野生植物做标本的嘛。"孩子们责备道。

　　风野提示纪念日结束了，法事也做完了，亲朋故旧也见过了，再待下去没多大意义了。

　　"你们好容易来一趟，可以多待几天嘛。"妈妈劝说道。

　　"好容易全家凑齐了，你自己要走，真无聊啊。"小女儿哀叹道。

　　妻子赶忙制止说：

　　"爸爸各方面都很忙，让他随便吧！"

　　这话表面听起来理解、宽容、很大度，其实背后含有挖苦的意味。

　　"可你一个人回去，做饭或打扫卫生怎么办呢？"孩子们有点担心地问。

　　"自己干。吃饭的事情自己有办法。"

　　听到风野这么回答，妈妈在一旁插嘴说：

　　"在炎热的东京工作可不得了。孩子妈可以早点回去嘛。"

　　说实话，风野愿意一个人回去，一是心里轻松，二是可以放心地和衿子幽会，就是在外过夜，也无需留意什么。

"用不着啊，她爸爸就喜欢一个人待着。"

妻子揣摸到了风野的心思与得意，毫不客气地连讽带刺。

"今晚大家一起去外面吃个团圆饭吧。"风野倡议道。

孩子们马上赞成。

"哇，太高兴啦。就去旅馆吃西餐吧，奶奶也一起去。"

"用不着花那么多的钱啊。"妈妈推辞道。

作为风野来说，带着亲属去吃饭是一种免罪符。再伺候老婆孩子一个晚上，明天就可以回东京获得自由。他是经过一番盘算之后，才决定带亲属外出吃饭的。

第三天，风野回到了东京，在上野站用站内的公用电话找衿子，依然没人接电话。

风野直接从车站去了衿子的公寓，看到果然锁着门。他掏出身上带着的钥匙打开门，进里面一看，屋里的窗帘闭着，周围整理得干干净净。

他拿下门外邮箱里积存下的报纸，看到有前天的晚报，还有今天的早报。

由此可以推测，衿子是在风野出发的那天下午出去旅行的。

屋里没开窗户，风野感到很闷热，他坐在沙发上再次环视了一下四周。

"我说过马上就回来的……"

风野本想这样发牢骚，可她本人并不在场，又把话咽了回去。转念想要离开，却又觉得她马上就会回来，故而屁股刚离开沙发接着又坐了回去。

要是衿子现在进门来，就尽情地拥抱她。

风野想象着衿子扑到自己怀里的情形，继而醒悟到不过是自己一厢情愿的憧憬。

"还不知她在干吗呢！"

风野砸吧嘴，想找张纸片，写个留言。又疑虑这样做，是表示自己求饶，是示弱，只会让衿子越来越得意忘形。

他把刚想从中撕下一张纸来的笔记本放回口袋，起身收拾报纸和烟灰缸。

突然，他改变了收拾的主意，想到若报纸和烟灰缸保持现状，衿子回来就会知道自己来过，故而原封不动地离开了公寓。

他从衿子的公寓乘车回到位于生田的家，家里仅仅三天没人，就显得静寂和阴沉，并让人闷热难耐。打开防雨窗很麻烦，他只推开书房的窗户，坐下看三天来的信件。主要是订阅的杂志或邮寄的广告，夹有一张纸片。纸片上说，有封挂号信，来送人不在，暂留邮局保管。

风野把信件整理了一遍，抬头看四周，天已经暗下来了。

估计衿子已经回来了吧。抬手腕看表，七点整。

风野又拨打衿子的电话，还是无人接听。

他是觉得衿子今天在东京，才从老家赶回来的，可是她偏偏不在。他就好像泄了气的皮球，突然整个人都蔫了下来，转而开始懊悔自己撇下老婆孩子赶回来。

下步该怎么办呢？肚子饿了，要先吃晚饭。要么叫外卖给送，要么去外面吃。一个人吃外卖很寂寞，去外面又很麻烦。

孤零零地一个人置身于偌大的家中，不禁思念起原有家庭的热闹氛围，想念两个天真烂漫的女儿，甚至想念平时让人心烦并觉得碍事的老婆。

早知是这种情况，应该明确地告诉衿子，他今天肯定回来。可在临走前，只告诉她待三天回来，并没排除顺延一两天的可能。这种暧昧的情绪使他难下肯定第三天回来的决心。敏感的衿子也许敏锐地觉察到了这一点。

他只身回到东京，衿子不在，今晚在哪儿休息呢？平时嘈杂而热闹的家，现在显得空荡荡的。

与其在空荡荡的家中休息，还不如干脆去办公室好。

风野去意已决，便关上窗户，锁上门。临走前又拨打衿子的电话，还是没人接。

风野在路上吃了点饭，乘车到了办公室。时间已经过了晚上九点，衿子还没回到公寓，风野感到心里空落落的。

这种情况，也许她今天不回来了。越是这么想，就越想见到她。

风野思来想去，最后决定自己去衿子的公寓睡觉，无论她今晚回来还是不回来。

风野离开办公室，搭了辆出租车来到衿子的公寓，开门前看了一下腕表，已经十点了。

他先按了下门铃，没人应声，就拿出钥匙打开门。进门开灯一看，屋里还是风野离开时的样子。他打开空调和电视机，从冰箱里取出啤酒，边喝边看电视。时间很快到了十一点，他刚在沙发上躺下，电话铃响了起来。

一般不会是衿子往没人的公寓里打电话，但也不能排除是衿子打来的，风野迅速拿起听筒。

"喂！"

电话里是个年轻男人的声音。风野紧握住听筒，屏住呼吸，听对方还说什么。

"是衿子小姐吗？"

"……"

"喂！"男人又呼叫。

此时此刻，风野不能答应，只能保持沉默。男人又"喂"了几声，然后自言自语"不对头啊"，挂断了电话。

风野注视了一会儿电话，然后慢慢把听筒放回原处。

好像对方有疑，电话铃声再次响起。风野这次没接，铃响了七声才停止。

一定是刚才那个男人。他可能怀疑人在，只是不想说话，就又打了过来。

根据声音判断，男人约摸二十岁左右，声音响亮而有力。他称呼"衿子小姐"，可能是衿子的朋友。根据他只称呼名而不称呼姓来判断，也许关系很亲密。

为什么这么晚了还打电话来呢？一般来说，过了十一点，还往女人的公寓里打电话，就有点脸皮厚。

干脆说一句"我姓矢嶋"，吓唬他一下就好啦。

深夜里年轻人打电话，还是让人有点疑虑。

他不想再看电视，专心喝剩下的啤酒，思忖刚才年轻人的声音。就在此时，公寓的门被打开了。

可能是衿子回来了吧。他抬起屁股凝神看，门大开着，衿子正在弯着腰脱鞋。

"哎……"

风野想要站起来去门口迎接，又觉得不合适，就一直端坐着。衿子走了过来，她穿着白色的喇叭裤和橘黄色的罩衫，右手提着一个很大的旅行箱。

"去哪儿啦？"

风野本想关切地问，却不自觉变成了责备的口吻。

"伊豆。"

"我是如约下午回来的。"

"是吗……"

衿子点点头，走进里屋放下行李，开始往浴盆里放热水。

"回来得太晚啦。"

"顺便去了很多地方。"

衿子开始站在洗碗池前喝水。可能是在海上待了三天的缘故，脸颊、脊背都晒出了健康黑。

"我说过今天从老家回来的。"

衿子不答话，迈步走向浴室。风野如约第三天赶回来，衿子却回来得这么晚。而且见了面，毫无欢喜之意，冷冰冰的。

"刚才有人打来电话。"

"是谁？"

衿子这才显露出关注的表情。

"不知道是谁。"

"接听了吗？"

"没有，只听到了对方叫你'衿子小姐'。"

"可能是北野君吧。"

"是你们公司的人吗？"

"是一同外出旅行的朋友。"

"你和他去的吗？"

"没想到吧……"

衿子苦笑了一下，两手往上拢了拢头发，打开了浴室的门。

"好好回答我的问话！"

"别用警察审犯人的那种口气说话！"

"问你跟谁去的。"

"跟公司的同事和那个朋友一起去的，共六个人。"

"为什么这么晚才回来？"

"我在中途顺便去了个地方……"

衿子似乎有点厌倦地进入浴室。风野的情绪却平息不下来。

今晨离开老家时，觉得已是好久没见衿子，到东京见了面，两个人可以无忧无虑度良宵，可以向她因孤零零留在东京而直率地道歉，但是回到东京，她却不在。好像是趁着风野不在约人去旅行，内中包括男性朋友。回公寓的时间又超过了十二点，而且态度不和气。与她共度良宵的情绪好像没有了。

风野无可奈何，继续从冰箱里拿啤酒喝。衿子从浴室里走出来，素颜淡漠地朝梳妆台走去。

"在伊豆待了三天吗？"

"是呀。"

"住在哪儿？"

"旅馆。"

衿子的回答依然冷冰冰的。风野喝干了杯中的啤酒，不无关心地说：

"怎么不好好地商量一下去哪儿好呢？"

"因为是突然决定的。"

"六个人一起去，不会是突然决定的吧？应该之前就有这个计划。"

"不是啊。"

"你应当知道我今天准时回来吧？"

风野责问的话音刚落，接着又暗暗责备自己的不开明。

"回来见不到你，感到很担心。"

"用不着担心嘛。"

"一个女孩子，不知身在何处，深更半夜又不回家，是谁都会担心的。"

"……"

"你太随便啦。"

"你才随便呢。"

"我哪儿随便啦？我要去哪儿、什么时候回来，都清清楚楚告诉你的。"风野厉声说道。

衿子则置若罔闻地梳理头发。

衿子不卑不亢的态度，令风野更加生气。时间已经过了十二点，他想休息了，想对衿子说"睡觉吧"，又觉得太窝火，觉得说这样的话，就等于自己向她投降了。

与其这样主动，倒不如等着衿子把被褥铺好，再招呼自己。风野干咳了一声，拿起一支香烟慢慢点燃。

然而，衿子仍坐在梳妆台前慢腾腾，丝毫没有想离开的样子。她先梳了头，接着往脸上涂雪花膏之类的东西，然后慢慢地按摩脸部。风野看着看着，胸中渐渐地升起了怒火。

"喂，你不给刚才那个男人回电话吗？"

"……"

"半夜来电话，一定是急事儿。"

"要是有急事儿，还会再打来的。"

衿子还在悠闲地做脸部按摩。风野一边生气，一边期待着衿子说"对不起"。因为男人即使觉得自己过分，面子上很难主动地低下头。

可是，今晚的衿子好像特别顽固。要在平时，她会关切地问："您累了吧？"现在却完全没有亲昵与和气的迹象。

是这次旅行带来了心境上的什么变化吗？还是跟朋友促膝交谈有感，下定了分手的决心呢？抑或是旅行中和别的男人发生了性关系？她一直对着梳妆镜，不停地鼓捣那张脸，是否是因为交往上了喜欢的男人而美容呢？他想到这里，就觉得衿子近日的行踪很可疑。

"那个姓北野的人在哪儿工作？"

"一家普通的公司。"

"一直交往着吗？"

"有交往，他才二十六岁啊。"

衿子忽然笑了。风野则认为年长对方两岁的衿子，未必不受对方爱慕。

"那个男人喜欢你吗？"

"不知道。"

衿子微笑着不置可否，更加令人忧心。

"睡觉啦。"风野有些懊恼地说。

衿子站了起来，转身进入卧室，可能很快铺好了被褥，接着又走了出来。

"请！"

"你不睡吗？"

"有些东西需要整理一下。"

衿子走到餐具柜前，打开抽屉装东西，弄得嘎吱嘎吱地响。

考虑到夜色已深，不必再等她一起躺下。风野把剩下的啤酒喝完，径直走进卧室，一眼就看到两床铺盖之间，留了十几厘米的距离。

她平时叠放铺盖都是紧贴在一起，今天好像是故意隔开的。

是旅行归来的疲劳没有消除，还是从今天开始就不让自己碰了呢？该不会是为了独自回味与年轻男人拥抱的余韵吧？她在以前可不是这样放铺盖的。

风野瞅着这十几厘米的间距，感到很窝火，他闷闷不乐地躺了下来，怎么也睡不着。他翻了个身，故意干咳一声，试探衿子的反应，衿子好像没有一点来就寝的意思。风野忍耐不住，下床来走进起居间，装作取书看，窥视衿子的动静，结果看到衿子心无旁骛地边喝咖啡，边看杂志。

"喂，睡觉怎么样？这几天应当玩累了吧？"

风野的话中带有挖苦的成分。衿子不答话，两眼不离周刊杂志。风野看着她的侧脸，极力抑制着的焦躁一股脑儿地暴发出来了。

"要是另有喜欢的男人，就直说！"

"你说什么呀！怎么突然……"

"突然什么？是突然把被褥隔开一段距离吧？把一个等你睡觉的人弃置一旁不管不问。你要不愿意就算了。"

风野这般气势汹汹的样子把衿子吓着了。

"要是喜欢年轻的男人，可以和那个男人睡觉。"

"我什么时候说过喜欢啦？"

"我讨厌和别的男人乱搞过的女人。"

"你吃醋了吗？"

衿子放下周刊杂志，笑起来。

他生气得很，她却在笑，似乎是笑话他傻，这是个什么样的女人呢！风野更气了，转而又生自己的气——自己偏偏与这样的女人正面碰撞。一般来说，女人会为别人误会自己乱搞而发火或吵闹。而近来好像男人也会为此大吵大闹。这是风野无法理解的东西。他自己不愿意成为这样的男人，现在却不自觉地吼了起来，搞得两人都很狼狈。女人有嫉妒心尚可理解，男人嫉妒起来其实很丑陋。

"没吃醋，只是感到惊讶。"

"你刚才说我怎么啦？"

可能是被风野的话所刺激，衿子也开始冒火。再争论就会互相揭短，进而谩骂或争斗，现在需排解争吵，但离弦的箭已停不下来了。

"知道我今天回来，还玩到半夜才回来。"

"你说谁呢？你自己和太太带孩子回老家尽享天伦之乐，却让孤独的人等你回来，净想自己啦！"

"一个人是有点孤独，也犯不着和男人睡觉嘛。"

"你说我什么时候、在哪儿、跟谁睡觉啦？"

衿子的眼睛已经开始像歇斯底里发作时那样闪闪发亮。

"这事儿得问你自己嘛。"

"是吗？你竟是这样的人啊。明白啦。"

"明白了就好，就不用再问啦。"

"没问啊。我就是不愿意再和你见面啦。"

衿子突然站起身，朝门口快步走去。她一生气，就想出走。难道不能再沉稳一些吗？她的公寓就两个房间，出走就是到外面去。

见她要走，风野本不想管，但甩下自己鸠占鹊巢，怎么都不合适。

"你要去哪儿？"

"去哪儿是我的自由。"

"等等！"

风野看到衿子正在穿鞋，便追上前去，从背后抓住她的胳膊肘子。

"放开我！"

风野不仅不松手，反而从后背倒剪她的双臂。在衿子挣脱的过程中，风野的肩膀碰到了门口前面的墙上。

"你要干吗！"

"不干嘛，来一下！"

风野把极力反抗的衿子拖拉到起居间。起初以为她会更为猛烈地反抗，结果却出乎预料，她从半推半就，很快转变为乖乖顺从。是她赌气出走没地方可去，还是虚张声势地闹一闹情绪呢？风野不问缘由，把她推进卧室，双手按住她的双肩，目不转睛地看着她。

"很晚了，休息吧！"风野的话语很温和。

"不想睡觉啊。"

衿子的口气也软了下来。她呆立在那里，似乎已打消了抽身而逃的念头。风野松开手，顺势关掉灯光，趁着光线骤然变暗，冷不防抱住衿子亲吻起来。

"讨厌！……"

衿子猛烈地摇头，风野使劲儿扳住她，用嘴唇强压住她的嘴巴，不让她说话，衿子见状，好似想通了一般地接受了。

两人接吻时间很长，风野似乎有点喘不上气来了，他收起嘴巴，衿子也叹息般地长吁了一口气。

"别净干傻事儿！"

风野一边说，一边用脚趾挑开被子边儿。

"睡觉吧！"

衿子依然站着没动，她用手整理了一下乱发，接着慢慢转过身去，开始脱衣服。

可能是强行接吻唤醒了衿子的理智和情感，或者是有点顺势而为。风野躺在床上开始瞅衿子，在淡淡的黑暗中，她从绰约的腰身上缓缓脱下夏季穿的毛线上衣，解开摁扣儿脱下裙子，凸显出曲线柔美的剪影般的身姿，风野的欲火渐渐地燃烧起来。

风野抑制着自己的急不可耐，两眼凝视着天花板。

掐指算来，这是隔了四天又和衿子做爱，自己却觉得很长时间没有肌肤之亲了，这也许是中间离开东京，去了趟老家的缘故。

衿子用脱下的毛线上衣遮挡着上半身，蹲下身来，慢慢地钻进被子。风野早把一切抛到了脑后，他两臂一伸拽过衿子，紧紧地抱住了她。衿子只脱去了毛线上衣，还穿着乳罩和内裤。风野顾不得摘下乳罩，一把将其撸到了乳峰之上，接着一手把住乳峰，用嘴吸吮她的乳头，另一只手褪下了她极短的内裤。

突然间，风野脑海里闪现出自己想象的和衿子同去旅行的那个年轻男人的样貌，但强烈的欲望吞噬了一切，那人的样貌转瞬即逝，风野迫不及待地进入了衿子体内。

因为风野比平时动作粗犷，衿子不得已喊了声："别急！"随后便迎合风野的动作，用两只胳膊搂住风野的肩膀。

风野既忘却了与衿子的争吵，又抛开了衿子与年轻男子外出旅行的烦恼。只是一味地追求快乐，全身心地陶醉于交欢。

衿子在暗夜中发出了轻轻的呻吟声，风野被这种啜泣般的声音所激荡，满足地结束了。

从如痴如醉中复苏，任何时候都是风野快。

他的性行为一结束，先前的欲念迅速烟消云散，浑身懒洋洋的，只留下来空虚的感觉。略作夸张地说，好像他待人处事的世界观也有了改变，做爱以前觉得很重要的事情已变得微不足道，不可原谅的事情好像也可以原谅。

现在他认为衿子和别的男人外出旅行，是无所谓的。追究这样的事情有些无聊和无关紧要。即使衿子和那个男人住在同一个房间，也应该相信她没和男人发生性关系。

这既不来自于衿子的自我表白，也不来自于能够显示衿子清白的证据。凭的只是与衿子相拥相吻的真实感觉，这是最可靠的证据。

要是衿子和别的男人睡过觉，就不会有那样的反应。风野并非特别重视肉体，而是觉得身体要比内心更能体现忠实。

有句话叫：台风一过，天高气爽。用此话比喻风野和衿子的关系再恰当不过。即使他们互相谩骂，相互仇视，过后只要肌肤相接，反复地亲热，相互的憎恶就会令人难以置信地消失殆尽。

然而，有时天气转为晴朗需要一定的时间。

第二天早晨七点，风野一觉醒来，看到衿子还在酣睡。今年盂兰盆节的假期到昨天就结束了，今天应该是工作日。

"喂，还不起来吗？"

风野拍拍衿子的肩头。衿子仍闭着眼睛，慢慢转过身去。

"上班晚啦！"风野又喊道。

衿子有点不耐烦地摇着头说："今天稍晚点儿去。"

作为一贯按时上班的衿子来说，这是很少见的现象。可能是出去玩累了。风野想到这儿，不由得又联想起那个男人来。

和朋友去玩倒没关系，但玩到第二天不能去上班，显然就不合适了。

"我要起来啦。"

风野边说边坐了起来。衿子却依然背冲着他在酣睡。

以前没发生过这样的事情。通常只要风野一起床，衿子无论多困都会急急忙忙爬起来，一边问："今天去哪儿？"一边揉着眼睛沏咖啡。

衿子的勤快很可爱，常让风野感到爽心。但最近这段时间她却很懒怠。当黑夜风野还在伏案工作时，她说上句"我去休息啦"。接着就满不在乎地去睡觉。在这之前，她会加上句"对不起"或者柔声问"给您沏杯咖啡好吗"，给人的感觉相差很多。

她现在表现出的更多是"你是你！我是我！"的态度。

男人和女人之间，即使关系再亲密，随着岁月的流逝，很多东西也会变得怠惰。之所以说结婚这一男女结合方式有问题，也是源于婚后漫长岁月的怠惰思想在作祟。

过去，衿子是个没有怠惰征象的女人。五年来，她几乎没有显现怠惰的地方。这也许是因为没有步入婚姻，没有体验婚后生活那种忙忙碌碌的紧张感。故而言谈举止令人感到神清气爽。风野被衿子所吸引的一个重要原因，就是对这种神清气爽的感受。而今衿子好像逐渐适应了环境，越来越不约束和抑制自己了。

作为衿子来说，也许心里有着某种焦虑，认为应当放松自己，不能永远忍着！当然，如果一方一直忍着而没有改善双方关系的迹象，开始主张和强化自我，也许是理所当然的。

既然男人越来越厚颜无耻，女人相应产生异化，好像更是理所当然的。现在的衿子就特别像个懒汉。

风野去门口取报纸时，掀开窗帘朝窗外看了看。

因为窗帘被掀起，太阳光照了进来，衿子感受到阳光，皱了皱眉头，翻了个身，背对阳光继续酣睡。

风野故意把脚尖抵在衿子光滑的腿肚子上，开始看报纸。衿子毫无反应。报纸很快看完了，风野侧目一看表，八点整。

老在床上磨蹭没意思。风野爬起身来，迈步走向盥洗室。此时，电话铃响了。

"喂！来电话啦！"风野回转身喊衿子。

衿子好像没听见。风野正要去卧室叫，衿子蹒跚着走了过来。她穿着睡袍，揉着眼睛，似乎有接着回去睡的打算。

"电话！"

衿子默默拿起电话听筒。

"喂……"

起先只是以没睡醒的声调"啊、啊"地答应，后来才以"哎呀，昨晚对不起"的话语道歉。

"很晚……是的，是啊……不，很开心。"衿子的声音逐渐地明朗了。

风野再次去盥洗室刷牙、洗脸。洗刷完毕，衿子还在打电话。为打消她觉得自己在偷听的疑虑，他故意去了洗手间。稍后回到起居间，见衿子正在放下听筒。

"是昨晚那个男人打来的吗？"

"是啊。"

衿子坦率地说完，换上便服，开始烧热水。

"什么事儿？"

"没什么大不了的事儿。"

真要是这样，好像完全没必要晚上很晚或早晨很早打来电话。风野抑制住搞清原委的念头，点燃了香烟。衿子打完电话来了精神，急急忙忙地洗脸、刷牙。

"今天不是要晚点儿去上班吗？"

"不啦，现在就去。"

"怎么变卦了呢？"

"是突然决定要去的。"

衿子说完，坐在梳妆台前，开始擦化妆水。

"就因为接到刚才的电话，主意就改变了吗？"

"倒不完全是……"

衿子有点故弄玄虚，回答得很含糊。

"我肚子可饿啦。"

一个女人，随意地睡懒觉，中途接到男人打来的电话，又急急忙忙地往外赶，陪伴着的男人可受不了。再说一个人在此孤单地等待着，也不能回到位于生田的家中去。故风野说话的口气中带着埋怨。

"现在就给你沏咖啡。因为出去旅行了，这儿什么食物也没有，请忍耐一下吧……"

衿子急急忙忙地梳着头发，似乎无暇顾及风野。

"和太过年轻的男人交往，会遭人嗤笑的。"

"并不是想入非非才交往。"

"今天又要见面吧？"

"……"

"反正不知道是个什么样的家伙。"

"北野先生家里很可靠，人也很规矩。"

"不是个啃老族吗？自己不爱工作，到处游荡吧？"

"不是啊。年轻人嘛，很爽快，令人感觉蛮舒服的。他刚才打电话说，参加过旅行的伙伴们晚上要聚个餐。"

"那又要很晚才回来吧？"

"你外出聚餐，不也是很晚才回来嘛。"

也许衿子所说的是实情，是一同旅行的六个人一起用餐。尽管如此，风野心里还是有些不舒服。

那天晚上九点，风野回到了衿子的公寓，可衿子仍然没有回来。

衿子和参加旅行的伙伴们聚餐，肯定回家晚，风野对此有某种程度的思想准备。只要回来得不太晚，就不会扫兴。作为风野来说，近几天不用考虑老婆孩子的事儿，全部的时间任由他和衿子随意地把握。在这样本应无忧无虑、浪漫相处的晚上，衿子却要和昨晚刚分手的旅伴们去喝酒。他是拒绝了别人让他打麻将的邀请及早赶回来的，见衿子仍未回来，所以很不高兴。

然而一个人生气也没用。

时间一分一秒地过去。风野有些不耐烦了，他动手做兑水威士忌，做好喝了不一会儿，衿子回来了。

风野看了看表，十二点整。衿子走进门来步履蹒跚，脚下不稳，尽管装作没事，一看就知道喝醉了。

"对不起！"

衿子麻利地向风野鞠了一躬，把手提包扔到沙发上，一屁股坐了下来。

"怎么回事？醉成这样……"

"因为太开心。"

衿子接着又向风野伸出右手："给我点儿水喝！"

风野赶紧端来水，递给她。她一口气喝了个精光，惬意地喊道：

"哎呀，水真好喝。舒服啊！"衿子脸上显露出惝恍的表情，身子斜靠在沙发上。

平时都是风野醉酒而来，今日却是衿子酩酊大醉，风野觉得很不适应。

"你们几个人喝的？姓北野的那个人也在吗？"

"在。还是北野君特意送我回来的。那么远……"

衿子喝醉酒兴高采烈，说起来没完没了。

"他们都挺有趣啊。还说要成立个保护我的协会。"

"从哪些方面保护你？"

"当然是从男性的角度。他们觉得我是个单身，没有男人。"

"如果有个怪男人，反倒不好。"

"是呀，挺遗憾的。"

"要是觉得那人还行的话，你可以说'早跟前男友分手了'。可是，年轻的男人朝三暮四、冷热飘忽。今天关系还很亲密，明天说不定就会溜掉。"

"是吗……"

起初衿子以为是在开玩笑，后来却带着严肃的表情歪头思索。

"刚进公司工作的年轻男人，往往向往年长的女人。不分门别类，认为半老徐娘都很好。"

"叫人家'半老徐娘'，太不尊重人了。"

"他们就是半老的徐娘。"

风野边说边自责：自己早已步入中年，叫她们半老徐娘，该叫自己什么呢？叫半老汉子，还是什么老头？转念又觉得不必和自己相联系。

"年长的女子和年轻男人一起喝酒，可不太相称啊。"

"年轻人嘛，喝酒也不让人讨厌，都直率，挺好的。"

"想和那个不讨人厌的人一起生活吗？"

"你是说北野君吗？临走时他还说想和我结婚呢。"

"所以你才兴高采烈吗？"

"哎呀，女人嘛，有人抬举自己，就高兴啊。"

也许与喝醉酒有关，衿子说得轻松无忌，但句句话都刺痛风野的心。

"和比自己年龄小的男人结婚，会很辛苦的。"

"我的大学同学中也有一个，人很和蔼、挺不错的。"

"现在是可以，中年以后女人会显得衰老。也会为油然而生的自卑感而大伤脑筋……"

"也是个问题啊。"

原以为衿子会对自己说的话有反感，然而她却非常认真地点了点头。由此看来，衿子真的考虑过和年轻男人结婚的事。

风野不承想衿子会在思考这些问题。单纯地以为她只喜欢自己，且一味地追随自己。她之所以嫉妒妻子、歇斯底里，是因为挚爱而引起的错乱。然而听到她现在所说的话，好像她和年轻男人的交往并非始于现在。

"喂，也让我喝点儿酒！"

"你喝醉了，别再喝啦！"

"因为想喝……"

衿子故作娇嗔地撅起嘴巴，自己动手把冰块放进酒杯，斟上威士忌。风野瞅着她不太连贯的动作，心里感到很不安。

此前总以为她只爱自己，并深信不疑，期待着这样持续下去。今天看来，也许是如意算盘打过头了。不错，现在衿子还爱着自己，也许爱得难舍难分，但她同时在做分手的打算，思虑自己以后的事。他很爱衿子，但无法给她应有的名分。看来只有跟妻子离婚，与衿子结婚，彼此的关系才牢不可破。

"为什么年轻的男人总爱说'结婚''结婚'呢？"衿子喝了一口威士忌，面向风野问道。

"是不想结婚，才挂在嘴上吧？"

"不是啊，他是真心的。"

"招人喜欢，倒是好事儿。"

"是不是年轻男人靠不住啊？"

"这是自然的。因为一旦结了婚，就不能自由自在啦。"风野如获至宝似的逢迎说。

"但是年轻男人热情。我的旅行包和提箱，都是北野君替我拿。"

衿子的表情显得有点陶醉。可能她一直以来只和年长十几岁的风野交往，年轻男人在她眼里显得特别新鲜。

"年轻男人热情，是在特定时期的自我表现，一旦结了婚，就日趋冷淡下来。"风野吹毛求疵地点评。

衿子在点头的同时，慢悠悠地说：

"但年轻人诚实率真，不像中年人那样精于世故。"

"他们早晚也会变得油滑。再说太诚实的人过于琐碎、给人添麻烦。"

"我不那么认为啊。正直而率真的人总比刁猾、钻营的人好。"

"年轻就正直而率真，和年轻就能吃一样，是自然而然的事。"

"不管怎么说，他们自由、时尚而纯洁。"

"没有那回事儿。年轻的男人会去洗浴店消遣，或者和其他的女孩子玩耍。"

"他们一没有太太，二没有孩子嘛。"

裕子这么一说，风野无话可答。这也是风野最怕触及的软肋。但自己不能就此沉默，否则交谈就会戛然而止。风野大口地喝着杯子里剩下的威士忌，不无揶揄地说：

"你赞赏年轻的男人，说明你也上年纪啦。"

听到风野如此调侃，裕子忍不住笑了起来。

"那你呢？"

"你说什么？"风野反问道。

裕子不答话，带着醉意跟跟跄跄地朝浴室走去。

近来，裕子时不时地避答风野的问话，用冷笑或转移话题的方式巧妙地摆脱掉。是因为风野问话可笑而不愿作答，还是觉得问话荒唐而不予理睬呢？总之，大不如之前直率和顺从，可能也是上了岁数的缘故吧。

"喂，你要去哪儿！"

风野本想各随自便，见裕子摇摇晃晃地脚步不稳，开始担心她跌倒，故而大声地发问。

"醉得那么厉害不能洗澡，否则会得脑溢血的。"

"是啊，我是老太太，不当紧的。"

"别说啦，不让你洗就别洗啦！"

"不洗澡，身上发黏，睡不着觉。"

裕子喜好洁净，无论多累、多晚回家来，都要先洗澡。绝不马虎凑合。但是今晚醉得这么厉害，洗澡有风险。

"光冲个淋浴就行啦！"风野叮嘱道。

衿子仍不答话，躲在帘子后面慢慢地脱衣服，风野隔着帘子能看到其举手的动作。不久，传出浴室关门的声响。

风野叹了口气，点燃一支烟。闭目仰靠在沙发上。忽而听到浴室里传出什么东西碰撞的声音。

她能按照嘱咐光冲个淋浴吗？会不会在泡热水澡呢？风野感到不安，便快步走到浴室前，招呼衿子。

"喂……"

没有听到衿子回答，只听到淋浴花洒"嘶嘶"的洒水声。风野站在浴室门外，想象着此刻衿子的裸体。

以前和衿子一起洗过几次澡，她是个很害羞的人，有时会羞得满面通红，或裸身蹲在墙角不动，或泡在浴盆里不露出胴体。风野洗完走出浴室，她才自由地进行洗浴。

现在她喝醉了，也许能满不在乎地展示胴体。风野产生了与之共同沐浴的冲动。

洗衣机前面的浅筐里叠放着衿子脱下来的罩衫和裙子，隐约还能看到其粉红色的短裤。她在喝醉了酒之后，还把脱下的衣服叠放整齐，这是衿子特有的风格，风野很喜欢她的这个认真劲儿。

风野把耳朵贴近浴室的门，确认其仍在冲淋浴后，开始脱衣服。

从昨晚到今晚，他一直感觉到很压抑。尽管与衿子强行地拥抱、吵嚷、训斥，实际上没有一点获胜的真实感。且在爱的行为结束后，衿子显得情绪低落，一副毫无所获的样子。

如果在明亮的光线下紧紧地抱住她，做出下流、猥亵的动作，或许她会乖乖地顺从自己。即使她主观上不想要，总抵御不过身体的诱惑吧。风野怀着有点施虐狂的心态，脱下了外衣、内衣，赤身站在浴室门前。

"就这样……"风野自言自语道。

他伸手去开浴室的门，侧目看到了梳妆台前面的镜子，接着又站住了。

镜子里映照着自己赤裸的身体。他本来就是普通身材，既不魁梧，也不健壮，没有多么胖。而镜子里映照出的身形却是脊柱稍弯、腹部隆起、肌肉松弛，一副中老年人的体态，怎么看都不能和年轻人相比。

猛然间，风野想起了那群伫立在海边沙滩上的年轻人。他们有着晒成紫铜色的皮肤和矫健强壮的躯体，有的穿着游泳短裤扑向大海，有的用健硕的胳膊开动帆船，还有人用强健有力的腿进行冲浪运动。

今天晚上，衿子一定是和这样强壮的一群年轻男性聚餐、畅谈了。

风野再次从镜子里审视自己的身体。尽管自以为还年轻，没老化。但从整体上看，已呈现不出年轻人的矫健和阳刚。具体说不出哪个部位怎么样，而皮肤黯淡、肌肉松弛就比较引人注目。从胸部到腹部还有三道横纹，胸口也有很浅的雀斑。

"难看……"

到目前为止，风野在衿子面前展示裸体，从没觉得害羞过。他以为都脱光衣服，女人会觉得害羞，自己作为男人，没有感到害羞的必要。

然而，今天的衿子已不同往昔。她也许会反过来审视作为男人的风野。不仅不为全裸胴体感到害羞，反而用冷冰冰的目光审视男人，进行完整的角色转换。

衿子端详中年人的裸体，也许会感到惊讶，并对自己迷恋这样的身体而感到失望。

"还是算了吧……"

风野毫无自信地告诫自己。

现在不应当不计后果地进入浴室，袒露自己不完美的身体。若干方面自己居于年轻人之上。唯有身体，再怎么拼命努力，也敌不过年轻人。明知劣势还闯进去展示，会把心旌摇动的衿子进一步地推向年轻人。

风野把脱掉的内衣重新穿在身上，手拿外衣和裤子回到沙发旁。

自己有点像不战自败卷着尾巴逃走的丧家犬。然而，不参加根本赢不了的格斗又显现了自己的明智。

风野回到起居间，换上睡衣，再次拿过酒杯，斟上葡萄酒。

好像以往也不该向她展示裸体。到现在为止，风野曾在衿子面前，只穿一条短裤，裸着上身做腹肌体操。也曾赤身裸体让她给搓过背。衿子说"好大的背啊"，还说"要多锻炼啊"等等。她既然说年轻男人诚实、开心，也许在肉体方面也做过比较。或者说，她对肉体方面的看重，要甚于精神方面。

"自以为了不起……"

风野嘟囔了一句，觉得自己有点反常。以为衿子只痴迷于自己，傻得让人无语。

冷静地思考一下，自己没有多少胜过年轻人的地方。如她所说，年轻男人要比自己诚实、正直。对女性和蔼，并专心致志。当然，吸引女性者一定是腿长，身材魁梧，长得帅，性格开朗的人。他们比中年男人要有活力得多。何况他们都是独身，只要双方你情我愿，很快就能结婚。

自己比他们强的地方，充其量就是收入多点儿，而收入的大部分却被老婆孩子消费掉了。其次是人生经验稍微丰富些，相对明事理、懂事，但这些方面有一点弄不好，就会被人称为"老谋深算"和"阴险毒辣"。

值得骄傲的地方，也许只是性交技巧吧。只有这一点，会比没经验的年轻人强。衿子就是通过风野懂得性交的，尔后逐步体验了快乐。性的纽带还是比较牢固的。像风野这般家有老婆孩子，又不是特别有钱，始终不把结婚提上议事日程的男人，衿子跟他五年没离开，应当是被性的魅力所吸引。两个人如果没有性的结合，也许早就分手了。

到现在为止，两人吵过无数次，每次都是通过性交和好的。尽管互相谩骂、互相憎恨，有时甚至大打出手，但只要身体交欢，纠纷立即付诸流水。哪怕纠纷起因令人难以置信。交媾能使人变得和蔼、友善，风情万种。因此说，性的关系是最牢固的。

再仔细想想，这一点并非完尽人意。

昨晚和衿子争吵之后，经历了耳鬓厮磨，颠鸾倒凤，自以为今天定是"天高气爽"。不料想衿子和年轻的男人们推杯换盏狂欢到深夜，回到家还津津乐道地大谈男人们的和蔼。

说是"台风一过，天高气爽"，实际是"天上风云，变幻莫测"。

这一阵子，两人吵架后的心情平复，似乎有点速度慢，时间长。性交不像以前那样具有特效药般的灵验。并非完全不起作用，只是"治疗效果"不及从前。

对此，风野并不认为自己的体力或性技术有所衰退。虽然不能像年轻时那样一夜要好几次，但在具体操作上已变得柔顺而细腻。假如衿子不能沉浸其中而享受鱼水之欢，也许两人之间已产生了精神上的性疲劳。

风野还在沉思时，衿子从浴室出来了。她沐浴过的身体裹着淡粉色的睡袍，浓密的长发湿湿地垂到肩头上。

"有点渴啦。"

衿子走到洗碗池前喝了口凉水，在风野身旁坐下来。

"你表情那么严肃，在想什么呢？该睡觉啦。"衿子说着走向卧室。

"喂……"风野冲她背影喊道，"你讨厌我吗？"

衿子带着酒意未消和浴后微红的面色，惊愕地回过头来。

"你想要说什么？"

"问你喜欢我还是讨厌我。"

"不讨厌啊。"

"就是说不太喜欢，对吗？"

"喜欢倒是喜欢，但是……"

衿子欲言又止，用手往上拢了拢头发。

"'但是'什么？"

"也有讨厌的地方啊。"

"没关系，你说说看！"

"首先是有太太，有孩子。最令人讨厌的是态度不明朗。"

"不明朗？"

"对！一直不跟太太分手，还要和我一起生活，不知你是怎么想的。希望再明确一点儿。"

的确，优柔寡断是风野最大的弱点。到底是要衿子，还是要老婆孩子，本应早做出抉择。然而在他心里，老婆孩子难以割舍，情人衿子更难以丢弃。他很清楚这是自私的任性，虽然心知肚明，却总舍不得放手。

"还有呢？"

"就这一点儿，没有别的。其实也没事儿。"

"什么没事儿？"

　　"我还是喜欢你。"

　　衿子略作恶作剧状地说完，走进卧室里。风野把剩下的威士忌一口喝了个精光，说不清楚是问衿子还是问自己：

　　"真的还喜欢吗……"

　　看来衿子尽管有各种不满，好像还不打算尽快分手。当然，风野并不愿意分手。

　　互相都有不满，互相都在依恋，大概这样的状态还会持续下去吧。

　　风野觉得自己在妻子和衿子之间荡秋千，荡来荡去，心里不免产生出一些寒意。

下　卷

婆娑

整个八月份，风野有闲暇时间。从九月中旬开始，又忙了起来。

他前期所写的《批判医疗行政》博得好评。现在又开始撰写题名为《医乃算术》的一组连载纪实作品。加之续写六月初开始连载的"他的侧脸"这一人物评论集，编纂保险公司的发展史，以及承担其他编写工作，使他觉得时间太过紧张。为工作而忙并不坏，但上次他的作品获得好评，众人会有更进一步的期待，无形中给他增添了思想压力。

主编对他说："如果顺利的话，你也许能拿到纪实文学奖啊。"

也许这是纯粹地戴高帽。不过他这么说，也没觉得不好。

"好，努力争取吧！"风野凝视着桌子，小声应答道。

他心里想：如果拿到奖，大概衿子也会对自己重新评价，不再问"做个普通作家就算了吗"。可能也不会再被年轻的男人所诱惑。

"不能输给年轻的男人，要加倍努力！"

实际上，他的工作和年轻的男人没有半毛钱的关系，他是在竞争衿子心目中的王者地位。

这些工作的范围不囿于东京，需要去往各地的医院调查核实情况，故而出差的机会很多。

十月初，风野为调查某医院大宗逃税的情况，去了大阪。因为是为周刊杂志工作，差旅费和住宿费都由出版社负担。

风野在大阪待了两天，第三天晚上回到羽田。一出机场，马上就给衿子打电话。

"一小时后到，给准备一下晚饭吧！"

"不能在附近吃完饭再来吗？"

起初以为衿子会为他的归来而高兴，她的回答却毫不客气。

"好容易回来了，一个人吃饭很无聊。简单准备点就行，好吧？"

"明白啦。"

衿子不太高兴地应承了。

昨晚打电话，她好像情绪很高涨，盼着他回东京，追问他几点到。想不到情绪变化会这么快。

可能是她所在的公司里有什么令人讨厌的事儿吧。风野不再吝惜费用，从羽田乘上了出租汽车。

风野这次出差剩下一点钱，马上就对自己大方起来。因从首都高速公路的幡之谷坡道下来时，道路拥堵，车辆难行，用了将近一个小时才到下北泽。

"喂！"

风野推开衿子公寓的门，放下旅行包。衿子只是探头朝门口看了看，并没走出来。

出差归来，无笑脸相迎，风野似乎有点扫兴。他想先冲个澡，无奈肚子饿得不行了。

"想先喝点啤酒啊。"

风野边说边脱掉外衣，换上睡衣，在桌子前坐下来。衿子从冰箱里取出啤酒，连同酒杯和开瓶器一起拿来，放到桌上，转身又走了。风野自己打开瓶盖儿，斟满酒杯，一口气地喝光了一大杯。

"啊，好舒畅啊！"

今天从凌晨就东奔西跑，辗转采访，工作较为顺利，看样子也能写出好东西来。但归来受冷遇，啤酒也喝了不少，袷子的表情仍然很淡漠，令风野感到不爽。

"对啦，给你带了件小礼物。"

风野从包里取出装有镶嵌项链的小首饰盒，放在桌子上。

"不知你是否喜欢。"

袷子只是斜瞅了一眼小盒子，仍一动不动地站在厨房里，慢慢烤鱼。

"看样子下个月还要去大阪，咱们一起去好吗？如是周六周日，你能去吧？"

袷子没答话，只是躬身把干竹荚鱼、米饭和酱汤逐样摆在桌子上。米饭好像是在接到自己电话以后煮的，还冒着热气，数量大致能填饱肚子，但难以说是费工夫做的好吃的东西。

"不打开看看吗？"

风野一边喝啤酒，一边用手指着桌子上的小盒问袷子。

"谢谢！"

袷子口中道谢，走过来用手解开捆扎盒子的细绳，取出项链。可脸上并没有露出高兴的神色。

"怎么样？"

"不错啊……"

袷子只是点点头，没像往常那样嚷着"真高兴"，也没有戴在脖子上试一下长短。

"过后咱们一起去大阪，怎么样？"

"还是你一个人去得好。"

"难道你有什么事儿吗？"风野手拿筷子，扭头问道。

袷子慢慢摇摇头。

"今天不对劲儿啊。好容易出差回来……"

"好容易才给蒙骗过去嘛……"

"这是什么意思！"

好像在他出差期间发生过什么事，他对衿子说三天回来，并未食言，也无撒谎或蒙骗的事。

"你什么意思，说清楚！"

衿子慢慢站起身，走向煤气台烧热水，站定后不无揶揄地说："你太太找你呢。"

听到这句话，风野明白了个大概。可能自己去大阪出差期间，她和妻子之间发生过什么事儿。

"你太太之前来电话啦。"

风野把吃了一半的饭碗放下，扭头看着衿子问：

"是往这儿打电话吗？"

"当然啦。"

妻子应该知道风野在跟衿子交往，也应该知道衿子的住处在下北泽附近。两三年前，衿子往风野家中发过一张贺年片，妻子曾拿起仔细端详过。还有一次，衿子打电话找风野，被妻子接到，妻子问："你住哪儿？"衿子回答："下北泽。"

但是仅凭这些，也不足以证明她知道电话号码。

当然，电话局也有根据住所查找电话号码的方法。也可能妻子一直好好保存着之前的那张贺年片。妻子本就是个不露声色在日历上记录丈夫在外过夜之日的人，做这样的事儿不足为奇。

妻子也许看过风野的笔记本。他的笔记本多半放在上衣的内兜里，有时也遗忘在书房的桌子上。如果妻子趁机翻阅笔记本，很容易记下电话号码。因为她清楚记得"矢嶋衿子"这个名字，"对号入座"很简单。

曾经有一次，妻子对在外过夜回来的风野说："人有旦夕祸福，不知何时何地会发生何事儿，请您说清楚您去哪儿啦！"风野只得含含糊糊地点点头，心中暗自庆幸：她还不知道衿子的住所！

如今，妻子无所顾忌地往衿子这里打电话，是既大胆又自信的。要是妻子确认了衿子的电话号码与住处，时不时地往这里打电话骚扰，那是多么忧心的事儿。

原先他认为妻子不会做这样的事儿，然而事与愿违。

"真的是她吗？"

"这样的事儿，我干吗要撒谎呢？确实是你太太的声音，而且不无揶揄地说：'我爱人没在那儿打扰您吗？'"

"你是怎么回答的？"

"我当然不能说不认识你这个人。好像她是有很急的事儿啊。"

既然把电话打到丈夫的情人家里，一定是有急事儿。

"你是对太太说明天才回东京的吧？"

风野确实是对太太说明天回东京来。原计划今天赶回，与衿子见面并在这里过夜，明天再回家去。假如妻子猜出实情，也许是往大阪的旅馆打电话核实过自己的行踪。

"你用不着那么勉强地到我这儿来嘛。"

"并没有勉强。"

"我可不能让人给说成偷食的猫。"

"可能妻子……"

风野说了半截，又不往下说了。他觉得衿子对于"妻子"或"老婆"这样的词，会过度地敏感。自己重复这样的称呼，只会招致对方的反感和愤怒。

"还说什么啦？"

"说了很多事儿。还特意说你很爱她，孩子们都很喜欢你。"

"说我们很相爱？"

"说她生日那天，你送过她项链。还说明年要庆祝结婚十五周年，一起去欧洲旅行。"

他确实为妻子庆生赠送过项链，但那是两年之前的事。而且是按照孩子们所说，当日要送点儿礼物给她，急急忙忙地从商店买来的。明年去外国旅行也不是两人商定的事，而是前几天回老家时，自己的妈妈提议说，明年是两人结婚十五周年，应带她去外国转一转。因为妻子没出过国。对此，风野并没有明确地应承下来。

"那不过是……"

"她说你很和蔼，感到很幸福。"

妻子为什么说这些事儿呢？连没有约定的旅行之事都拿出来吹嘘，不就是为刺激一下尚且独身的衿子吗？进而思考一下，妻子是为激起衿子的反感和厌恶，故意在其面前秀恩爱、晒过往、夸耀优越感。衿子要是嫉妒就会生气，从而和风野分手，那就正中她的下怀。

"都是瞎说，你不用介意！"

"不！我很介意。"

衿子昂首挺胸地放言。好像就此开始，妻子和衿子的敌对关系已呈现明朗化。三角恋关系怎么收场慢慢再说，眼下来电话之事急需处置。

是出版社有什么急事儿，还是老家的妈妈生病了呢？抑或是孩子遇到了什么麻烦？如果真有什么大事，妻子怎么会和衿子喋喋不休地说些秀恩爱、假自豪的话呢？从工作方面看，目前他的手头既没有什么积压的工作，也没有什么急需的稿件。

"你说什么啦？"

"当然说你没在这儿啦。她接着说，'我告诉你吧，你只是我丈夫拥有的几个情人之一'。听她这么说，我很窝火，就对她言之凿凿地说：'我想他今晚会回到我这边来。'"

风野有点惊诧地注视着衿子：你怎么这么说话呢？这样可就相互摊牌，没法蒙骗了。看来妻子和衿子的正面冲突已经发生。

"你跟我说她很老实，其实她够厉害的。她说：'我丈夫现在有点见异思迁，我临时把丈夫借给你，你迟早会被甩掉的，你会很惨的。'"

"……"

"我为了反驳她，就说：'遗憾得很，你先生是主动靠过来的，没办法。'"

"等一等！"

风野喊完往上拢了拢头发，把杯子里剩下的啤酒喝光了。衿子只说是两人通过电话，想不到是唇枪舌剑的对垒。当下他急于知道的是，妻子为何特意往这里打电话。要是真有什么急事儿，不能置之不理。

其实，风野就在电话跟前，抓起来往家里打个电话，马上就知道有什么事儿。

然而，衿子正在生气，再当着她的面和妻子说话，指不定她会气出什么话来。当下就是板着面孔，一副怒气冲冲的样子。

"我想问一下到底有什么事儿。"

风野的饭吃了一半，想要站起身来。衿子却气哼哼地说：

"请您回家去问！"

"不！我想去公司看看。"

风野去里头的房间脱下睡衣，穿上裤子，穿上衬衫和上衣，没系领带。刚要出门，衿子在他身后喊道：

"把包也拿走！"

"我就去趟公司，马上就回来。"

"你太太是从家里打来的电话，说是有急事儿。"

风野对此完全理解。但现在的情况是，不能置情绪亢奋的衿子于不顾，说要回家去。难道女人就不能体谅自己此时的忐忑心情吗？不！也许衿子是明知而故纵的。

"大概是公司里有什么事儿吧。"

风野一边自言自语，一边穿鞋。衿子又追过来说：

"今晚还是直接回那边比较好。"

"……"

"太太饭做得好，比别的地方的好吃，在这儿吃不下去了吧？"

"这是什么话！"

"她说：'我丈夫平时就喜欢吃我做的饭，做什么都说好吃。'"

妻子做的饭确实好吃，并不是她特别讲究烹饪技法。可能是她在海滨城市长大的缘故，弄来的海产品都比较新鲜，简单的调味就很到位。

风野夸奖过妻子"做得很好吃"，也说过"街上饭馆里的饭最近不好吃"，仅此而已，并没有总夸她做的饭"好吃"，也没说过"别的地方的饭不好吃"。

妻子好像是吹嘘这样的事儿以刺激衿子。难怪衿子今晚只备了些敷衍应付的饭。

"你那要进玉川学园的孩子们也等着您回家。"

风野的大女儿明年上高中。妻子想让她进离生田较近的名校——玉川学园，风野对此表示赞成。妻子故意说风野为此设计和操劳，目的是为了夸耀风野爱家庭、爱子女的拳拳之心。

"真傻……"

风野再次对女人的浅薄感到惊讶。

妻子会为急事打电话，顺便喋喋不休地说些陈年旧事和子虚乌有的事儿？真够呛！而衿子对什么都信以为真，也够呛！

风野不想对此再做辩解了，便默默地离开房间。实际上，他怎么辩解也不能得到衿子的理解。

　　妻子怎么胡乱地说这些事儿呢？衿子是独身，也没有孩子，妻子对她夸耀说丈夫爱自己、家庭美满、孩子们也在健康地成长，必然使她郁郁不乐，进而感到悲伤。就是妻子憎恨衿子，也用不着故意戳对方的痛处嘛。这如同往对方的伤口上撒盐一样。

　　妻子表面上看着老实，干的却是这样的事儿。

　　可是如果站在妻子的立场上看问题，也能理解她捍卫婚姻的心情。

　　风野一边乘电梯，一边替妻子思考：尽管她居于妻子的地位，有急事时却不知丈夫行踪，无法取得联系。丈夫表面上是去大阪工作，但在旅馆里却找不到他。想保持沉默吧，又忐忑不安。不得已，她才往衿子那里打电话。

　　给俘获了自己丈夫且比自己年轻的女人打电话，心情肯定是痛苦的。假如找到第三者面对面，更是无法忍受的屈辱。

　　既然敢于打电话，就是要说一些重要的事情，以平息自己的情绪。借机吹嘘丈夫如何爱自己，爱家庭，无非是想把丈夫拽到自己身边，让自己成为胜利者。是这样的动机，才让妻子无中生有地吹嘘。

　　风野分别站在两人对立的角度思考问题，均可理解双方的心情。再冷静地思考一下，她们都有相对合理的地方。

　　风野处于三角关系的顶点，却时常陷于一种错觉之中——只有自己在静静地向外付出。他对于两个女人可怕的对立感到惊讶与诧异，糊里糊涂地成为旁观者。

　　然而，现在不是分辨孰是孰非的时候。无论她们做出多么无聊、荒唐的举动，引起这场争斗的始作俑者是风野自己。如果他不我行我素，就不会发生两个人的争斗，自己的放纵是造成争斗的根本原因，而自己又没以从容不迫的态度冷静地处置这种无聊的争斗。当烽火刚刚点燃之时，自己就应该努力平息，把争斗消灭于萌芽之中。

风野想到这里，对自己没能审时度势地把控事态生起气来。

风野来到街上，因为阴天，夜空既没有月亮，也没有星星。

时间刚过九点，拐角处的杂货店还开着门，其香烟柜台前摆有红色的公用电话。风野来到电话前，环视四周后，开始拨打家里的电话。

因为不是都内通话，需损先多放十日元硬币。他放入硬币后，很快响起了呼叫音。接听电话的是小女儿。

"爸爸现在哪儿？"

"在外面。你喊一下妈妈！"

妻子可能是在别的房间里，隔了一会儿才过来接电话。

"是我，风野。怎么啦？"

"你现在哪儿？"

妻子和孩子问得一样，风野压低了声音回答：

"在大阪。家里没什么事儿吧？"

"你没在旅馆里吧？"

"是啊！我想今天兴许能回去，就出来了。"

"你往旅馆打过电话吗？"风野问道。

"没有，要是有重要事儿才会打电话。"

"也没往别处打电话吗？"

"没有。没什么重要事儿嘛。"

妻子接着说："只是村松先生来过电话，说要马上见你。"

村松是《东亚周刊》的总编辑，和这次采访旅行没有直接关系，所以风野没告诉他自己去大阪的事。

"他能有什么事儿呢……"

风野为《东亚周刊》"他的侧脸"栏目撰写连载文章,原稿已如期提交过,校样也应该没问题。

"感觉他似乎有点慌张啊。"

"明白了。我马上打电话问一下。"

正欲挂断电话,妻子突然追问道:

"今天不回来吗?"

"现在在大阪,没法回去嘛。"

"住在哪儿?"

"还没定。"

妻子沉默了一会儿,尔后用冷冰冰的声音说:

"这么晚了,还没确定?我曾说过住哪儿不要紧,要说清楚嘛。"

风野没答话,顺手挂断了电话。电话退币口"咔嚓"一声退回了十日元硬币。

妻子好像紧盯着他的行踪,猜到他已经回到了袷子那里。风野说还在大阪,她已识破是谎言。

打完电话他才意识到,自己先问"怎么啦",再说"自己在大阪"是不合适的。但话已说出,只有佯作不知,别无他法。

虽然过了晚上九点,但今天是周刊文章截稿日,《东亚周刊》的编辑们应该还在。风野拨通了编辑室的电话,先是一个年轻的编辑接听,很快换成了总编辑。

"听说你往我家里打电话啦。"

"是啊,一直等着你回电话呢。"

总编辑可能在看稿,听筒中传来纸张翻动的声音,他接着说道:

"其实是因为上周刊登的益山先生的事儿,他说要起诉。"

在上周出版的《东亚周刊》"他的侧脸"栏目中,风野报道了帝立大学理事长益山太一郎的事迹，一并刊登了他的照片以及采访内容和对他的印象。

"哪儿有问题呢？"

"好像是因为'与政界有联系''战前在满洲的某机关暗中活动'这样的字句。"

"可这都是事实，没办法嘛。"

"事实倒是事实，对方却说是'毫无根据地严重伤害本人的形象'。我们本应尊重历史事实，对此不予理睬。可对方是个大人物……"

好像总编辑对此有点妥协。

"我们可以根据情况登个道歉声明，但那个栏目有风野先生的署名啊。"

确实，那个栏目总以风野的"野"字来署名。

"我觉得写得没错啊。"

"这我明白，但对方有钱，又和右翼有联系。要是真的争起来，对方不一定会干出什么事来。"

的确，要是在法庭上与益山一论雌雄，会成为很麻烦的事情。

"那总编辑是怎么考虑的？"

"当然，我是想坚持到底，可局长们说这么下去很难办。咱们在电话上没法讨论。你现在哪儿？"

"在东京。"

"不是在大阪吗？"

"刚回来。"

"那你现在马上来公司吧。"

"明白啦。"

显然这是要务，不能再沉溺于妻子和衿子的事儿了。

风野来到大马路上，拦了辆出租车。走了不一会儿，就到了电车站。风野心里着急，驱车直奔公司。

九点过后，马路上车辆很少。

他不知写过多少稿件，像这次这样还要打官司尚属首次。

万万没想到会有如此后果，反思一下，也许这次的稿子有点言过其实了。

如果刚开始撰稿时，就顾及对方的感受，可能会更谨慎一些。起初也不是没有担忧，只是觉得这种稿子写得稍微过分一点，更受读者欢迎。如果是单纯的人物介绍，会写得干巴，让人觉得无聊。因为是署名的稿子，应想方设法弄出看点，写法也应滑稽老道，以给人留下深刻的印象。

故而，沽名钓誉和侵犯隐私仅距一步之遥。

接近十点时，出租车到达位于神田的公司。

夜幕下大楼林立的街道上寂静无声，只有出版社大楼的一角亮着灯。

风野从东亚社大楼的后门走进去，忽地想起了衿子，就抓起入口处的公用电话与衿子通话。

"现在来到公司了。"

风野的目的是告诉衿子自己没有回家，衿子却沉默不语。

衿子好像仍在为控诉妻子的事儿生气。风野认为：当聆听人在生气时，还是以说点令对方震惊的话为好。比方说自己在外过夜，不应当异常地采取低姿态，说实在回不来，求得对方理解。这样对方听了不仅生气，还会慌乱和紧张。应当理直气壮地说走不开，不必等。当然，用这个办法时，需要事先做好充足的思想准备。

"哎呀！不得了啦。"

风野长长地吁了一口气，那端的衿子果然开始担心起来。

"怎么啦？"

"我被人告了，也许会被警察带走。"

"发生什么事啦？真想不到啊！"

"我上周写的稿子惹怒了一个右翼的大人物。"

风野把从总编辑那里听来的情况简要地叙说了一遍。

"那你今天回不来吗？"

"下步要和总编辑谈情况，不知道几点才能离开，我想也许没事儿的。"

"太可怕啦！要注意自身安全，早点儿回来！"

"……"

"我就这么一直待着，有情况赶紧来电话！"

风野的虚张声势好像已经见效，衿子变得和蔼了，他不用再去挂心她生气的事儿了。

风野向传达室的门卫说明来意后，乘上了电梯。

到了三楼，向左一拐就是《东亚周刊》的总编室。风野走进里面一看，总编辑刚刚用完大碗饭之类的夜宵。

"辛苦啦！来得好快啊。"

总编辑一边说，一边把盛饭的器皿挪到桌子角上。风野在右边的沙发上坐了下来。

"还是个挺麻烦的事儿啊。"

可能是截稿日的缘故吧，编辑室仍有十几个人在忙碌，包括熟识的公司外部采访记者和定稿编辑等人。

"具体是什么情况呢？"

"咱们要进一步观察对方的态度，再考虑必要的对策。他们在今天打完电话之后，派来个自称是益山太一郎秘书的人，他气势汹汹，说这样可完不了事儿！要我们赶紧刊载大字的道歉声明！眼下需要合计的是，我们是否应该在下一期的刊物上发布道歉声明。”

“我认为不应当那样大张旗鼓地予以道歉。”

“你说得对。但是，对方身边有宛如暴力集团一样的一伙人。我想要阻止他们跑到公司来，给你我或我们的家属添麻烦。”

对方名义上是大学的理事长，背后却在经营不动产公司、买卖股票。而且他还是政界的幕后操纵人，曾于某时期与某公司的侵占事件有关联，报纸上出现过他的名字。

他想做的事，不用本人下手，其属下会不遗余力，多么恶劣的事情都能做出来。

“据说《日本周刊》在某个时期曾被一伙狂徒纠缠不休地整治过。如打官司，杂志社有赢的可能，但狂徒们每天都往总经理和总编辑的家里打骚扰电话或恐吓电话，最后只得私了啦……”

新闻记者应该抨击社会的不正当行为，这样懦弱地妥协很可耻，也许无论谁成了当事者，都不能公正论理了。

“这次的情况，假如被人整治的话，整治对象可能就是我和你。”

确实，他们要想整治谁，很快就能知道对方的家庭住址和电话号码，要是故意无休止拨打令人生厌生畏的电话，那可受不了。风野想到这里，有点郁郁不乐，总编辑突然心血来潮地问：

“你说过今天不回家吧？”

“起先是那么打算的。”

“往家里打电话这么说，不好吧？”

“没关系，没事儿……”

“还是注意点儿好啊。提防他们趁机干什么坏事。”

要是被益山一伙了解到他和衿子的情况，继而搞成丑闻，那可受不了。

“咱们毕竟遇到了潜在的危险啊。”

因为对手确实是个不好对付的人。

"不管怎样，我明天和局长商量以后，再作决定。要是发道歉声明的话，你同意吗？"

风野没有明确表态。

"当然也要看道歉声明的内容，要是只说'有点过头了'，还可以……"

"那也等于自己承认错误了，要是对方起诉到法庭的话，我们会输的。"

"当然，起诉也可以撤回。对方也不是多么了不起。他们表面上很强大，也许会意外地做出让步。"

总编辑说这话时，年轻编辑拿来刚印好的校样，给总编辑看。因为今天是截稿日，大家好像都很忙，风野便站起来，准备离开。

"大致的情况明白了。"

"等明天我和局长商量完之后，给你打电话。你中午在家里吗？"

"我想大概在办公室。"

"在这之前，你再考虑一下此事！"

风野点点头，走向出口。编辑部主任村濑追了过来。

"成麻烦事儿啦！我认为这事应该坚决反驳。上面的伙计过于怯懦。"

村濑从口袋里取出香烟，递给风野一根。两人站到一处，点燃了香烟。

"咱们刊登的那则报道并不特别过分，没什么过错。那个叫益山的人所做的事，以前就被人说过，只不过没那么详细。披露那样的事儿，也是周刊杂志的职责嘛。要是为这样的事儿发道歉声明，周刊杂志日后的信用度就会被人怀疑。"

风野并不认为周刊杂志有什么特别高深的见识，只是追求自己刊物的一时畅销，没有什么更重要的目的。把披露益山这类人的真情实况作为一种职责——这种思想也可以理解。

"您是怎么跟总编辑合计的呢？"

"基本意见是反对。"

"那是理所当然的。如果在这儿认输，风野先生作为作家的见地就会被人怀疑。"

听他这么一说，风野有点沉不住气了。本来编撰较小的栏目，无所谓见地不见地，只要有明确的观点和立意就够了，要是把它夸张地说成见地，那多不好意思。风野是个不擅于大吹大擂的人。

关于益山的报道，只是想借机讥讽一下像益山这样的假善人，并没有什么更重要的动因。而且他在撰写时还思忖：这样读者会觉得有趣吧。

"咱们绝对不应该让步。"

站在村濑主任的角度，可以轻松地说些要强的话。而站在局长或总编辑的立场考虑，也许是另一种想法。

"我们总编辑改变不了局长的决定。"

村濑也许对总编辑有点不满。而风野作为局外人不想卷入其中。

"哎呀，好好考虑一下再说吧。"

风野丢下这么一句话，离开了编辑室。他想往家里打个电话，公司的出口处就有公用电话，而风野只是瞥了一眼，径直走向大街上的公用电话亭。

"是我。"风野对电话那端的妻子说。

妻子马上问道：

"你回来吗？"

"哪能呢！刚才和村松总编辑联系了一下，益山一伙在对我写的报道施加压力，说要起诉。"

"那会怎么样呢？"

"我只是跟总编辑商量了一下，还不清楚公司怎么处置。也许会打官司。如果有人往家里打奇怪的电话，别理睬，不要管它！"

"你可别做危险的事儿！"

妻子说完，又提示说：

"那你赶紧回来吧。"

风野刚想点头，又急忙摇了摇头。

"我说过在大阪嘛。就是想回去，这么晚也回不去啦。"

"……"

"明天一到东京，马上就打电话。"

"在大阪住哪儿？"

"还没定。"

"那我没法跟你联系啊。"

"所以说明天一到东京，马上就联系嘛。"

妻子平时会默默地退让，今天却是相当执拗。风野正要挂断电话，妻子又问道：

"你现在真的在大阪吗？"

"不是告诉你在大阪嘛。"

风野以略带责备的口吻说，声调却自然变低了。

"该不是去别的地方了吧？"

"哎……"

风野突然叹了口气，对方迅速把电话挂断了。

妻子好像半信半疑。她与衿子通话时，衿子说他今天回来，而他却说自己在大阪，不知谁说的是实话。

衿子已经恢复了往常的情绪，看来是妻子的用心越来越险恶。

"实在糟糕啊……"

情人的情绪刚刚好起来，妻子又闹情绪，现在哪有工夫纠缠这些事情！

风野回到下北泽衿子的公寓，衿子已经换好睡袍，到门口迎接。

"怎么样啦？"

风野从机场过来时，衿子的态度很冷漠，分别时间不长，此刻却这么温柔，真是让人难以置信。

"很难办啊！根据情况发展，也许会发表道歉声明。"

"为什么？你并没有从中作梗嘛。"

风野脱掉衣服，衿子麻利地接过，顺手挂到衣架上。

"如果对方起诉的话，会有各种麻烦，也许我暂时会成为被告。"

"应该跟他们斗争到底！要是屈服于这样的压力，就会败坏你的名声。"

哎呀……风野为之瞠目结舌。她的说法和刚才的村濑几乎一样。

都是要坚决与之作斗争的强硬派。

"应当那样想吗？"

"是啊。这样才能讲得通。"

妻子劝说"别做危险的事儿"，衿子却截然不同，倡导"斗争到底"。到底孰是孰非，谁更爱自己呢？

"对方是个右翼的大人物，指不定会干出什么事来。也许他们探知你的电话号码后，会往这儿打骚扰电话或恐吓电话。"

"我不介意这样的电话。"

"恐吓电话也不介意吗？"

"为了你，不介意。"

听所爱的女人这么说，当男人的心中充满了自豪和幸运感。

衿子之所以明白向对方屈服，就会败坏名声，是因为她在出版社工作，深谙媒体的社会作用，才这么说的吧。

如果像她说得那样满不在乎，积极应战，后果会使人有所担心。

衿子该不是想通过这一事件掀起一点风波吧？

细想一下，如果对方打恐吓电话，首先受害的无疑是妻子，其次才是衿子。衿子也许觉得通过这事儿，会把她和风野的关系暴露出来，这倒不要紧，也许坏事会变成好事。她也许在等着平地起风波。

风野觉得累了。从早晨开始工作，傍晚离开大阪，刚到东京，就被告知有人要打官司，然后跑去公司。一天马不停蹄，现在已经过了十一点了。

"不再吃点东西了吗？有预先捏好的寿司。"

之前风野只吃了一半饭，就跑了出去，肚子早该饿了。衿子把寿司箍和小碟摆在桌子上。

可能衿子是为之前的态度太过冷淡而反省，十分殷勤地伺候风野。前后情绪变化反差太大。

难道她是知道了风野匆匆出行，不是为家庭而是为工作的事儿，情绪才恢复如初的吗？

风野在对此惊讶的同时，也感到有些奇怪，他大口地吃着寿司。

"累了吧？"

"想洗澡。"

"热水已经放满了。"

衿子安排得非常周到。风野喝了一口茶，慢慢走进浴室。

风野下到浴缸里躺倒，让热水浸到脖子处，惬意地想：今天终于得以身心放松了。

"水温怎么样？"

隔着浴室门，衿子用爽朗的声音问。

"正合适！"风野得意地回答。

他看到衿子的情绪已恢复如初，又想起了家中的妻子和孩子。

思考接下来妻子的承受能力。

妻子从不为一些小事儿动摇自己的意志，只有今晚异常地纠缠不休。两人通电话到最后，她思绪狐疑，声音僵硬。

风野往家里打电话时，曾想斥责妻子向衿子吹嘘一些莫须有的事儿，但在通话过程中，这种念头慢慢消逝了。他担心当场斥责妻子，会遭到反唇相讥，指不定出现怎样的后果。如果这样做，也会向妻子暴露自己待在衿子这边。再说，是自己有错在先，就是想斥责也不能斥责。

特别是知道了妻子和衿子的通话内容，暂时更不宜发牢骚。

令其担忧的是，妻子在今后会不会时常给衿子打电话？她大概不会做那样的事儿吧？真要是打，指不定什么时候两个人之间又会发生战争。

尽管他故作镇静，心里一触即发的危机感反倒增强了。

浴室的门口再次传来衿子的询问声。

"给您冲冲背好吗？"

"……"

风野刚要应声点头，又慌忙闭上了嘴巴。以前衿子常问"给您冲冲背好吗"，一般风野会毫不犹豫地转身裸背，自从她和年轻的男人去过海边后，风野总觉得有点畏怯。

风野一直沉默没吭声。衿子便推开浴室门，露出半张脸来。

"怎么啦？不用洗背吗？"

"昨晚在旅馆里洗过澡。"

"但是没冲背吧？"

衿子用两腿夹住自己睡袍的前襟，提防弄湿，腾出双手往海绵上打肥皂。

"来吧，开始洗！"

风野按照指令把背转向衿子。

"对方要是坚持道歉，咱们就反过来连续不断地揭发他。"

衿子又说起与益山打官司的事儿。

"一般打起架来，是谁胆小谁输。"

"怪不得……"

风野脑海里迅速闪过衿子和妻子斗嘴的事儿。可能这两个人都认为谁示弱谁输，故以强硬来对抗强硬。

"你有些懦弱，我有点担心呀。"

风野也不认为自己刚强，甚至觉得比懦弱的女人还要懦弱。这也是确切的事实。

"要是这边刚强，对方就不会那么强硬。就是再了不起的人物，也得顾及自己的面子。与周刊杂志相斗，也不是那么简单就能取胜的嘛。"

道理确实如此，但整个《东亚周刊》能够团结一心、统一斗志吗？这需要从编辑到总编辑，从局长到总经理同心同德、步调一致才能做到。他们会为了自己这样的一个普通撰稿人，形成那种庞大的掩护态势吗？

"要是换了我，绝对和他们斗争到底。"

衿子这么说，也会这么做。假如换成妻子，她也会坚持不懈地作斗争。在这种时候，好像女人更有胆量和信心。

风野让衿子给自己冲完背，又慢慢将身子浸在浴缸里。

今天不愿再思考烦心的事儿，只想休息。风野让浴缸里的水浸到脖梗，闭上眼睛待了一会儿。疲劳减轻了一些，但还是有倦怠欲睡的感觉。

"好！不洗了。"

风野对自己说着，从浴缸里迈步出来，擦干身体，穿上睡衣。

他擦着湿头发，走向起居间，看到衿子愁眉不展地注视着电话。

"怎么啦？"

"奇怪啊。刚才来了一个电话，我拿起听筒，对方不说话。"

"你说过'喂'吗？"

"我当然说过，但对方不应声。"

"也可能是打错的电话。公司里常有人拨错号打过来，连声'对不起'都不说，就挂掉。"

"我问：'您是哪一位？'对方既不答话，也不挂掉。"

"是不是有人故意打骚扰电话呢？好像有些单身男人为了深夜解闷而搞恶作剧。"

"感觉好像不是。对方一直不吭声，似乎只想听这边的情况。"

衿子这么说，风野也猜不出对方是何神圣。他刚洗完澡，想喝杯啤酒，便打开冰箱去取。衿子又说：

"该不会是你认识的人吧？"

"我认识的人怎么会往这儿打电话呢？"

风野用力启开啤酒瓶盖。

"说不定是你上次交的男朋友呢。"

"那我接电话，怎么会不吭声呢？"

"不是有事相告，只想听听声音。"

"真无聊……"衿子有点厌弃般地说。

"会不会是嚷着要打官司的那伙人呢？"

"他们不知道我在这儿。要是他们打电话来，只要不吱声，他们就没办法。"

"五天前也来过一次这样的电话。令人心里不快。"

"最好别介意。睡觉吧！"

风野走向卧室，衿子跟在后面问：

"是不是你太太打的呢？"

夜已深，妻子为何选择这时往这儿打电话呢？而且是保持沉默，不说话。

"该不是她认为你来这儿了，才打电话的吧？"

"那样的话，她会问点儿什么的，不会老沉默。"

"她是故意这么做的，惹人讨厌……"

"她不会做那样的事儿。"

"五天前来过同样的电话，那时你也在这儿，对方什么也不说，我马上挂断了，没什么。"

"做这样事儿的人能得到什么呢？"

"也许是想通过电话骚扰引起我神经过敏。"

"她不是干那种事儿的女人啊。"

"依然在袒护太太啊。"

"不是袒护，是猜测不是她干的。"

"不，应当是她。我凭感觉能知道。"

"电话里面有什么动静吗？"

"什么动静也没有。只是感觉对方在憋着气等这边讲话。"

风野家的电话放在起居间的电话台上。可以想象深夜里孩子们已经熟睡，妻子只身一人握着听筒、侧耳倾听的身影。但不能认定那是事实。

"绝不会……"

风野嘟囔着否定。但没有确切的否定依据。他只是想：如果是妻子打给袷子的电话，完全可以开诚布公地打听自己丈夫的下落，不必默不作声。

对方打电话而不说话，那可能是要找其他的人，或者是故意打电话发泄什么。

"今天你没往家里打电话吗？"

"打过，但我说自己还在大阪。"

"你这么说，她会猜想你在我这儿。"

"不会吧……"

"会的，你太太是在用默不作声呼叫你呢。"

"别说得那样令人不快！"

"是我觉得心里不快。竟然在半夜里打这令人讨厌的电话！"

"也不一定是她，或许是别人闹着玩的电话，用不着介意！"

搞不清楚来路的事情，怎么猜测也没有用。

"睡觉啦！"

风野说完这句话，走进了卧室。衿子好像仍有点难以释怀，过了一会儿才进屋躺下。

第二天清早，风野还在酣睡，衿子使劲儿摇晃他的肩膀。

"喂，起来！起来！"

风野睁开惺忪的眼睛一看，衿子内穿睡衣外披对襟毛衣，满脸疑惑地注视着门外。

"我刚才走出门去，看到一个吓人的东西。"

听到衿子这么说，风野穿上睡衣，走到门口，推开一点门向外看了看。

"噢……"

风野看到走廊里有个死老鼠样的东西，再定睛一看，不是死老鼠，而是一个用真毛皮做的海狮玩具。

风野又把门开大一点儿，仔细看了看走廊里。早晨的房间寂静无声，多数人家还没有起床。两户人家的门前停放着孩子上学所骑的自行车。

"是个海狮玩具啊。"

衿子站在风野身后，心有余悸地探头窥视。

"为什么丢在这里呢？"

"可能是谁走到这儿，不小心丢掉的。"

衿子欲弯腰捡起玩具，忽又转身背过脸去了。

"真讨厌！脸和肚子都被切开了。"

风野仔细一看，海狮有一对可爱的眼睛，可从脸到腹部有一条直线刀痕。左右两处还有被切开翻出的痕迹。因为海狮身上覆着毛，从远处看不到刀痕和创伤。

"好像是什么人故意切开扔在这儿的。"

"什么人呢……"

"是有人在诅咒我们吧？"

"不会……"

风野想发笑，他翻动海狮，看到海狮肚子被切开的创面令人毛骨悚然。

"很可怕啊……"

衿子把手搭在风野的后背上。

"一定是弄错啦。"

"不是。是有人故意扔到这儿来的。扔的人知道这是我的公寓。"

确实，在晨辉的映照下，无论谁看到如此惨状的海狮，都会认为是什么人故意干的。可谁会干这种损人的傻事儿呢？

"没什么嘛。可能是谁随意扔掉的。"

"为何偏偏扔在我的房门口嘛。"

"也许起先在隔壁门口，后来又移过来的。"

"玩具自己怎么会动呢？"

"可能是风刮过来的，或者是什么人踢过来的。"

"我认为不是，是什么人故意来这儿放的。"

"昨晚我回来时，门前什么也没有啊。"

"所以是深夜来此……"

"不会的……"

风野昨晚到这里来，已经十一点多了。现在是七点稍多点儿，假如是什么人来放的，时间是在深夜到天亮之前。

会有人在夜深人静的时候，特意来此放这样的东西吗？

"行啦。过会儿扔到垃圾箱里就是啦！"

风野慢慢关上门。衿子仍心有不快地抱着胳膊。

"是什么人憎恨我们啊？"

"你过虑啦。"

"不，绝对是这样的。"

衿子使劲儿地摇了摇头，然后说：

"昨晚的电话也是同一动机……"

风野明白了，衿子在凭这些事怀疑妻子。但是，妻子再怎么憎恨衿子，也不会做这样的傻事儿。如果这些事真是她做的，自己也不愿相信。

"别瞎想啦！"

"不是瞎想。我是认真揣测。我们昨晚酣睡时，这人悄悄地来过。"

假如一个女人在夜深人静的时候，跑到丈夫情人的门前来扔切开肚子的海狮，那确实不寻常。

"别说啦。这事很无聊！"

"讨厌。真是讨厌啊……"

衿子突然喊了一声，脸朝下趴在了被子上。

"讨厌！"

风野听着衿子脸埋在被子里低声喊叫，眼睛禁不住投向也许是妻子深夜来过的门口方向。

衿子很固执，一旦认定某件事情，就不会轻易地改变想法。这次也是一样，任凭风野怎样分析论证，她也理解不了。

风野任衿子埋脸喊叫和静默不语，自己到起居间翻阅报纸。先看了政治版面和经济版面，看到社会版面时，衿子穿好衣服，在梳妆台前坐了下来，着手头饰整理和面部化妆。她化完妆，拿起手包准备外出。

"这就要走吗？"

她平时九点多出门，今天早了一个多小时。

"不吃饭吗？"

"不想吃。不好意思，你自己回那边的家里吃吧！"

"你要去哪儿？"

"去公司。不愿意再待在这可怕的公寓里了。"

"你别乱想，要沉住气！"

"有人在做那样的事儿，我能沉住气吗？"

风野觉得说多了没用，甚至会引起吵架，便保持沉默。衿子迈着凌乱的步子走到门口，穿好鞋子后，不忘丢下一句：

"你还是早点儿回家去，问问太太吧。"

衿子说完，"嘭"地一声关上门走了。

风野独自待着，不禁叹了口气。两人和好的时间不长，又因为无聊的事儿吵架。

风野又想起了啄木的和歌——养猫遭猫欺，吾家殊悲凄。

可是，这次是养猫这种程度的事情吗？假如真的是妻子为诅咒衿子而送来开膛破肚的海狮，那就是大事了。

风野不认为妻子会做这种荒唐的事儿。是有人弄错了房门，还是偶然事件呢？抑或是这次与益山打官司引来的呢？

不过，对方说要堂堂正正地打官司，还不能认定对方会做这种苟且的恶作剧。

这么看来，要么是偶然事件，要么是妻子干的。

如衿子所说，问问妻子也许就会知道答案，但这样的事儿没法开口问。就是妻子干的，她也不会如实承认的。

一个小时后，风野离开衿子的公寓，开始往家赶。

既然告诉妻子昨晚是在大阪住下的，这个时候回家就有点早，只能说是乘早班飞机赶回来的，这样才合乎逻辑。

风野来到车站，乘上电车，车厢里空荡荡的。因为电车驶向郊外，乘车的人自然不多。人们爱去首都的中心地段工作，风野却与他们背道而驰，感觉还是有点奇妙的。

他在做公司职员时，最讨厌在规定的时间里去规定的方向。如今乘上反向的电车，自然会产生一种离群索居般的寂寞。

将近一小时之后，风野回到了位于生田的家，抬头一看，家门锁着。

风野拿出包里的钥匙打开门，进门就看到桌子上摆放着餐具，好像是妻子为吃早餐而备的。屋里寂静无声。

人去哪儿了呢？风野上到二楼，窥视了一下卧室，看到妻子正在睡觉。

"哎……"风野轻轻喊了一声。

妻子从被窝里转过头，轻声问道：

"回来啦！"

"啊！搭乘了最早一班飞机。"

妻子好像是打发孩子们吃完饭去学校后又睡着的。她穿着长衬裙，枕侧放着脱下来的衣服。见风野归来，妻子马上开始穿衣服。风野迈步走进了书房。

可能是三天没在家的缘故，桌子上积存着不少信件。大部分是杂志，也有四五封信。风野没打开信看，只看了看发信人的名字，然后看了看表。

十点半。

妻子送走孩子们后再睡觉，又睡到这么晚，是很少见的。

以前早晨妻子起床后忙于家务，不会再睡觉。现在是不是身体不适呢？根据她见到自己马上起床的情形看，应该不是这样。

风野又联想起衿子房门前被丢海狮的事儿。

她不会是跑过去放那玩意儿没睡好吧？因为在夜里十一点前没发现那玩意，假如她去放的话，应该是在深夜或者拂晓。风野想到这里，又否定地摇了摇头。

"不会……"

风野正疑惑时，妻子没敲门走进来了。

"昨晚住在哪儿啦？"

风野先是沉默。妻子把用托盘端来的咖啡放到桌子上。风野端起喝了一大口，然后慢条斯理地回答说：

"肯定是大阪嘛。"

"那是今天早晨赶回来的？"

"当然啦。乘飞机回来的。"

"几点的？"

妻子在进一步地追问，风野必须机智应对，回答得巧妙，词穷或瞬间的犹豫都会让对方觉察到自己在说谎。

"八点的。"

"那现在能回来吗？"

就算八点整出发，九点钟到达羽田机场，现在是十点多，时间紧凑点应该差不多。但妻子却用强硬的口吻说：

"你随口乱说！"

"你说什么？"

"孩子们也觉得不对头。"

风野回头一看，妻子正露出要哭的表情怒视着自己。

"我昨晚一点儿也没睡。"

妻子说完这句话，关上门走了。

风野呆呆地坐在椅子上，尔后点燃了香烟。

好久没看到妻子生气的面庞了，刚才的表情确实是愤怒而委屈。

妻子发牢骚时，爱拿孩子们说事儿，这也是她惯用的手段。所谓"连孩子们也觉得不对头"，有点言过其实了。也许她们会感到诧异，但用不着说得那么严重嘛。

然而，令风野更加担心的是她"昨晚一点儿也没睡"。正因为是这样，她才在孩子们上学走后又睡觉。昨晚一点儿也没睡，她干什么了呢？

该不会是去放那玩意儿了吧……

虽然基本否定，但还是疑窦丛生。

风野思考了片刻，下决心向妻子问询，他走向卧室，推开房门，看到妻子背冲着房门在休息。

"喂，你知道海狮吗？"

"什么？"

妻子的声音竟是意想不到地沉着。

"海狮。"

"怎么回事？"

妻子转过脸来，呈现着一副茫然不解的表情。

"啊？啊！那就好。"

风野不再追问和解释，随后回到书房，在椅子上坐下来。

归根结底，那事不是妻子干的。他觉得松了口气，又觉得有点对不住妻子。

他真想道歉，说声"对不起"，但又不能这样做，否则，妻子追问起来，连昨晚没住大阪的事情都要露馅。

何况妻子也有不好的地方，特别是打电话给衿子胡编乱造，这是不能轻易原谅的。

像现在这种胶着的状态，更不易开口。

"还是少管闲事，免遭麻烦吧……"

风野有点自言自语，他吸着香烟，仰头看了看天空。午前的阳光有点耀眼，从隔壁墙头上伸过来的枞树叶在轻微地摆动，说明窗外微风习习。

他想再喝一杯咖啡，又不好向妻子开口，自己也不愿意动手，没办法，便吸着香烟，阅览桌上的信件，随后又给《东亚周刊》的总编辑打电话。

风野觉得时间尚早，而总编辑早已到达工作岗位。昨天是截稿日，也许他们忙到很晚，住在出版社附近的旅馆里了。

"刚才和局长商量过，看样子还是要发道歉声明，您觉得怎么样？"总编辑突然开口问，接着又解释道，"当然不是说内容夸张，而是坦承'在表达上有点过分'，谨致歉意，仅此而已。"

"但是……"

风野想起了昨晚衿子说过的"坚决抵制、不应妥协"的话。

"我们知道您会对此不满，但这事就尽可能地交给我们来做吧！不会把事情弄糟的！"

既然总编辑这么说，风野也不好坚拒。

"如果今后胡乱争吵，把事情闹大，反而对我们不利啊。"

总编辑愿意妥协登载道歉声明，和平地解决问题。风野对这种做法是不满的，但又不宜明确地反对。

尽管他嘴上强硬，实际上和益山一伙对抗，能不能打赢官司，他并没有自信。再说就是打赢了，打官司的繁琐和精力消耗也不得了。

　　况且现在自己态度强硬，会让总编辑和局长感到棘手，也会给他们留下坏印象，这是个需要认真对待的问题。

　　如果让他们认为自己是个令人讨厌的家伙，也许今后自己就没有工作可做了，或者逐渐被他们疏远。这事儿也许应该交给总编辑处理，自己听命就是。

　　转念再想，风野又觉得不甘，他小声向总编辑嘟囔道："不行……"

　　实在是太懦弱。要是跟衿子说起这样的事儿，肯定会受到责备：你真没有骨气！无论总编辑说什么，你都应该坚持到底。

　　然而，就是固执己见，也不会得到什么。尽管多少有点儿不满，只要自己忍耐下来，事情也就完结了。风野手持听筒，又想开了。

　　"总而言之，发道歉声明这件事，还请你谅解！"总编辑重复说了一遍。

　　风野在电话这端不情愿地点了点头，说了声"好"。

　　风野在工作方面吃了很多苦头，妻子却对他越来越不热情。因为自己有时做任性的事儿，可以说对后果也有思想准备。如与妻子冷战的状态持续，他就得多方面忍耐。打比方说，他想自己泡一杯咖啡喝，不知道牛奶和砂糖放在哪儿，咖啡放在哪儿。出门换衣服，不知道内衣和衬衣放在哪儿。鞋子呢，自己一双一双地找也很麻烦。另外出门前需熨熨裤子，也需要新的手帕。如果他出差在外地，妻子拒接与他的工作有关的电话，也会使他的工作受到很大影响。因为在日常生活方面习惯已久，件件琐事都要烦劳妻子，所以他自己什么也不会做。

风野曾想过干脆离开家，到衿子那里去住，却总有若干舍不下，很难过思想关。确实，暂时在衿子身边生活两三天还可以，要是超过一周或数天，就会感到各种不便了。打比方说，邮政信件或重要电话都是打到家里来的，需要及时处置或答复。因为不在家，他也许就会错过难得的工作机会。再说他的衣服、领带、外套等都放在家里，不经常回家换衣服，就会变成脏兮兮的邋遢鬼。另外，家里放着的工作资料、文献或词典等物，他也需要经常翻阅和查询。要是回家取用这些东西，妻子置之不理，一言不发，作为丈夫也很没有面子。他就好像是悄悄进入又悄悄溜掉的偷食的猫。

　　当然，如果妻子在家一直冷若冰霜，他也可以有离开家的思想准备，也许真要是厌倦了，就可以雇辆卡车，把短期内生活所需要的东西全部运走。

　　然而，风野并没有勇气做到这一步，也许有人会说他没出息或没胆量。说实话，人一旦结婚有了家庭，就不会很简单地离开家。与其说是没有勇气，莫如说是责任感使然。

　　许多女性经常说：男人没出息。要是太太真的对丈夫不满和厌烦，还是赶紧分开好。实际上，往往是女性对丈夫不满加剧时，提出分手的情况比较多。即使内心并不愿意真的分开，也常常会把行李收拾好离家而去。

　　与之相比，男人则显得优柔寡断。尽管想与妻子分手，但到了关键时候，还是难以成行，在磨蹭的过程中失掉机会。有的甚至连暂时在外过夜也难以做到，始终犹豫、彷徨，到头来依然带着烦恼待在家里。

　　对此，风野并不认为这是优柔寡断。仅从外表上看，也许可以这样认为，而男人比女人更了解同性：此乃责任感使然。

　　男人无论是在自己家里工作，还是去公司工作，如果没有人照料其日常生活，境况肯定不堪。因而有的男人在老婆跑掉以后，才知道相濡以沫的可贵。也就是说如果没有妻子，丈夫的饮食起居就没有依靠。换言之，也许不是丈夫爱老婆，而是需要老婆。

女人如果生气，可以几天不在家，男人因为有工作，就不能这样做。男人除了家庭之外，还有工作这个负担，这也是男人难以抛弃家庭的一个原因。

再说两人闹分手，大部分原因和责任，都会归结在男人这里：是男人过于随便导致的。由此看来，社会对男人责任的追究过于严厉。

女人只是简单地说分手就行，男人却要向公司的上司、同事，还要向客户说明此事，顾及分手对工作的影响。

考虑分手后的赔偿费、孩子的养育费等等，不少繁杂的问题纠结在一起。

要是去做这样的麻烦事儿，还不如保持现状好呢，最后再破罐子破摔。也不知什么时候会分道扬镳。

并不是风野优柔寡断，而是有种种繁杂的事儿相关联，简单处理不了。看来，男人要分手，需要比女人付出更大的精力。

会苦

　　风野在家里连续待了三天。所谓连续，并不是一直待在家里，而是无事不出门，他曾外出与编辑协商和采访，还去参加过朋友的作品出版纪念会。

　　他把要去的地方提前告知妻子，基本按说好的时间回来。可以说，这三天是在妻子认可的范围内活动。

　　由于他近日恪守本分，妻子逐渐地恢复了以往的状态。第一天不说话。从第二天开始，就先找话说了。到第三天风野工作时，她殷勤地端来了咖啡。

　　夫妻关系一缓和，孩子们也敏锐地感觉到了变化。大家吃晚饭时，两个女儿比平时更能恶作剧地逗人笑。一家四口围坐在餐桌旁，有说有笑地共进晚餐。这就是一家团圆的象征，幸福的家庭一定都是这样。

　　然而，风野越是居于幸福的漩涡之中，越是觉得心有疑虑。

　　这样的生活好吗？尽是些"隔壁的老太太怎么怎么，学校的朋友们怎么怎么"……老听这样的话，会使他沉浸在悠闲自在的状态之中，失去工作的斗志。家庭安定对他来说确实是重要的，但如果沉浸其中，就有种难以挣脱的不安。

　　他在同窗会上，经常会听人讲："我妻子儿女都很健康，觉得这样就很满足。"也有的人附和说"健康第一"，泛泛而谈跑步或打网球的事儿。乍一听，觉得他们很幸福，他们真的会感到幸福吗？一般来说，对工作感兴趣或醉心于工作的人，不怎么爱谈家庭或健康的事儿。偶尔谈起，只会说一两句。往往只顾说自己想要干的工作或日后的安排。作为一个社会人，只顾及家庭或健康，恐怕就不够格，甚至会与时代脱节。

风野不愿意做这样的男人。不愿意局限于一家团圆。

然而，当下呈现出的正是这种阖家团圆。妻女都很开心，他却感到郁郁不乐，也许是没辙的恶习，实在没有办法。

这也许与风野的这种自由职业有关。

如果是一般的工薪阶层，只要按照一种生活模式活动就行，而像风野这样的自由职业者，只有不断地激励和鞭策自己，才能使自己不断前进。如果放任自己，就会懈怠地后退，别人不会拉着自己走。

个人工作的好坏全部可以从成果上体现出来。正因为是这样，如果一味沉溺于家庭的安乐之中，就有可能被社会淘汰。孩子的成长固然重要，自己的事业发展更是迫切的问题。不少人认为：从事感觉年轻才能胜任、能够发挥自己个性的工作，精神上相对紧张，达不到张弛有度。

如果他过分迷恋家庭的团圆，就不能沉下心来工作。

他仿佛感到有一种莫名的忐忑不安从背后袭来，这不仅出自于对工作的焦躁，同时也是因为忘不了衿子的事儿。

即使他在家里老实一两天，到了第三天，就开始想见衿子。打个电话听听声音也行，但如果听到声音，就会产生一种急于幽会的冲动。

衿子已有半个月没来电话了。当然，在家与衿子通话的麻烦自不待言，要是他主动打电话，也等于认输了。

风野料想衿子不会打来电话，却一直眼望着电话，内心充满期待：她会来电话吧！

真是个没有耐性的懦弱男人！一方面制约自己按部就班地生活，一方面急于幽会的情绪愈加强烈。

她现在怎么样了呢？突然相互没了音讯，她一定觉得可疑吧。还是听听她的声音吧！

第四天下午，风野耐不住性子，开始往衿子的公司里打电话，衿子外出不在。他知道衿子正常去公司上班，就决定再忍耐一天。

好像到了第五天有点迫不及待。他在去办公室那边的路上，顺便在公用电话处往衿了的公寓里打了个电话。

以前风野去衿子的公寓，总是事先打个电话。

如果特意赶到下北泽，人不在，他就会觉得失望又无聊。

今天是星期六，此时衿子应该直接回家了，也许有什么客人在，也许在和朋友逛街呢。到底是在还是不在？概率各半。然而一拨通电话，衿子马上就接了。

"是我。"风野说。

衿子却用明朗的声音大声调侃：

"哎呀，好久不见！"

"谢谢！你好吗？"

"挺好，就是有点儿忙。"

"是吗？忙可不得了啊。"

衿子的话中有话，好像格外地装模作样，也有点见外。

"你那儿有人来吗？"

"哎！是的。所以请您过后再来电话！"

"喂！请等一下！事情还没说完呢。"

"我现在有点忙。"

"谁来啦？"

"不用您操心。再见！"

袪子说完了自己想说的话，迅速地挂断了电话。

风野有点生气：即使有客人在，再说几句也无妨嘛，简直是嫌自己"碍事"。

她在为自己被丢开了四天而撒气吗？表面上是他丢开了她，其实心里时常惦记她。昨天往她所在的公司里打电话，弄清了她在正常工作，他才放下心来。可今天她太不客气了。

"不去啦。"

风野嘟囔了一句，朝小田急线的车站走去，走着走着又停下来。

会不会是男朋友来玩呢……

很少有人去袪子的公寓，难道是袪子装模作样，故弄玄虚？今天是星期六，且临近晚上。去她公寓的，该不是那个姓北野的年轻男人吧？

刚才通话时，能听到听筒中传来音乐，可能是那边在放唱片。没有很多人熙熙攘攘的杂乱之声，好像只有两个人静静听唱片的那种气氛。

风野要去小田急线车站，却又转身回到了公用电话亭。

时间已经过了晚上八点，公用电话亭周围挤满了若干观赏周六夜景的人。绝大多数是年轻的情侣，也有带家属的中年人和单个的年轻女子。风野与这些人擦肩穿行，好不容易才走到电话前。

他想再打一次电话，确认谁在她的公寓里，又担心她不会正面回答。不！也许袪子会毫无遮掩地说："是啊，是男朋友啊。"他内心很矛盾：非常想确认，同时又担心猜想成为现实。

然而，不确认一下，自己会沉不住气。风野狠下心来拨通了电话。

呼叫声连续响了好几遍，觉得对方该接了，可响到第六遍也没人来接。

响了十遍后，风野扣上听筒，重拨电话号码。

衿子的号码他绝不会弄错。电话拨通了，还是没人接。

怎么回事呢？风野感到很疑惑。此时有人探头往电话亭里面窥视，看样子想打电话。

风野把电话让给那个人，走出了电话亭。

刚才还接电话，怎么没反应了呢……

是去什么地方了吗？可刚才没听说她要出门的。

是不是两个人在房间里忙着接吻呢？

想到这里，风野快步朝小田急线的车站走去。他买好车票，跨入站台，跳上了马上起步的快车。

从新宿乘上电车，第二站就是下北泽。风野站在车厢里，眼睛注视着窗外飞速掠过的景物，脑子里一直在琢磨衿子和年轻男人的事儿。

如果两个人接吻，他是不能允许的。

"你以为她是谁？她是我的女人！"只要自己这样大声喊叫，那个男人一定会乖乖地溜掉。

无论衿子对此怎么掩盖或辩解，他手里有钥匙，悄悄打开门，一切都会弄明白的。

衿子住的那间公寓是风野出钱租的，应当说是两个人共同拥有的公寓。如果她把别的男人拉到里面秀恩爱，就有点太不要脸了。那个男人也够呛，仗着自己年轻就恣意妄为，自己是不会和他完事儿的。

风野想着想着，不觉身体热了起来。

然而，风野下了电车，又陷入了另一种不安。

要是那个男人真的在公寓里，那该怎么收场呢？原曾想斥责他一顿，可那样做显得自己太不大度了。

再说训斥一顿，那个男人未必会顺从地离开。也许那个男人会突然反唇相讥，质问："你是谁？"

何况衿子会不会让自己"滚蛋"，也拿捏不准。她要是那么喊，自己多没面子。一个大男人，被女人呵斥，夹着尾巴逃窜了，情何以堪。

他不愿意制造这种不体面的事儿，又不甘置之不理，实在令人窝火。

风野在忐忑不安之中，看到了衿子的公寓。因为街灯很亮，公寓楼很醒目。风野走到公寓入口的左侧，向衿子的公寓窥视。

房间里开着灯，闭着窗帘。衿子应该在里面，可刚才没接电话是怎么回事儿呢？

风野屏息不出声响，他仰头看了一会儿，听见公寓里有人向外走的脚步声，就移动起身子来。

公寓里走出来一个三十岁上下年纪的人，身上裹着外套。风野侧身把他让过去以后，进了公寓入口前面的公用电话亭。

他还是不敢直接奔向公寓。先大吁一口气，调整了一下呼吸，才开始拨衿子的电话，这次衿子马上就接了。

"哎呀，是您，现在在哪儿？"

"就在公寓前面。怕您有客人，受打扰啊。"风野故意用低沉可怕的声音说。

衿子却用欢快明朗的声音回答：

"已经走啦。"

"那我现在过去。"

难道客人是刚才走出公寓的那个男人吗？他走出电话亭，回头张望，可惜那个男人的身影已经不见了。

风野沿着楼梯拾级而上，进了公寓一看，衿子正坐在沙发上聆听唱片发出的音乐，右手端着一个盛白兰地的酒杯。他还瞥见桌子上放着两个咖啡杯。

"这首曲子很棒。不是吗？"

曲调节奏缓慢而婉转，歌词全是英语，风野听不懂。

"和那个男人一起听唱片了吗？"

"没有。只是说话啦。"

"让一个男人进到房间里来，可真是……"

风野边说话边环视四周。

"人家特意送我回来，我只是请他喝一杯咖啡。"

"是那个姓北野的男人吧？似乎刚才擦肩而过呢。"

"不是啊，早些时候就走了。"

"八点多时给你打电话，你在干什么？"

"你说什么……"

"电话没人接嘛。刚才打怎么很快就接了？"

"那可能是为客人送行去了。"

"还特意去外面送行吗？"

风野用粗野的动作取出酒杯，斟上白兰地，大口喝起来。衿子笑着问：

"你嫉妒吗？"

"我干吗要嫉妒？"

"那就不必问这问那嘛。"

风野放下酒杯，猛地一下抓住了衿子的胳膊。

男女之间谁若莽撞、嗔怒、不冷静，谁就会成为失败者。而沉着、冷静、机智的一方会成为胜利者。风野明知此理，此刻却管不住自己。

风野抓住衿子的胳膊用力往胸前一拉。因为来了个冷不防，衿子身体失衡，一下瘫倒下去。

本来打算只拽一下，没想到身体靠得近，又是猝不及防，见袴子瘫倒，风野不知所措，顺势紧紧地抱住她，就地倒下来。

"干吗！"

袴子挣脱风野的胳膊，想要坐起来。风野觉得既已躺倒，就往前冲吧。如果退却，更是败者。风野压在袴子身上，用左手按住她的肩膀，右手去拽她的罩衫。

"住手！"

袴子扭动着上半身，风野不管不顾地用力一拽，罩衫的扣子被撕掉了。

"放开……"袴子发出尖锐的惊叫声。

风野又把手搭在她的裙子上，袴子开始用手上的长指甲抓挠风野的脸。

"哎呀！好疼……"

乘风野畏怯，袴子赶紧爬起后退。风野又从身后抓住她，再次把她往地上拉。

没想到，袴子的腿碰到了桌子沿上，桌子上的花瓶受到震动掉了下来。白色和黄色的菊花都落在了袴子的腰间，脚下全被水弄湿了。

"讨厌……"

当袴子再次喊叫时，风野才把伸出的手停住。在狭小的公寓里大声吵闹，很快就会让周围人听到。

风野喘着粗气站起来，袴子也急忙一跃而起。

"你这是怎么啦？"袴子问道。

风野也不清楚自己为何会这样。刚才风野盘问来客的事儿，袴子说"那就不必问这问那"。风野突然勃然大怒，上前把她揪了起来。事后冷静下来看，就为这么点鸡毛蒜皮的小事儿，完全是无聊的带着孩子气的吵闹。

"怎么像傻瓜一样!"

衿子不快地说完,把湿了的袜子脱下来,把散落在地板上的菊花收拢到一起。

"衣服破啦。"

衿子把掉了扣子、胸部敞开的罩衫合拢,开始用抹布擦拭湿了的地板。

风野重新在沙发上坐定,啜饮了一口刚才喝剩的白兰地。

"喂,你生气了吗?"风野有点戏谑地问。

"并没有……"

衿子爱答不理地回应,不像是多么生气。风野端起酒杯,站在衿子身后,把下巴轻轻抵在衿子的脖颈儿上。之所以做这样的动作,是意味着自己认输,因为意气用事没好处。

"这几天太想见你啦!"

风野想要在她耳朵旁吻一下,衿子却迅速而巧妙地转过头去,拿起花瓶走到了洗碗池旁。

"你不想见我吗?"

"你真是个怪人啊。"

"怎么呢?"

"你突然闯进来,以为你要大吵大闹,又说想见……"

"那是没办法嘛。"

"你这个人太随便啦。"

风野觉得自己既然说了想见面,就应当采取谦恭的态度,让她慢慢恢复情绪,别无他法。

"喂,可以吧?"

"什么可以不可以……"

210

可能衿子想换下掉了扣子的罩衫，走到了大衣柜跟前。风野追赶过来央求她。

"想要。"

"……"

"求求你。"

衿子把一件新的毛衣拿在手上，轻微地叹了一口气。

"真是拿你真没辙啊。"

"我是实话实说啊。"

"好吧，你先去躺下吧！"

风野按她所说去了卧室，脱得剩下内衣，钻进了被窝。

这样就能和好，他已为此采取了相当谦恭的态度，迫使她没办法拒绝和自己睡觉。

风野在四天没联系后突然出现，嫉妒心驱使他毫无缘由地乱闹，也许这件事情的代偿是没有办法的。看来，衿子并不想和年轻的男人乱搞。也许仅凭这一点，他就应该满足。

风野这次和衿子做爱，看到对方一如既往地获得满足，才好歹放下心来。或许衿子也是这样的心思。衿子在做爱中得到快感，又开始变得像往常那样开朗。

"你也太冒失啦。"

等双方情绪平静下来时，衿子笑着对风野说。

"你不接电话，我想你一定在和那个男人接吻，腾不出空来。"

"你有这个公寓的钥匙，再说，我怎么能做那种事儿呢？"

"也许会逢场作戏嘛。"

"真要是那样，得找个好点儿的地方。"

"这话该不是真的吧？"

风野用手抓衿子的乳房，衿子扭动了一下身子，随后说道：

"因为你对我也是相当地迷恋啊。"

"没有那回事儿啊……"

尽管风野嘴上否定，而迷恋是确确实实的。

"你也迷恋我吧？"

"我不会那样啊。"

"你现在还不是把衣服全脱光，钻进被窝来了嘛。"

"因为是你想要嘛。"

"无论怎么说，相互喜欢才行。"

"唉，怎么说呢……"

"肯定是这样的。如果年轻的男人想要，你不会给他吧？"

"不知道啊。"

"如果这小子……"

风野冷不防咬了乳房一下，衿子发出了轻声尖叫，恰在此时电话铃响了。

"让开……"

衿子推开风野，穿上长袍，走出去接电话。

时间已过了十一点，谁会这时来电话呢？风野仰着身子侧耳静听，衿子的声音很清晰。

"喂，是哪一位？"

衿子同样一句话重复了三遍，仍无应答，便放下听筒，满脸狐疑地回来了。

"奇怪啊，又是什么也不说的电话。"

"不是对方挂断了吗？"

"不是，两端好好地连着呢。"

衿子站在床前，陷入沉思。

"哎呀，甭管啦。不用介意，睡觉吧。"

衿子脱下长袍，钻进被窝，但心里好像仍在记挂。

"会是谁呢？"

"也可能是恶作剧电话吧。"

"最近没有这样的电话。应当是熟识的人打来的。"

"怎么说？"

"上次也是你在这里时，来过这样的电话。"

衿子一直认为是风野的妻子打来的，好像这次也这么认为。

"是在试探你来没来这儿呢。"

"真要是那样，应该会问我在不在嘛。"

"不是的。对方打来电话，只是想要刺激一下我的神经。"

"绝不会……"

风野露出苦笑。他在衿子公寓时，已来过三次这样的电话，的确令人生疑。

"你今天跟家里说过要来我这儿吗？"

"我怎么可能说这事儿呢？"

"或许是凭感觉猜出你来这儿了。"

"别净想些无聊的事儿！"

两人好容易和好了，不能就这样把好事断送了。

"赶紧休息吧……"

风野慢慢盖上被子。衿子却用极为冷静的声音说：

"你还是回家吧！我不愿意让你太太恨我。今晚不留你。"

"不就是接了个恶作剧电话嘛，用不着介意啊。"

"不是，绝对不那么简单。"

"不是的证据在哪儿？"风野有点儿不高兴地问道。

衿子再次披上长袍，从被窝里溜出去。

"你要干吗？"

"心里很忐忑，怎么也睡不着啊。"

风野仍平心静气地躺在床上。突然，他听到衿子在隔壁的房间里喊：

"喂，你快回去吧！"

"不，我不回去。"风野也大声地回应。

事到如今，如果她让回去他就回去的话，就等于承认那个打无声电话的人就是妻子。风野把被子往上拉了拉，盖到脸部，背冲着起居间默不作声。衿子又大声喊：

"希望你回去！"

要是以前她这样喊，风野马上会勃然大怒，引发两人的战火。他会愤愤地离开公寓，要么去外面闷闷地喝酒。要么找个没人的地方，狠狠地咒骂对方一顿，以消火解气。近来他却很少这样发脾气。是两人相互适应了，还是人更成熟了？抑或是年龄的缘故？

虽然衿子在吵闹时会歇斯底里地喊叫，但早晚会趋于平静，情绪也会慢慢恢复。风野了解这一点，故可以不动声色地忍耐着。

可以说这是通过长期交往而慢慢掌握的以静制动法。

正如风野所预料的，衿子见风野不走，开始在隔壁喝白兰地，吸香烟。过了一会儿，可能是想开了，她又姗姗地回到卧室来。

风野仍佯装不知地背着身子。衿子进到卧室，拿走了枕头和毛毯，好像打算在客厅的沙发上休息。

风野满不在乎地闭着眼睛，睡意慢慢袭来，快要睡着时，电话铃又响了。

风野慌忙看了一下枕侧的表，一点钟。急促的电话铃声在寂静的深夜里格外刺耳。

衿子接电话了吗？风野从床上爬起来，从隔扇缝隙中向外窥视，看到衿子正把听筒按在耳朵上，眼睛凝视着一处。

"怎么啦？"

"又挂断啦。"

"真是奇怪啊。"

"老这样我会神经过敏的。"

"请人给换个电话号码吧。可以把这个号码卖掉，另买一个号。"

"干吗要那样做呢？就为了一个女人？"

"女人？"

"讨厌……"

衿子揪了揪自己的头发，突然脸朝下趴到了桌子上。

风野看着衿子的背影，不禁思绪万千。到底是谁在这个时候来电话呢？难道真是衿子所怀疑的自己的妻子吗？还是其他什么人搞恶作剧呢？要是下次电话铃响，他去接就好了。

如果自己的男声突然出现，对方也许会狼狈或惊恐地喊出声。这样就能知道对方是不是妻子。

如果真是妻子，那该怎么交代呢……

他既乐于去接电话，又害怕对方真是妻子。

还有一个办法确认是不是妻子，就是铃响后暂时把电话切断，马上快速拨打家里的电话。要是妻子在往这边打电话，听筒握在手中，机房会反馈占线的信息，如果是刚刚放下听筒，她马上就能接听打过去的电话。

夜里一点这个时间，她一般不会不睡的，要是马上就能接听，来犯者是妻子的可能性就会大增。

然而，这样试探妻子也有失公允啊。不能再稍微相信对方一下吗？

风野躺在被窝里，突然觉得寂寞起来。

第二天早晨六点，风野醒了过来。看到衿子正在自己身旁酣睡，也不知她是什么时候上床的。

风野看了看那张略带忧郁的睡脸，去了洗手间。

刚才五点时天显得很亮，现在却显得很黑。

风野从洗手间走回来，正欲上床，突然想到邮箱里可能有报纸，便去了门口。

邮箱在房门左手那个小小的鞋箱上方。他在淡淡的黑暗中迎着光亮一看，箱门缝隙中漏着白色的报纸边儿，便将那份报纸抽出，拿在手中。脑海中猛然想起了海狮玩具的事儿。

衿子曾怀疑那个来犯者是风野的妻子。今天该不会再有什么诸如此类的东西吧？风野一边这样想，一边趿拉着鞋，开门去看。

他敞开三分之一的门缝，探出上半身向外瞅，一眼就发现脚下有个东西。

"噢……"

风野不由得扭过脸去定睛看，那还是个动物模型。比前些时候那个海狮体积稍大，好像是个白毛兔。

风野俯视了一会儿，然后蹲下身子，拿到手里仔细看。

可能此物曾被人扔在道路上，兔毛很脏，右耳被切掉了一半。

"果然……"

风野拿着兔子，环视了一下四周。早晨的公寓走廊里寂静无声，没有人影，作为停车场的中庭里还亮着灯，灯头笼罩着雨雾般的晨霭。

风野又瞅了兔子一眼，接着狠狠地用力朝中庭那边扔过去。

他拿着报纸回到床上，心里惴惴不安。

到底是谁又扔下那样的东西呢……

风野最近在这儿住下的时候，已连续两次被人扔下同类的动物玩具。

上次是海狮，这次是兔子，种类有所不同，且这次的创伤仅限于耳朵，和上次也不同。

连续两次发生这样的事，不能认为是偶然现象。

仍然还是妻子做的吗……

还是难以相信妻子会深夜特意到这里来。最近没有发现妻子对他的态度发生特别大的变化。假如她做出这样充满恶意的事，定会在语言或举止的细微之处表现出一些异常来。

然而，如果不是妻子，那会是谁呢……

要说带有恶意这么做的，还有可能就是益山那伙人。但最近他们看到周刊杂志上发道歉声明，好像有撤诉的迹象。再说也没有必要耍这样的小伎俩。

这也许不是冲着自己而是冲着衿子来的。而衿子似乎一点儿也觉察不出来。

依然还是单纯的恶作剧吗……

假如是恶作剧，一般会偶然性地出现一次，连续性地出现两次，就不能这样认为。

"奇怪……"

风野小声嘟囔着，瞥见衿子在轻轻地摇晃头。可能是在做梦吧，嘴唇还有轻微的翕动。

风野赶忙背过身去，暗自思忖：

今天早晨的事儿不能对衿子说。她要是知道再次发生这样的事儿，真的会神经过敏。从而也使他变得不正常。

"忘掉吧！"风野敦促自己说，他闭上眼睛，心里却一直翻江倒海……

十一月初的一个星期五晚上，风野和衿子约定幽会。这是相隔时间很久的一次在外幽会。

那天，风野结束工作后，到新宿站的西出口与衿子见面。

最近一段时间，他和衿子既没在外面吃饭，也没在外面幽会。各自都有单独的公寓，有意无意就在公寓里幽会，饭也是在公寓里吃。

无人惊扰的密闭空间令人心情舒畅，经济上也划算。

衿子偶尔会说：带我去个浪漫的地方玩玩吧！风野总给予似是而非的回答。

俗话说：钓到的鱼不用喂食饵。风野和衿子初识时，经常带她去六本木或赤坂的西餐馆消费。钱少时，就牵强地去寿司店。他曾在途中担心囊中羞涩，到厕所里检查过钱包。

与那时比，他已经变得非常懈怠了。

要说最近在外面吃饭的话，那就是两人在租赁办公室回来的路上，一起到六本木吃牛排。

并不是没有饵食可喂，而是相处日久，性情随意了，喂食与不喂食顺势而为之。

两人的爱情并没有因此而降温，而且爱的本身比最初更为深切。他们不追求去高级西餐馆消费这种表面性的东西，而是享受相知相悦的美好，憧憬未来。

男人不能只停留在嘴上爱抚，应该用行动来表达自己的爱意，否则，女人就不能理解！

今晚的就餐与幽会也没有更多的想法。

这阵子，好像衿子和年轻的男人一家接一家地喝过酒。风野觉得自己不能在这方面输给那些男人们。明天是星期六，是休息日，故而风野决定和衿子外出消遣一下，仅此而已。

再说，衿子接到无声电话和看到被切开肚子的海狮后，变得有点儿神经过敏。风野也想安抚她的这种情绪。

风野和衿子在车站西出口碰头后，直接去了附近的旅馆。

他们在一个叫布如尼埃的地下西餐馆的座位上坐下，衿子环顾了一下四周，开口问道：

"怎么突然带我来这么豪华的地方？感觉不快啊。"

"只是想一起吃顿饭。"风野答道。

衿子便打开了叠放在桌上的菜单。

犹豫了半天，两人点了冷盘、鲜蚝和清汤，主菜是酒煮小牛。

男服务生斟好葡萄酒，风野端起杯来，衿子轻轻地跟他碰了碰杯，脸上露出微笑。

桌上亮着蜡烛造型的灯，柔和的钢琴声在耳畔回响。

在淡雅、抒情的浪漫氛围中，衿子依然显得很漂亮。她并没有穿特别高档的衣服，但整洁、文静。身处这种高档的地方，也很体面。

"还是不应该放开这么好的女人！"风野重新给自己鼓劲儿。他接着柔声问衿子：

"和别的伙伴出去吃饭，经常去哪儿？"

"没和别人经常去啊。"

"比方说，和年轻的男人们。"

"是去烤鸡店，或者更便宜的地方。"

风野满意地点点头。衿子忽然心血来潮，态度认真地说：

"我想换个地方住，那公寓老是来怪电话。"

"搬家可不得了。"

"搬家是很麻烦，但要比待在那里神经过敏好啊。"

男服务员端来鲜蚝，放在两个人面前。衿子一边往鲜蚝上面撒柠檬汁儿，一边说：

"这次想在井之头线 ① 或东横线 ② 附近找个地方住。"

"那儿离涩谷近。"

"是啊，从涩谷乘地铁也方便嘛。"

确实，从那儿去公司很方便，但离风野的家和办公室就远了。

"新宿净是些年轻人，那儿不再是属于咱们的城市啦。"

"涩谷也一样嘛。"

"但是那边安静啊。"

确实，新宿这地方太嘈杂，风野也不太喜欢。衿子想搬到离涩谷较近的铁路沿线去，也不难理解。

究竟是不是仅为这个单一的缘由呢？她只是因为令人不快的玩具或打来无声电话就想搬家吗？是否内心深处还隐藏着真实的想法——改变生活现状。

"该不是要换个地方和什么人同居吧？"

"我怎么能做这种事儿呢？你这个人真怪！"

衿子流露出嗔怒的表情，风野放下心来，他慢悠悠地说：

"换地方、换公寓，需要很多钱吧？"

"当然还是尽可能地买个公寓为好啊。"

"有那么多的钱吗？"

"妈妈好像要给我一些，如果不够的话，也可以从公司借。"

"以前考虑过买房的事儿吗？"

"以前没有，现在自己也上岁数啦。"

说实在话，风野并不反对衿子买房。衿子现在租住的公寓，仅月租金就达八万日元。两个人曾核算过：与其按月支付那么高的房

_____

①东京都内的轻轨铁路线。
②连接东京和横滨的铁路线的简称。

租，还不如买个公寓，一起还贷划算。

然而，如果真的要买，就是另外一个问题了。

一直以来，风野就有这种观念：虽然衿子的房子是衿子租的，但自己支付了一部分房租，房子算有自己的一半。而今，衿子要买公寓，要援助她一部分资金，才能获得那种来去自由的实在感——这也是自己的房子！

当然，用他每月给她的钱，支付房租费也行，买房也行，都可用在房子上。这样的道理讲得通，却又有点说不过去。如果可能的话，风野是可以给她出全额的，但目前经济上没有那么富余。

"虽说可以买，要有各方面合适的吧。"

"前些日子二子玉川①那里有一处不错的公寓。"

对风野来说，这个地名并不熟悉，但能猜出是在东京和川崎的交界处。

"1DK，一千七百万日元。采光很好，周边也很安静。"

"面积多大？"

"兼充餐室的厨房要比现在的稍微大点儿。一个人1DK足够了。"

风野让"一个人……"这句话给别住了，但没有表露出不满。

"从车站步行四五分钟就到那里，很方便。商业街离得也近，到涩谷仅需十四五分钟。"

"决定在那儿买吗？"

"妈妈曾说要出面看一下，看完再商定。"

衿子现在想些什么，风野大致能猜出来。一般她做什么事，事先都会跟他商量。特别是买公寓这样的大事儿，肯定会跟他合计。

---

①地名，位于东京和神奈川县川崎市交界处。

"很早以前就在考虑这事儿吧？"

"不是的。因为月月要交房租，总觉得划不来。"

"既是这样，早点儿说就好啦。"

"早跟你说也没用嘛。"

她这么说，让风野觉得很没有面子。可她已经这么说了，更觉得无奈。风野目前手头没有足够买到公寓的资金，也难以下决心抛弃家庭，买房和衿子同居。

"我想自己的事儿自己做。"

"你这么跟我说，我……"

"不用你再破费，不想给你添麻烦。"

"这是什么意思？"

"就是这个意思。"

买房之事，被她完全指望不好办，她说一点不指望，又令人寂寞。风野无法整理自己的情绪，一边用餐刀切肉，一边说：

"要是买了公寓，就一直住那儿吗？"

"当然。买了不住没什么意义。"

"可能需要十年，甚至二十年才能还清房贷吧？"

"是啊。最少需要十五年。"

如果衿子用十几年才能还清的房贷购买公寓，表明她必须在这期间一直在公司工作。

这样看来，她要保持一直不结婚。难道她打算一直和他保持情人关系吗？即使不为这个，女人继续工作就要保持单身，这一点是确凿无疑的。

对风野来说，衿子像现在这样一个人租房生活，是再好不过的。但想到买了公寓，背上房贷，一个人为此而奔忙多年，生活单调而孤寂，也觉得精神有些郁闷。

风野的思想显然是矛盾的。他一方面祈求衿子永远单身，不和其他男人结婚，另一方面又担心她奔忙而孤寂，就像自己做了什么坏事儿一样，耽误衿子的一生。衿子随便一说，好像不用介意，但他不能不介意，也不能感觉不到一种难言的责任：是自己促使她不结婚，一个人待着的！

"要是买了公寓，搬到新的住处，我们的关系会怎么样呢？"

"什么'会怎么样'？"

"能保持现在这样吗？"

"你想怎么样呢？"

"我当然不想分手。"

"不想分手，不就是这样吗？"

衿子似乎在说与己无关的事，边说边用刀切肉。

风野怎么也猜不透衿子的本意。她说换地方买公寓，好像要放弃现在的生活，现在看来又不是这样。虽然交往着年轻的男性朋友，好像又不想和自己分手。想怎么样就怎么样吧！一切顺其自然。作为铁骨铮铮的风野，不会赖在女人出钱买的公寓里不走的。

"好久没出去旅游啦，咱们去哪儿旅游吧？"

风野决定改变话题。好容易来趟高级西餐馆，净说些生活的琐事儿，让他感到心烦。

"伊豆或京都怎么样？"

"你最近突然变得态度和蔼了，让人感觉很不适应啊。"

"没有什么突然嘛。"

风野觉得自己一直对衿子很和蔼，也可能是他自我感觉良好，没怎么体现在行动上。

"我好久没去京都啦。"

"那就去京都吧。现在天气暖和，还能看到红叶。"

"真的带我去吗？"

"当然。时间就定在下周末。回去先查查旅馆。"

衿子先喝了一口葡萄酒，接着娇嗔地说：

"你几年没说'和你一起去旅行'啦？"

"哪有，今年春天咱们还去过箱根吧？"

"那是当天往返。"

"去年秋天不是去过长崎了吗？"

虽说是老相好，两人一年也就外出旅行一次，所以谁还要和别的朋友结伴旅游，都是可以理解的。

"我要买个旅行箱，也想要件外套……"

"现有的不行吗？"

"那是三年之前买的，对啦，还是你给我买的呢。"

听衿子这么说，风野才想起给她买过一个浅驼色的外套，想不到已经三年了。风野对岁月的飞速流逝感到惊叹。

"你要带我去旅行，是为讨好我吗？"

"不是。"

"我可不会为旅游之事所蒙蔽。你太太的事儿，我还是要弄清楚！"

衿子喝着葡萄酒，眼睛突然开始发亮。

以为来到这般有情调的豪华地方，就会使人忘记令人讨厌的事儿，看来事情不是那么简单。衿子的脑海里好像总装着情敌的事儿。

"在现实状况下，有件事儿我还是想问清楚。"

衿子嘴里说着，身子在座位上重新坐定。

"你真的不想和太太分手吗？"

"没那样的事儿……"风野端着葡萄酒杯，斩钉截铁地回答。

衿子间不容发地接着问：

"打算何时分手？"

"别说得那么突然……"

"你是不想和我结婚吧？"

"怎么可能呢？是想尽早地结合在一起。"

"结果会是怎么样的呢？"

衿子的追问很突然。风野似乎想要转移话题，他慢吞吞地点燃香烟，慢条斯理地说道：

"要是离婚，会有各种麻烦事儿……"

"只要你愿意就很简单嘛。"

衿子说得很严肃，神情也是罕见的。她从进西餐馆情绪就比较亢奋，也许酒喝得多些，说话更有勇气。

"怎么样？"

风野又被问了一遍，心里感到不快。不应该在这样地方盘问这样的事情。所言所行应该合乎周围的情调嘛。

"我要是说不能跟你结婚，那会怎样呢？"

"不会怎么样啊。我只是想确认一下这件事情。"

"现在不能明确答复你。"

"你就是这样的人啊。一涉及重大问题，就说不能明确答复，搞不明白你为何总是含糊其词。"

"重大问题是不能简单回答的嘛。"

"这并不是能与不能的问题，而是人品问题。"

接下来，两人开始在悠长的钢琴声中，默不作声地吃饭。大概周围的人谁也没注意到他们刚才唇枪舌剑的对话，食客们都陶醉于美酒佳肴之中。风野不想再说令人精神郁闷的话，担心激起衿子的得意忘形，呈现施虐狂的倾向。在这样的地方成为众人关注的目标，那他可受不了。

"走吧。"

待衿子饭后吃完果子露冰激凌后，风野站起身来建议道。

"等等！不用急着走，好不容易来一趟。"

衿子显得从容不迫，风野却不假思索地离开了座位。

风野走到收款台付款，两个人用掉了两万八千日元，消费不算低。猛然间，风野想起了大女儿让他给买个网球拍的事。今天花掉这么多，能买多少个网球拍呀。

本是浪漫的举动，他却在想一些无聊的事儿。风野因自己的心猿意马而感到不快。

他们走进衣帽间，穿上外套，衿子又央求说：

"想找个地方喝点儿。"

的确，刚才在西餐馆里，两人只不过是酒润两唇，就这样回去，总觉得有点不尽人意。

"歌舞伎町有家熟悉的店，去那儿看看好吗？"

"那儿会有女人吧？"

"是个小酒吧，只有老板娘和一个年轻的女孩儿。"

"还是有点儿情调的地方好啊。喂，上面的酒吧不就挺漂亮嘛。"衿子指着灯火辉煌的高楼顶端说。

"去过吗？"

"去过。"

听到是衿子和别的男人去过的地方，风野有点儿打不起精神来，但又不熟悉附近其他酒吧的情况，只得随衿子乘上电梯，升到三十三楼，楼的左右两侧都有酒吧。

"还是这边好啊。"

衿子率先进入酒吧。这家酒吧的左侧有一排柜台，通过前面放着酒瓶的台子可以俯视京城的夜景。

"挺漂亮吧？"

室内被绿色的光线所映照，显得文雅而宁静。

"如果白天天气晴朗，从这儿还能看到富士山。"

"你看到过吗？"

"嗯。是在傍晚，影影绰绰看到一点儿。"

风野想象着和袗子同来的男人的状况。袗子说：

"下周真的带我去京都？我太高兴啦！"

袗子要了掺奎宁水的杜松子酒，风野要了兑水威士忌。

她刚才还在追究和嫉恨妻子的事儿，现在又将那些抛到了九霄云外。

两人在旅馆的酒吧里待了一个小时，出来时恰好十点。

快吃完饭时，风野略有点嫌恶，袗子却兴致高涨地依偎在风野的胳膊上。

"接下来去哪儿？"

"回去啊。"

风野觉得有点累了。工作了一天，傍晚又和袗子幽会、用餐，然后陪着到酒吧。说实在话，此刻他就想早点儿回公寓，洗个澡休息。

"时间不是还早吗？明天是休息日啊。"

"还是回去吧。"

风野叫了辆停在旅馆前面候客的出租车。

"下北泽！"司机启动了汽车，风野对司机说。

袗子小声问风野：

"去我那儿吗？"

"可以吧？"

袗子先是沉默，接着低声耳语：

"但是要回去！"

"回去？"

"今晚不希望你住下！"

风野没答话，两眼凝视着前方。车子来到甲州街道，周围灯火辉煌。

"还介意那件事儿吗？"

"当然。"

"无聊……"风野刚想这么说，转而又闭上了嘴巴。好容易吃了顿气氛融洽的饭，不能在这时破坏衿子的情绪。

"啊，真想早点儿去旅行啊。"

当路口信号灯变成绿色时，衿子慢慢地往上拢头发，悠悠地说：

"离开东京，就会松口气吧？"

风野只是轻轻地点了一下头，目光仍停留在灯火通明的街道上。

修罗

　　风野轻快地冲了个澡，走出浴室看到衿子已化完妆，正穿着连衣裙对着壁橱门上的镜子照来照去。

　　"这个是否稍短点儿？"

　　"不！很漂亮。"

　　风野想与她再次接吻，此时电话铃响了。

　　风野侧过凑近衿子的脸庞，注视着电话。

　　没人知道他们住在这家旅馆里。刚才跟妻子撒谎说今晚住在大阪。

　　到底是谁呢？风野感到很诧异，他慢慢地拿起听筒，"哎"了一声，接着听到了男声的问候。

　　"您好！您是六二六室的风野先生吧？我是服务台，想落实一下您是住到后天吧？共两个晚上。"

　　"哎……"

　　"打扰啦。谢谢！"

　　电话接着挂断了。

　　"哎呀，真无聊。"风野放下听筒，小声嘟囔着。

　　衿子笑着说：

　　"你以为是家里来的，吓了一跳吧？"

　　"是服务台确认住几天。咱们来这儿没跟任何人说。"

"要是再像上次那样妻子到处找，那可不得了。"

风野没答话，他先穿上衬衫，接着穿裤子。

"你不换内衣吗？"

"这样就行。"

"我给你带内衣来啦。"

风野不知衿子带来了可替换的内衣。他出家门前，妻子也给他放了一套，这样就重复了。

"明天换吧。"

风野假装没事儿似的答应着，随后系上领带。

风野以前去过的那家店位于祇园的畦道大街上。两人乘上出租车，说出要去的店名，司机很熟悉。

这家店进门不远是柜台，沿左侧楼梯拾级而上的二楼上有雅座。

风野是让《东亚周刊》的总编辑领到这里来的。掌厨的师傅还记得他的样貌。

"欢迎光临！久违啦。"

两人一进店，厨师就爽快地打招呼。两人坐到了空着的柜台前面。

"何时来京都的？"

"刚到啊。从旅馆放下行李直接过来了。"

"那您辛苦啦。总编好吗？"

"挺好的。他最近没来这儿吗？"

"三个月前光临过一次，可能挺忙没过来。"

都说京都的饭店对一般的客人不热情，而这位厨师爽快地打招呼，风野感到很舒心。他点了鲈鱼片、蒸方头鱼和炖甲鱼。衿子点了鲷鱼片和木叶鲽，也要了炖甲鱼。

"来到这儿，就要吃炖甲鱼。就是为吃这个才来这儿的。"

"东京没有吗？"

"有是有。一是少，二是没这儿做得好。"

"看样子太太是第一次来吧？"

衿子突然被称为"太太"，感到很困惑，也有点发愣。厨师却毫不介意地接着说：

"要是愿意的话，我把甲鱼拿给您看看。"

"不！怪吓人的。我从照片上看到过。一看到那玩意儿，就觉得不舒服，看了会吃不下去的，所以不看啦。"

厨师笑了。风野听到衿子被称为"太太"且回答得直率又不失风度，便松了口气。

"酒有点儿热，请慢用！"

烫热的酒上来了，斟满酒杯后，风野才感到饥肠辘辘。

不愧是京都的餐馆，柜台上方并排悬挂着写有祇园町艺伎名字的灯笼，周围的板墙上贴着护符。

"喝甲鱼血吗？"厨师问。

风野要了一点儿，小口啜饮。大瓷酒杯里盛着黏糊糊的暗红血液。衿子看着有点恶心。

"太太也来点儿吧？"

"不，我不要。不知这位干吗要喝这样的东西。"

衿子皱起眉头，眼睛却笑眯眯的。

衿子好像并不反感被人称呼为"太太"。岂止如此，她甚至俨然摆出一副妻子的仪态和风采。

风野觉得喝得眼眶发红的衿子很可爱。

两人喝完甲鱼粥，离开店时已是晚上八点半。

"再到街上走一走好吗？"

"这儿就是祇园。"

风野对此地也不很熟悉，但这一带就是祇园好像是确凿无疑的。

两人沿着小径向前走，一会儿来到了巽桥。桥前面有块石碑，石碑上刻着吉井勇的四句诗：祇园风光好，样样可诱人，卧榻睡眠时，枕下流水响。河岸被垂杨柳所覆盖，沿途散布着门帘半垂的茶馆。

以前来这里采访时，风野觉得祇园这一带最有情趣，现在仍是这种感觉。两人过了桥，沿着狭窄的石板小巷向前走，与两个朝这边走来的舞伎擦肩而过。袨子目送她们的背影远去，羡慕地说：

"穿得真好看。我也想穿那样的和服，穿一次就可以。"

"和服是挺好。可这些人清晨一早就要起床练功和打扫卫生，晚上要陪人喝酒到很晚，一天下来也够受的。"

"可是女人都想当一回舞伎啊。"

袨子身材比较矮小，也许适合穿舞伎装，穿上会很可爱。

"你现在能当吗？可能有年龄限制吧。"

"要能在认识你以前当，那就好了，现在已经浪费了五年光阴。"

"喂，不许瞎说！"

他们朝山麓的方向走，穿过花间小路。再往南去，到了四条，在拐角处看见"一力"的红墙。可能是周六夜里的缘故，大街上聚满了人，给人以在过节的错觉。

行进途中，袨子不断光顾左右两侧的店铺，走得很慢，花了一个小时才回到先斗町，尔后两人进了一家小酒吧。

风野曾和总编辑顺路来过这家小酒吧，对此较为熟悉。酒吧门口很窄，要脱掉鞋子进到里边，坐在吧台前，喝所谓的宴席酒。

"很有趣啊。不愧是京都特色。"

袨子兴高采烈地点了兑水威士忌，然后把脸靠在风野的肩头，近乎咬耳朵地说：

"来这儿太好啦。谢谢！"

看到这么直率的衿子，风野觉得心里很得意。

离开先斗町的小酒吧，回到旅馆正好十一点钟。

衿子好像没喝足，风野在京都没有其他熟悉的店铺。最后两人又去旅馆的酒吧里喝。

这次旅行，风野共带了二十万日元资金供消费。

两人在新干线的往返费用需要五万日元。加上两晚的住宿费以及饭费等，至少需要十万日元。风野还考虑了购买土特产和应对紧急需求，认为拿着二十万日元才能放心。他认为衿子有可能也带些钱，但并不指望这个。

根据当下风野的经济条件，二十万日元算是一笔相当的巨款。有这么多钱，能喝很多酒，也能买到巴望已久的绒面革短外套。如果放到家里，也能补贴很多家计。

之所以隔了很久才和衿子外出旅游，也是不舍得花这笔钱。要是通过花钱旅游能够恢复和衿子的关系，他觉得也很值。

衿子在旅馆的酒吧里喝着白兰地，忽然心血来潮，对风野认真地说：

"我想住到京都来，这儿安静、有情趣，很不错。"

"可是，工作怎么办呢？"

"总会有办法的。你也到京都工作，稿子可以邮寄到东京嘛。"

"根本不可能。"

"我不想回东京啦。"

"喂！你清醒一下。"

风野有点担心地察看衿子的神色，衿子的目光有些朦胧，她悠悠地说道：

"在这儿可以忘记太太的事儿……待在东京是很痛苦的。"

这话说得有点阴郁。

"明白了。体谅你。"

风野欲改变话题,他轻轻拍打了一下衿子的肩膀,正要站起身来,忽听身后有人喊道:

"风野君!"

风野惊讶地回头张望,只见一个高个子男人微笑着站在身后,原来是出旅游杂志的纪行社的总编辑田代。风野曾在他的杂志上发表过地方性游记,现在没有直接的工作关系。

"好久不见啦。住在这个旅馆吗?"

风野含含糊糊地点了一下头。田代先是瞥了衿子一眼,继而高兴地说道:

"今天咱们不期而遇。你认识她吗?"

田代用手指了指那位刚去雅座的女士。

风野不认识。

"介绍一下吧!"

"吉井!"田代喊了那位女士过来。

"这位是风野先生,最近写各种纪实作品。这位是吉井静乃女士。"

吉井静乃的名字,风野很早就知道。她是居住在大阪的女性随笔作家,经常撰写旅游或烹调方面的文章。年龄约有五十五六岁,是个长脸的美女。看到她和田代在一起,风野猜想她是因为工作的事儿来京都的。

"我姓风野。"

风野行了个礼,吉井也恭恭敬敬地鞠了一躬。风野想:之前有传闻,说她是个很不好对付的女性!现在见到她本人,并不觉得是这样。

"今天是来工作的吗？"

"邀请她明年再发连载！也请风野先生赏光！"

田代替吉井作说明。而后举了举手，与风野说了声"那请便"，并再次瞥了衿子一眼，陪吉井离开了。

两个人离去后，风野仍在吧台前落座，衿子又要了一杯白兰地。

"今晚要喝个醉啊。"

"不是已经醉得厉害了嘛。"风野不无担忧地说。

"醉了不好吗？"

衿子好像情绪突然变坏了，脸色很难看，她咕嘟一口喝干了水，信口说道：

"你真是个卑鄙的人啊。"

"卑鄙？"

"掩盖自己做的坏事儿啊。"

风野冷不丁被她这么一说，有点丈二和尚摸不着头脑。

"要是不自知，我明确告诉你：你怎么不向他们介绍我呢？"

"……"

"我不是太太，不便介绍吧？"

"不是。"

"反正我是无所谓的女人。完全了解你的心思了。"

衿子说完，将刚点的白兰地不兑水喝了下去。

不介绍衿子也许是不合适的，把她介绍给工作上的熟人又显得荒唐。当然，对与己关系亲密的伙伴则另当别论。他和总编辑只见过两三次面，与其同行的女随笔作家则是首次谋面，难以开口介绍说："这是我的女朋友。"不过，总编辑很有灵性，也许他早已觉察到了两人的关系。

"反正我只能是你背后的女人啊。"

“我没那么想。”

“好啦，别说啦。”

衿子大口地喝完白兰地，还想再来一杯。

“别喝啦。走吧！”

风野站起身来，催促衿子离开。衿子摇了摇头，说：

“我要留在这儿，你自己回去吧！”

“现在已经很晚啦。”

“天刚黑啊。”

真是烦人。要是周围没有熟人，完全可以硬拽着她离开。可是身后不远处雅座上坐着总编辑和吉井。他们的位置，可以把自己和衿子的举止尽收眼底。让他们看到自己与同伴在拌嘴，也觉得不好意思。

“咱们离开这儿，再去别的地方喝。”

“你有什么把柄被他们抓住了吗？”

“没有那样的事儿。”

“是害怕他们向太太告密吧？”衿子不无揶揄地说。

虽然他们看到了自己和异性朋友在外地作乐，但不会多管闲事去告诉妻子。

“还是要当上太太才行啊。”

“不是那回事儿。就算当上妻子，丈夫不给爱，也没意义嘛。”

“即使被人爱，得不到场面上介绍的女人也很悲惨啊。”

衿子这么说，风野就无言以对了。

“走吧！”

风野率先朝出口方向迈起步子来。

衿子尽管闹别扭，最后还是跟在风野身后走出来。两人乘上电

236

梯，回到了六楼的公寓。

时间已经过了午夜十二点，周围寂静无声。进了房间，风野坐到窗边，点燃香烟。衿子则对着镜子梳理头发。

"实在不行……"

风野欲言又止。

看来，无论到多么美丽的地方，无论吃多么可口的东西，他和衿子的关系未必会改善。即使改善，也是暂时的，马上就会再次发生争吵。

为什么会这样呢？实在令人遗憾。然而，过往的有些事并没有从根本上解决，出现此类情况在所难免。

总起来看，只有与之正式结婚，才能让她满意。如果将这一核心问题置之不顾，靠旅行这种小聪明来劝慰她，效果是有限的。

"真没办法啊……"风野望着窗外，小声嘟囔了一遍，接着听到了浴室的关门声。

风野回头一看，衿子已不在镜子前。

"喂！"

风野站起身来喊了一声，回答他的是浴室里哗哗放热水的声音。可能是衿子为了驱散烦闷要洗澡。

风野觉得有点累了，便仰卧在床上，很快又想起要往家里打电话。

其实当下妻子的情绪没有什么变化，他是担心家里有什么急事。

然而，如果冒冒失失地打电话回去，很容易再被妻子质问，甚至被她抓住什么把柄。

怎么办呢？他有点犹豫，要是打的话，应赶紧趁衿子洗澡时打。

风野大胆地拿起听筒，开始拨号码。公寓的电话在拨零后，可以直拨东京的市外区号。

浴室里的流水声有所减小，但不像衿子要出来的样子。

电话拨通了，连续振了五六次铃，仍无人接听。他觉得妻子应该在家里，可能时间晚了，已经睡了。他继续振铃，等待着对方接电话。终于，妻子接电话了。

"喂，是我。"

"哎，你现在哪儿？"

"在大阪，家里挺好吧？"

"只是圭子有点感冒，别的没什么。"

"是吗？那就好……"

"现住在什么样的旅馆？"

"是一般的商务旅馆。"

"要是有什么急事儿，可以往那儿打电话吗？"

"怕是夜里联系不上，所以先往家打电话问候。明天再打……"风野有点慌乱地回答。

妻子似乎听出了弦外之音，悠悠地说：

"你该不是和女人住在一起吧？"

"……"

"我觉得有点奇怪。你真的是一个人吗？"

"肯定是一个人嘛……"

浴室里传来动静，风野急忙用手按住听筒。

"那我挂啦。"

"要是真有什么急事儿，我也没法和你联系啊。"

"我明天再打电话吧。"

风野放下听筒的同时，浴室门开了，衿子穿着浴衣走了出来。

"你干吗呢？"

"给编辑部打了个电话。"

"嗯？该不是为工作吧？"

"不是为工作，是有事儿必须要联系。"

衿子露出狐疑的表情，坐到镜子前，开始擦化妆水。

"我也洗个澡吧。"

风野说着站起身来，衿子没答话。

风野有点懊悔自己做事画蛇添足，顺其自然就好了，何必急着往家里打电话呢？也许自己是被那种罪犯在犯罪之后，急于窥看现场的罪犯心理所驱使。虽然自己担心家里的状况，但时间只过了一天，怎么可能出事？就是再过几天，也不会怎么样的。急急忙忙打电话，只能引起电话两端的女人怀疑。

真糟糕！可木已成舟，无可挽回了。

衿子很不高兴，因为微醺，洗完澡又累，她便换上睡袍，钻进了被窝。风野也累了，身上还有点冒汗，便冲了个澡。他出浴室时，衿子已进入了梦乡。

难得的京都之夜，没有甜蜜的枕边私语就仰面大睡，风野略感遗憾。若把刚刚入睡的衿子唤醒，又似乎不近人情。他从冰箱里取出啤酒，慢慢地啜饮起来。

过了不长时间，他钻进被窝，很快就迷迷糊糊地睡着了。

第二天早晨，他一觉醒来，灿烂的阳光已从窗帘的边缝钻了进来。

侧目一看枕边的表，七点钟。因为夜间温度太高，人很难深睡，故身体仍感疲乏。

衿子几乎没有声息地仍在酣睡。风野翻了个身，不小心碰到了衿子的一只脚，但衿子完全没有感觉。她是低血压，醒来体感并不是很舒服，脸色也不亮丽，常常老半天不吭声。如果现在叫醒她，她会不高兴。

风野凝视着衿子沉睡的面庞，不禁渐渐产生了性的欲望。

他想搂抱衿子，衿子伸出手阻挡，把脸转到另一边，并摇了摇头。风野硬是把她往身旁拉，衿子嘟囔道："别这样……"

借着窗帘边缝透进来的暗淡光线，风野观察到衿子额头周围特别白嫩。风野欲火中烧，不自觉地把手插进了衿子胸部的睡袍对襟。

衿子是个乳头极为敏感的女人。虽胸脯很小，那部位却异常地敏感。风野的指尖刚一碰到她的乳头，衿子便"啊……"地叫了一声，并皱起了眉头。风野不管不顾地把手敷了上去，衿子迅速扭转了身子，开始背对风野。

没办法，风野从下摆处掀起她的睡袍。她仍像往常那样穿着短裤。风野抚摸了一会儿光滑的臀部肌肤，慢慢地给她脱短裤。

"讨厌……"

衿子又轻轻地喊了一声，语调柔和，也没有进一步反抗。风野的手暂停了一下，继而兴致勃勃地往下脱，这样的动作重复了三次，总算把短裤脱了下来。

衿子背对风野，裸露出光溜溜的屁股，神智介于半睡半醒之间。风野一只手抚摸着背部光滑的肌肤，一只手轻轻地按揉柔软而富有弹性的阴部。

衿子的身子一动未动，那部位却慢慢地湿润了。

最为敏感的地方被触摸到，她微微地缩了一下身子，又娇嗔地喊了一声："讨厌……"

风野就势从其后背与半睡半醒的衿子做爱，心中跃然升腾起一种施虐性的快感。

"别这样……"衿子再次央求道。

声音中却含有撒娇的成分。尽管人在摇头，滚圆的臀部却丝毫没有要避开的动作。风野知道对方已有欲求，却想让对方加大马力、待阴部充分润湿，再把握恰好的时机进入。

"啊……"

衿子发出小小的尖叫声，上半身微微翘起。风野的两只胳膊紧紧地搂住衿子的臀部不放松。

"干什么呀。人家想睡觉呢。"

已到这步田地，还说这些无聊的话。风野的那玩意儿利落地进入衿子的体内，并倒剪双臂样地从后面抱住她。

"啊、啊……"衿子仍然轻微地发出尖叫声，声音由高到低，慢慢消失。她开始悠然自得地配合起风野的动作来。

风野感受到衿子由轻微痛楚转变为心旌荡漾的过程，欲火越烧越旺。

这样的时候，他却突然感觉自己在报昨天的仇。

衿子说话任性，存心给自己出难题，无端追究他与妻子不完善的关系，弄得他无言以对。他此刻正是在实施报复。

也可以说，衿子通过性的交媾，正在接受风野胡逞威风的报复。

这种施虐和被虐相混淆、相爱和相怨互矛盾的关系会怎样发展呢？这也许是男女之间特有的最嫉恨又最难分离的关系。两个人时常对骂，互相伤害，却通过性的相交而平息事态，然后又重启争吵。

从旁观者的角度看上去，他们在反复做着无利又无聊的事情，然而两个人做起来一本正经而认真。他们并非有意识地这样做，而是不自觉的行动幻化为自然的结果。由此看来，这更是问题。

然而对风野来说，此刻根本没有追根溯源的心思。

衿子兴奋之中又发出一连串的尖叫，并奋力扭动着腰肢。

风野在衿子身后近乎疯狂地搂抱和压迫，朝着终点奋力地奔跑。

此时此刻，两人变成了两只贪求淫乐和快活的旷野猛兽。

可能是拂晓做爱疲乏的缘故，风野又睡着了。第二次醒来，时间已过了九点。从窗帘边缝透进来的阳光已相当强烈，在床头处形成了数道光束。

可能是忙于起床洗涮，饭后去观光，走廊上有中年女性呼喊同伴的吆喝声。

衿子有点贪睡，水晶般的白皙脸庞半埋在枕头里一动不动。风野静躺了一会儿，受走廊上的吆喝声所驱使，一骨碌爬起来，去了浴室。

风野先慢慢冲了个澡，又走出浴室刮胡子。衿子也从睡梦中醒来了。

"现在几点钟？"

"快到十点了吧。"

"可不得了……"

衿子从床上爬起来，眯缝着眼，恍恍惚惚地注视着透光的窗户。

"有什么急事儿吗？"

"好容易来趟京都，却在这儿呼呼大睡。太可惜啦。"

衿子睡得悠然自在，却大说吃亏，实在不合情理。这也是衿子的有趣之处。

"那就赶紧起来吧！"

风野打开闭着的窗帘，强烈的阳光一下泄进屋来。衿子感到晃眼，便皱起眉头，溜下床来。

"稍等等！我马上穿衣服。"

她昨晚的不快活已经平息了很多。

可能是因为被爱抚过，或者是睡了一大觉，衿子心情舒畅了。不管怎样，对风野来说，衿子情绪变好是好事。

十点半，两人下到一楼的餐厅，准备吃饭。可早餐时间已经结束了。他们不得已去了咖啡厅，喝咖啡，吃三明治。

十一点，两人离开旅馆，搭上出租车，决定途径嵯峨野，去常寂光寺。

风野记得十年前曾来过这一带，他当时还在公司工作，是与妻子和孩子们一起来的。大家对这里的红叶之美叹为观止，此后大家相约，一年来一次。

现在回想一下，从那之后，再也没带她们来过。

风野心里不觉泛起一丝内疚。衿子则坐在车里不停地环视四周。

不久，车子在常寂光寺山门前的一块小空地上停下来。这里不是多么有名的寺院，不会有很多观光客，但进入寺院一看，却访客众多。不像清水寺或金阁寺那样喧嚣，观光客大多是乘私家车或拿着地图来访的人们。

"哇，太棒啦！"

从山门进入，站在通往正殿的石阶前，衿子叹了口气。石阶冲着山顶笔直地顺坡延伸，道路两侧全是红叶，抬眼望去，红叶上面重叠着红叶。走在石阶上，有种从头到脚都要被染成红色的感觉。

"这叶子叫一乘寺红叶，比东京的红叶尺码小，显得更漂亮。"风野有点得意地介绍着。

时值正午时分，从树下往上看，所有的红叶都被灿烂的阳光所映照，连一条条筋脉都清晰可见。

"不愧是京都啊。"

"幸亏来啦。"

"谢谢啊！"

衿子麻利地鞠了个躬，说不出是对风野还是对司机。风野见她这么恭顺和兴奋，觉得没白领她来。

"下面想去趟高雄，那儿很拥挤吧？"风野问司机。

司机悠闲自在地回答道：

"是啊。可能有些拥挤啊。"

京都不同于东京，周六、周日外来的车辆特别多，道路显得拥挤。

他们从念佛寺前面进入岚山高雄园道，可能是路上没有信号灯的缘故，比较通畅。

他们在清泷①赏完溪谷的红叶之美，很快来到高雄。从高雄到高山寺，沿途人满为患，在景致好的地方根本停不下车来。

再稍微往山里进去一点，气氛马上变宁静了，晚秋的凉气迎面袭来。

"我们上了年纪，住在京都好吗？"

衿子突然像打定主意一般地征询起意见来。

"再过十年，不，再过五年，你的孩子也都长大了，用不着再照顾了吧？"

"在这样的深山里生活，很寂寞啊。"

"没事的，因为两个人在一起。"

"要是迁居至此的话，这次要买的公寓怎么办？"

"公寓可以先放着，实在没用的话，也可以卖掉。"

衿子的想法总是突如其来，且马上陶醉于自己的主观臆想。

"竟想在这样的地方住下来，可不得了啊。"风野半夸赞半嘲讽地说道。

两人在红叶林中散了一会儿步，才回到车里。一看腕表，一点整。

从这里到栂尾②的红叶延绵不绝，如果进里头去，也没什么奇

_____

①地名，京都的地名。
②地名，位于京都市。

异的变化。

"请直接回京都!"

风野对司机说完,转而征求袆子意见:

"先找个地方吃饭,再在街上散散步,晚上去旅馆的西餐馆吃,好吗?"

"我想买点儿土特产,陪我去吧?"

风野点点头,想起自己也曾说过要给女儿们买特产。

两个人在四条河原町① 下了车,走进面朝河原町大街的旅馆,在它的地下店里吃了松花堂盒饭②。一般情况下,人们在不熟悉的街面上吃饭,往往会选择旅馆这样说得过去的地方。

随后两人又来到河原町大街,边逛店铺边散步。

走到四条前面,左手有家卖日式提包、饰绳等装饰品的商店。袆子走进里面,选了特产。

风野不太喜欢陪女性购物,觉得她们购物思来想去,犹豫不决,净浪费时间,袆子也不例外,挑选了半天,最后总算定下来,买了两个日式花样的组合式废纸篓,还有门帘和日式提包。门帘想要挂在自己的公寓门口。

"怎么样?"

袆子挑选过程中,征求风野的意见。风野说不出哪个好,哪个不好。

"提包不应在这样的地方买,到专卖店或百货商店买比较好吧?"

"那倒也是啊……"

袆子还是有点不死心,拿不定主意是买好,还是不买好。

---

①地名,位于京都市。
②由江户初期的僧人、书画家松华堂昭乘(1954-1639)设计的一种盒饭。

在无聊等待的过程中，风野发现陈列柜里排列着装东西的小盒子，小而精巧，样式新颖，很可爱，适合姑娘们用。

他瞥见衿子还站在门帘柜前沉思，就让女店员给拿出了一个小盒样品。

拿到手上细看，下面是筐，上面用布料裹着，开口处用左右的细绳勒得紧紧的。不知女儿喜不喜欢这样日式的东西。因这玩意精致、漂亮，想必她们会喜欢。一看价钱，两千日元。

风野想买下来，并再次偷瞄衿子，见她还在柜台上抖搂门帘，和女店员交谈。

尽可能不让衿子知道自己给家人买特产。反正是用他自己的钱买，不必惹得别人说三道四。要是衿子看到了，也许会不高兴。

"来到这样浪漫的地方，还是忘不了家里的事儿啊。"她如果这么说，那可让人受不了。

风野犹豫着拿到手里端详。衿子手拿着门帘凑了过来。

"你要买什么？"

衿子一发问，风野像个被人发现恶作剧的少年一般，摇着头说"看一看"。

"这个给你家小姐做特产不行吗？"

衿子似乎看透了风野的内心，继而把手中的门帘交给女店员去包装。

"给我来这个也行！"

风野语气虽然柔和，但衿子仍然不太高兴。好容易两个人出来旅行一趟，男友的家庭却如影随形，不断相扰，心里可能很难过吧。

"快点儿买！"

好像是心理作用，衿子的话让风野听起来，觉得刺耳。

"不，不要啦。"

风野转身从柜台前离开。衿子又问道：

"不给太太买什么吗？"

"为什么买？"

"因为她一个人等着你，你不觉得可怜吗？"

这是衿子独到的挖苦。风野置若罔闻地朝出口走去。

"谢谢光临！"

女店员边说边把装着门帘和废纸盒的袋子交给衿子。衿子接过来，奔向在出口等待的风野。

"你要是想在哪儿买特产，我会陪你。"衿子对面色不悦的风野说。

"不是说过不要嘛。"

风野有些高声地回答执拗的衿子。

"去喝咖啡好吗？"风野建议道。

"不想喝啊。"

"那就回旅馆吧。"

两人朝四条方向走了不远，接着往回走，风野似乎觉察到两人之间又开始笼罩阴云。

回到旅馆，风野把衿子送回公寓，一个人下到前厅，去喝咖啡。

从昨天到今晚，他有接近三十个小时和衿子待在一起。其中约一半时间是待在被封闭的旅馆里。

和喜欢的女性在一起，按理来说应该亢奋，而他却感到异常疲惫。

一个人这样静静地喝咖啡是多么快乐啊！

假如是和妻子来这儿，感觉不会这么累，而会悠闲自在加舒畅。当然也相应地没有快乐感和紧张感。

和衿子待在一起的难处是，从说话到购物，都要多方面加以注意。

话虽如此，事情发展到今天，他不能也不愿和妻子一起来这儿旅行。

即使身体累了，也还是愿意和衿子待在一起，至少有那种出来旅游的真实感。

他喝完咖啡，回到公寓，没看到衿子的身影，看到桌子上放着一张字条：

"我去旅馆的美容室，一小时后回来。"

衿子一有不高兴的事儿，就去美容院。也许是去那种地方美美发、做做面膜，情绪易于转换。

风野觉得再喝一杯咖啡就好了，但是再下到楼底也很麻烦。

他伸开四肢仰面躺在床上，又想起给女儿买特产的事儿。

现在衿子不在，应该是个购买的机会。去河原町那边太远，去旅馆的小卖部里找找，说不定有合适的。

想去，就趁现在……

风野开导着自己，倏地站起身来，走了出去。

旅馆的小卖部位于地下一层。他下了电梯，见左边是寿司店和日餐店，右边分布着土特产店，出售简单的衣服、陶器和提包等等。

柜台里陈列着京都特有的和式钱包、绦子、香袋和扇子等物。还有七宝烧①的项链。项链的花样图案都很漂亮，价格在一千日元至两千日元。风野觉得很合适：这玩意儿精致又漂亮，体积又小，买了也不引人注目。风野从中挑选了一个蔷薇造型的，一个水仙造型的。

———————————

① 一种金属工艺，系传统工艺技法之一。

"三千日元。"

女店员边包装边对风野报价。风野怕被衿子瞧见，不停地环视四周。

风野买完乘上电梯，回到房间，衿子还没回来。

风野把纸袋塞进皮包里，转身打开了电视机。

时值星期六的傍晚，荧屏上正直播高尔夫球比赛。风野一年前打过几次高尔夫球，因为技术太差而主动放弃了。

不过从电视上看看群雄逐鹿，倒也挺开心。

风野漫不经心地看着，脑袋开始迷糊起来，不知不觉睡了过去。之后醒过来，看到衿子正坐在窗边吸烟。

"喂，不出去了吗？现在已经过五点啦。"

衿子已化了妆，换了装，做好了外出的准备。

虽然只睡了一小会儿，倒好像消除了不少疲劳。风野打了个哈欠，站到窗前，看到对面的公寓里已掌了灯。

"我今天想去吃牛排。"

风野还不觉得多么饿，但决定出门去吃饭。

"哪儿有感觉好一点的豪华饭店啊？"

风野不了解周围的情况，拿起电话向旅馆的账房打听。

"我觉得我们开的牛排店就可以。"

"果然是王婆卖瓜。"

风野露出苦笑，最后决定去旅馆二楼的西餐馆。

"你刚才在房间休息时打呼噜啦。"

"是吗……"

风野一般在喝醉酒时或很劳累时，才打呼噜，这么看来，今天很累。

"喂，这儿没有迪斯科舞厅吗？在京都跳迪斯科多有意思啊！"

"跳那玩意儿让人觉得狂躁，还是稍微安静点儿的地方好。"

"看来老头儿就是不行啊。"

"你说什么?"

现在还不到开饭时间，西餐馆里却涌进很多客人。两人在中间靠窗户的座位上坐下来，点了里脊肉和啤酒。

"喂，那两人是夫妻吗?"

裕子用眼睛示意右侧座位上的一对男女。男的约有四十五六岁，戴着眼镜，体格健壮。女的年龄比男的稍微小点，身材微胖，穿着一袭图案华丽的连衣裙。

"刚才这两个人光吃肉，不说话，各自默默行事，那样能开心吗?"

风野点头表示赞许，心里想：要是自己和妻子一起来旅行，会和这对夫妻的状态一样。

风野原本没太有食欲，但吃了一下，觉得很好吃。作为风野来说，仅靠饭菜好吃，满足不了旅行的愿望。

旅行接近了尾声，囊中所剩钱款也不多了。不知过后退房需缴纳多少钱。住了两个晚上，至少需缴纳三万日元吧。回程再乘新干线到东京，两个人需两万五千日元，加起来需要六万元。风野当下缴完饭钱，心中觉得没底。

出来的时候带来了二十万日元，原以为会剩下很多，看来是所剩无几了。

仅住两天就消费掉二十万日元，实在不便宜。但两个人住的是一流旅馆，吃的是日餐馆或西餐馆的美味佳肴，观光是搭乘出租汽车转悠，花这么多钱似乎是顺理成章的。

总之，两人很少这样外出旅行和高端消费，可以说，此次出行豪华而有意义。

"喂，不稍微散散步吗？"

衿子催促风野去贺茂川畔看了看。

时值晚秋，穿着外套也觉得凉。明亮的月光在波光粼粼的河面上摇曳。

"加茂河原，秋色渐深……"

风野忽然吟唱起来，增添了几分浪漫气氛，衿子笑了起来。

"很老的歌啊。"

"你也知道嘛。"

"这首歌叫《旅行的夜风》吧。我曾听妈妈唱过。"

"说得对啊！"

风野和衿子年龄相差十四岁。初识时觉得年龄差距很大，现在却感觉不出来。当年风野三十七岁，衿子二十三岁，看着有点像父女。时至今日，一个已四十二岁，一个二十八岁，陌生人见了也不觉得奇怪。

再过上十年，五十二岁的人和三十八岁的人在一起，成为很自然的组合。

总之，人好像越上岁数，男女的年龄差越不明显，也不引人注目。风野常这样想，感觉也放心些。刚才说到当年传唱的歌曲以及难忘的事件，十四岁的年龄差距又显现了出来。

两人沿着贺茂川的堤坝散步到三条，继而去了木屋町大街，后又到了四条。

气温依然冷飕飕的。想到京都旅游的行程快结束了，两人觉得躺在旅馆里的时光有点可惜，故继续漫步街头。他们越过河原町大街，走到新京极的有拱顶的商业街，看到一批休学旅行的学生列队通过。

"学生时代令人怀念啊。"

风野第一次来京都，是在高中二年级的时候，距今已二十五六年了。那时衿子是进幼儿园的年龄。

"喂，等等！"

风野闻声回头，看到衿子招了招手，拐进了商店街上的特产店。

特产店里色彩艳丽悦人，商品琳琅满目。玩偶、钱包、扇子、香袋和橱柜模型的玩具等女孩儿喜欢的东西应有尽有。客人多是高中生，而且都是女孩子。风野有点感到为难地站在入口处，等着衿子。衿子小声喊他：

"过来，看看那个怎么样？"

风野看到自上而下悬垂的线上排列着各种穿着和服的纸玩偶。

"可以用来装饰房间，也可以当特产买了玩。"

按理来说，风野已经买了特产，但一看到新的东西，他马上有要的欲望。

"这个也不错啊。"

他又拿起一个带篷牛车造型的宝石盒，犹豫了片刻，最后决定两件东西都买下来。

"真讨人喜欢啊。"

衿子好像很满意。如果把它们分别装盒，体积会很大。她让售货员把宝石盒连同其他东西一起放进纸袋，带着离开店里。

"去稍微喝点儿酒水吧！"衿子提示说。

风野也有这种愿望，故表示赞成，两人又来到河原町大街。

今天是星期天，昨晚去过的店今天都休息。最后去了面朝大街的一家旅馆的酒吧。这是旅馆的顶层，对京都的古城地貌一览无余。他们眺望着灯火辉煌的夜景，风野要了兑水威士忌，衿子要了白兰地。

"啊，明天又要回东京啦。"衿子兴致勃勃地说。

"今天多喝点儿，来个一醉方休吧。"

"喝醉了酒会犯毛病的。还是适量地喝点儿吧！"

"哎呀，我又没酒后干坏事。"

"倒没什么大不了的。"

"你领着我来这儿，真的很感谢。谢谢！"

衿子把酒杯推到风野面前。风野端起酒杯轻轻碰了一下，心想这次旅行没有白破费。

两人迎着夜风回到下榻的旅馆，一看表，十一点。

衿子有点微醉了，这反倒刺激了她的情欲。风野也因为留恋旅地的最后一个夜晚，抱住衿子不松手。一番云雨过后，风野又想起未兑现给家里打电话的许诺。

"喂，你在想什么呢？"

"没想什么……"

他好像忘记了世上所有的烦恼，慢慢闭上眼睛，很快就睡着了。

第二天早晨，晴空万里。风野和衿子在八点前起了床，简单地装束了一下，去一楼的食堂里吃了早餐。

今天是星期一，衿子不去公司上班，晚上赶回去就行。但是不能在旅馆里待，规定的退房时间是十一点前。

两人吃完饭回到公寓，各自整理行李。衿子来时带了更换的衣服和内衣，还买了特产，旅行箱已经装满了。

"喂，往你的提箱里放点东西行吗？"

风野的提箱里只放着一套内衣、一包洗脸用品和在车上看的周刊杂志，还可以放很多东西。

"别弄得太沉啦！"

风野一边说，一边刮着胡须。

十点前准备完毕，即将出门，衿子环视了一下房间，带点惋惜地说：

"这么早离开，有点可惜啦。不知道什么时候才能再来这儿呢。"

虽是这么说，在公寓里待着也不是事。风野苦笑着，拿起了衿子重重的手提箱。

两人下到前厅，把行李暂存到衣帽室，到账房结账。

房费数额正如所料，是三万日元多一点儿。结完房费，两人从旅馆前乘上出租车，向清水寺方向奔去。

清水寺和银阁寺名贯东西，观光客众多而嘈杂，风野和衿子自修学旅行后再没来过。也许有人会嘲笑他们，这不过是普通的线路嘛。他们是想再次好好地看看这个驰名的地方，是第一次在这个季节去。

他们在通往清水寺的坡道前下了车，走着向上爬登。修学旅行的时候，觉得这条坡道很长，现在走来，觉得并不长。当时觉得长，也许是因为人多排队长，一边审视坡道两侧的店铺，一边磨磨蹭蹭依次往上登的缘故。

虽说建筑普通，清水寺的红叶却相当地出色。他们一路浏览，从舞台俯视京都的街道，然后下行走到音羽的瀑布，再穿过树丛，沿着台阶一步步走下来。

"真想再当一次高中生啊！"衿子嘟囔道。

风野的体会也一样。

出清水寺之后，他们从圆山公园来到八坂神社，又从那里去银阁寺。因为游览东山山麓一带的名胜，花了较多时间。他们参观完银阁寺时，时间已经过了一点。

风依然很凉，阳光依然明媚。

"喂，好容易来趟京都，再从三千院去寂光院吧。"

袆子好像在掐指计算回程前的逗留时间，觉得新干线发车时间还早。她虽身体纤弱，逛起来却意外地顽强。

　　风野感觉有点累了，听她这么说，也觉得早去车站有点浪费时间。再说，要是自己急于赶回东京，就会被袆子猜疑为思家心切。

　　既然决定去大原，两人就在银阁寺附近的西餐馆吃了午饭，饭后拦了辆出租车前往。搭车往返要花不少钱，风野囊中之物已所剩无几。

　　路途真远，但大原的红叶确实绝佳。三千院石阶下的红叶特别鲜艳。两人在周围的山道上散了散步，天就黑了。

　　"该去车站了吧？"

　　"是啊……"

　　袆子好像也累了。

　　他们再次拦了辆出租车，顺路去旅馆提取行李，尔后前往新干线的京都车站。

　　时间已过了六点，街面上霓虹灯和车灯交相辉映。

　　去车站乘上新干线列车，需六点半左右，到东京要过九点半，再到家就要接近十一点。

　　明天是周刊杂志的截稿日，另外还要做一个采访报道。

　　想到这里，风野突然有点沉不住气了。

　　两人六点半赶到京都站。袆子又在车站的小卖部里买芜菁片，快到七点时他们才乘上新干线。

　　可能是平日又是晚上的缘故，乘客稀少。风野却豁出钱来，乘上了软席车厢。

　　"太浪费啦。"袆子不满地嘟囔道。

　　风野可能也有点儿一不做二不休的念头：把手头的钱全花光！

"啊，又要告别京都啦。"

从车窗向外看，寺院的佛塔像水墨画般，在迟暮的夜色中隐约浮现。列车即将驶入隧道，黑暗的大山又像巨兽怪物般，张牙舞爪地迎面扑来。

"吃点儿东西好吗？"

思索一下，他们自两点钟在银阁寺附近的西餐馆吃过饭，之后什么也没吃。

他们走进餐车。风野点了炖肉，没要饭。衿子点了炸大虾，要了一点饭。两人面对面开始喝威士忌。

"偶尔出来旅游一下挺好。很开心啊。"衿子眼睛凝望着车窗外的夜空，嘴里嘟囔道。

尽管出来仅三天时间，风野也感同身受，沉浸在一种完全不同于东京的喧嚣世界的清静氛围中。

"再带我来……"

"哎……"

"可能花了很多钱吧？"

"不，没什么啊。"风野牵强地回答道。

衿子用较为严肃的口吻说：

"其实我完全可以自己出个人消费掉的那一份儿，又觉得那样不合适。"

"……"

"要是夫妻旅行，妻子不会把自己所花的那份钱缴给丈夫的嘛。"

事实确实如此。衿子之所以这样说，是想强调他们宛如夫妻。

"我要送你点儿什么东西作礼物，以表达感激之情。送什么好呢？五万日元以内的。"

衿子既有固执任性的地方，也有这种令人觉得可爱的地方。

"真要送给我什么吗？"

"我不会瞎说。"

"让我考虑一下嘛。"

风野有点喜不自禁，又要了一小瓶威士忌。

列车以相当快的速度在田野上奔驰。在漆黑的夜色中，明亮而斑斓的餐车窗口，就像一张快速移动的高光玻璃画。

"感觉太好啦。"

旅行快要结束了，衿子似乎有点恋恋不舍。

九点五十分，列车到达东京车站。

告别京都时，风野心头笼罩着一种意犹未尽的寂寞感。到了东京，看到霓虹灯交相辉映，心里又感到踏实和安稳：我又回来啦！

"呀，到站啦！"

两人下了车，风野提着旅行箱，朝出口走去，衿子紧随其后。沿着阶梯走了一段路，快到新干线出站口时，风野停住了脚步。

"你直接回家吧。"

"那你怎么走？"衿子凝视着风野反问道。

风野回答不上来。

"要回生田吗？"

风野仍没吱声。衿子脸上很快显露出憎恶的表情。

"打算回家去吗？"

"啊！三天没回家啦。"

"是吗？那您请便吧！"

"要不，先去新宿吧！"风野改口道。

衿子自顾自地快步走起来。

他们走向中央线的站台，乘上了待发的电车。两人谁也没看谁，谁也不说话。

衿子好像认为回到东京，风野会一同去自己的公寓。

是三天都待在一起难以分离，还是一个人回公寓觉得寂寞呢？风野猜不透。她一直想和他待在一起，不舍之情应令人高兴。但当下的风野惦念着家里的事儿。

"并不是为回去而回去。"当电车启动后，风野低声对衿子说。

衿子却两眼注视着车窗，没说话。

"我不在时，可能会有工作上的联系电话打来，还有邮政信件。"

"……"

"还有没写完的稿子和调查报告。"

"还要给太太和孩子送特产。"

"你这是什么意思……"

"用不着装糊涂啊。看看你皮包里不就知道嘛。"

风野确实在京都给孩子们买了特产，但衿子是什么时候发现的呢？风野抱着胳膊，陷于沉思。

应当是今天早晨，衿子嫌行李太多，把一些东西塞进风野的手提箱时，看到了箱里装着的特产。

完啦！被她知道了。事到如今，再着慌也没用了。

就在两人相互沉默不语之中，电车到了新宿站。衿子站起来，疾步朝小田急线的车站走去，风野紧随其后。如果他回家，也是相同的方向。

在人群中争吵太不体面，风野若无其事地与衿子并排行进，并劝慰衿子说：

"生什么气！出去旅行了三天，回去一个晚上还不行吗？"

"……"

"我又不干什么坏事儿。"

"不是好坏的问题。我讨厌你背地里做事儿。"

"那是去楼下小卖部买烟时，偶然发现好玩顺便买的，谈不上背着你买。"

"瞎说！你偷偷地买来，想悄悄地带回家去。"

"不是，那不是给孩子买的。"

"那是给谁买的？"

"有个在工作上照顾我的女编辑，买来想送给这人。"

"女编辑竟想要这样的玩具？真荒唐！"

衿子表情僵硬，嘴角呈现出冷冷的嘲笑。

"就算是给孩子们买点儿土特产，也用不着生气嘛。"

"我并不生气你买东西。"

"现在不是在生气嘛。"

"不是的。我是讨厌你去哪儿都忘不了自己的家。一想起这事儿来，心里就厌烦。"

衿子表现出极为厌腻般地咧了咧嘴，尔后停住脚步，一下子转过身去。

"我要打车回去。"

她原想乘小田急线回公寓，却突然改变了主意，要从新宿乘出租车回去。打车走要出西检票口。

"喂，等等！我手提箱里还有你的行李。"风野喊道。

衿子却自顾自地赶紧走出检票口。

风野站在检票口前，犹豫不决。是该马上追上衿子与她同去公寓，还是应该马上乘电车直接回家呢？

像这样吵架后不和好就分道扬镳，那这次旅行就荒废了。早知这样，还不如不去旅行。但是，之前自己已告诉家里今天回来。与其说是别让老婆孩子等着，莫如说是想回家放松放松，舒展地休息一下。

说实话，现在的风野并非急于回家见老婆孩子，而是乐于回到自己书房里，面对常年久坐的桌椅，沉溺于自己的遐想或创作。

"怎么办……"

旅客一个接一个从风野身边走过。时间已经过了十点，附近有喝醉了酒的人在大声喊叫。风野觉得即使去衿子的公寓，也免不了争吵和纠纷。他想到这里，觉得身心俱疲了，懒得再去追衿子。

"没关系，回家吧。"

风野一个人嘟囔着，返回小田急线的候车站台。

要是自己再年轻点儿、精力充沛的话，说不定会追着衿子去她的公寓，进行各种辩白，取悦于她，也许很快就会和好。

可这是在三天的鞍马劳顿之后，他既不愿意，也力不从心。

并不是回到家有什么特好的事儿在等他。不管怎样，妻子还是会默默地迎接他。无论他有着什么样的喜怒哀乐，当下只要身体舒服就足矣。

话虽如此，衿子怎么会为买特产的事儿而生气呢？

确实如她所说，他在外旅行，常想起家里或孩子的事儿，不过，那只是一闪念的事。他和衿子朝夕相处，心都用在她的身上。

像她这样吹毛求疵，不是有点过分吗？男人出去旅行，给自己的孩子买点儿特产，不是天经地义吗？也许衿子的情绪变坏，不只为这点事情。但她要真从内心里爱自己，不应该再宽宏大量一点儿吗？

当然，对年轻而专注的衿子要求过高，也许是不合适的。可能衿子也不愿为这样的事儿而争吵，但她年轻气盛，不由得说出来了。

凭人性和理性能够理解此举，嫉妒心使然又控制不住。也许这就是热恋中女人的矛盾心理。

风野思考至此，不再计较衿子的拂袖而去。

风野回到家一看，十一点。妻子和孩子们都还没睡。

"您回来啦！"

妻子走到门口来迎接。两个孩子在看电视，她们回过头来看了风野一眼，像是尽义务般地问了句："您回来啦！"

"回来太晚啦。事先没打招呼，以为你今天不回来啦。"

"我不是说过今天回来嘛。"

"不能指望你兑现承诺。"

妻子脸上呈现出略带挖苦的表情，继而瞅着风野说：

"行李好多啊。"

"哎呀，有些是别人托我带的。"

风野急忙打马虎眼，掩盖真相。孩子们急切地问道：

"爸爸，特产呢？"

"过会儿整理一下箱子，再拿给你们，等着！"

"你肚子不饿吗？"妻子问道。

"就喝点儿啤酒吧。"

风野撂下这句话，提着箱子上了二楼。

整整三天不在家，书房里一切照旧，只是在整理过的桌子上叠放着陆续到来的信件。风野快速地浏览了一下这些信件的寄出地址，接着从手提箱里取出衿子的盒子。盒子里装的是悬吊的玩偶和宝石匣。这些东西要是被妻子看到，只需一眼就能得知是女人的物品。

风野琢磨了一会儿，把这些东西塞进了书架下的拉门里，尔后取出给孩子们买的七宝烧的项链。这次没给妻子买什么东西，一般出去两三天，也不给她买什么，不担心她会因此不满。

风野拿着特产，走到楼下，孩子们迫不及待地凑了过来。

"带的什么？"

"哎呀，是什么呀？"

风野把小包递过去。两个孩子立刻打开看个究竟。

"哎呀，是胸针？"

"不！是项链。"

大女儿把项链挂在脖子上，小女儿也效仿。

"姐姐的红，好看。"

"你的才漂亮呢。"

两人互相瞅瞅对方，再次把摘下的项链挂在脖子上。

"谢谢爸爸！"小女儿高兴地说。

大女儿也重复一遍。

项链这类的东西好像已给过她们几次，大女儿没表现出太高兴，很快又回转身去看电视。

小女儿拿姐姐的比较了一番后，也走过去看电视。

风野想用一千日元左右的项链来取悦孩子，最后被孩子一句"谢谢"打发掉，心里感到不爽：自己曾为此偷偷摸摸并和衿子吵架，想来有点不值。

风野默默地喝啤酒，吃剩下的生鱼片。

"没人来电话吗？"

"没有啊。跟谁有预约吗？"

"不，没有。"

"就是有电话来，也不好联系你吧？"

妻子话中带刺。

"哎呀，你们快去睡觉吧！十一点半啦。"

妻子从孩子们身后砰砰地捶击她们的肩膀，轰孩子去睡觉。

"再看一小会儿，节目就完了。"

"别看啦，走吧！"

妻子拿着散乱的衣服和书站起来，带着孩子们走开。孩子们无奈地对风野道"晚安"。风野看着她们离去的背影，又思索起什么来。

也许妻子已揣测到他是和衿子一起去的。

她刚才说话带着挖苦。前天晚上打电话时问："你不是和女人在一起吗？"从各方面推断，她有点故弄玄虚。

今天回来进门，妻子的态度就有点冷淡和反常。

她是怎么得知自己和衿子外出旅行的呢？应当只是怀疑，并非有确凿的证据，也没有发现破绽。

然而，妻子的直觉出类拔萃。其理性思维就是捧着说也不能说是杰出，但唯有直觉风野怎么也比不上。不一会儿，妻子从孩子们的房间里回来了。

"没有昨天的报纸吗？"

"放在那儿呀！"

妻子边说边走向报刊架，把掉到后面的报纸拣起来，放到桌子上。

"我要睡觉啦。"

"好……"

"还有，村濑先生说明天想见您。"

"他来过电话吗？"

"是的。他说京都那边有什么事儿。"

村濑是《东亚周刊》的编辑部主任。会有什么事儿呢？从他进门到现在，妻子一直不告诉他此事，看来她有所考虑。

风野停止了与妻子的对话，闷头喝啤酒。可能是累的缘故，喝了不多就觉得有醉意。他放下酒杯，看了一会儿电视，尔后上了书房。

回到熟悉的书房，坐到熟悉的桌子前，他马上产生了一种真实感：总算回来啦！

他手中的一个稿子明天必须交出去，现在却不想动笔写。

他打开近期收到的信件浏览，脑海中却又浮现出衿子的身影。

她直接回家了吗？心里不高兴，不会去别的地方吧？对她来说，各种可能性都有。

风野思考着衿子的去处，下意识地抓起电话听筒，拨打衿子的电话号码。

可能就站在电话旁吧，衿子马上接了电话。

"你是直接回去的吗？"风野问道。

衿子没作答，反而问风野：

"你刚才没打过电话来吗？"

"没有呀。这是第一次打，怎么啦？"

"又来无言电话啦。还是接了不吱声，过十秒钟又挂断。"

"我怎么可能打那样的电话呢？"

"真是讨厌啊！一回到东京来，就有这种电话。是不是有人一直刺探我的行踪？"

"我曾多次说过，用不着那么介意嘛。"

"你太太现在在家吧？"

衿子突然压低了声音问，接着又说：

"喂，刚才的无言电话可能是你太太打来的吧？想落实我回来没有。"

"我都回到家了，她干吗要那样呢？"

"不是的。我们在外地时，她可能一直打，想侦测我是否随你出去了。你回到家，她说过你什么吧？"

"没有……"

"她一定侦探过我们的行踪。"

"不要乱怀疑嘛。替你保管的物品，明天送过去。"

"隔了好久了，今晚你要和太太好好地亲热一番喽。"

"别瞎说！"

"那请便吧！"

衿子说完，随即挂断了电话。

她的妄想，一旦开了头就没完没了。旅行之后，回到家来，风野并没有和妻子做爱的想法。倒是想躺在自己的床上舒舒服服地睡个好觉。

说实在话，就性交本身而言，他在旅行期间和衿子发生过，身心俱已满足。现在回到家里，根本没有想和妻子睡觉的愿望，只是为了见见孩子、看看信件，处理一下需办的业务。

并非像衿子所想，回家就是想和妻子发生性关系。

风野去了衿子的公寓，一定会和她睡觉。也许她会据此产生错觉：认为风野和妻子凑到一起，必然会做男女之事。

世上的男人并非一直热衷于和女人睡觉。年轻与年老相去甚远。男人一过四十岁，性欲就会逐渐降低，做爱间隔时间变长，有时会觉得厌烦。关系冷淡的夫妻，关系会愈加冷淡。即使久别重逢，也不会马上接吻、拥抱，似乎已失去年轻时的激情了。如果这样做，反倒会感觉不自然。

如果把这种现象向衿子讲明，她也不会理解。

她只会依据自己的过往经验判断事物，缺乏人世的基础认知。

风野看着挂断的电话，对"男女有别"这句话，有了更深刻的理解。

女人只要喜欢那个男人，就会始终追随他，并与其贴紧。而男人却不同，即使喜欢那个女人，总待在一起也会感到厌腻。

要让男人激情燃烧，勃发性欲，需要超越单纯的好恶，以某种东西振奋欲望。这种东西可能因人而异，要么是好不容易才相会的那种喜悦感，要么是分离时暂不能相见的那种迫切感，要么是害怕被人发现的那种危机感。

总而言之，是某种超乎寻常的感觉驱动男人的欲望。如果男女处于终日相伴，随时可以做爱的状态，男人反而会扫兴，燃烧不出激情来。

确实是件匪夷所思的事儿，男人的情欲好像要有点不寻常、不合理或非条理性的消极因素刺激才会燃烧。

风野能对衿子燃烧，对妻子不燃烧，也许正是出于这种差异。

如果风野向衿子或妻子诉说这样的事情，也许会被对方耻笑：这是男人的自我解嘲！根本不是这回事。

轮回

　　到了十二月，人们变得匆忙起来，风野也不例外。不是工作量增加了，而是出版社和印刷厂很快就要进入正月休假，必须先送达年前的稿件。

　　虽说他们正月休假，但周刊杂志和月刊杂志要跟平时一样如期发行，故而风野的工作量集中到了十二月中旬以前。再加上这期间和伙伴或编辑们喝酒的机会增多，一天之内工作时间会相对减少。

　　风野觉得忙起来会忘记衿子的事儿，而事实不是这样。

　　当外出采访或专心写稿时，会完全忘记。但在采访间隙或撰稿途中稍作歇息时，就会想起来：她现在怎么样呢？

　　从京都回来，衿子有两天心里不高兴，从第三天起，情绪就稳定了，次日去涩谷，在新宿碰头时，她的神情已恢复如初了。

　　"今天我请客啊。"衿子主动又热情。

　　衿子请风野吃晚饭，感谢他带她去京都。另外还送给风野一件皮夹克。看到这么开朗的衿子，很难理解她回东京时，怎么会为不起眼的琐事耍性子。

　　风野后来才知道，衿子当时快要来例假了。

　　衿子有个特点，就是快来例假时，精神上会变得很急躁，常为一些无聊的事情生闷气。

　　这是风野在常年交往中感受到的，当然，衿子会否定。

"我可不是那样闹情绪的人。别瞧不起人！"

自己的性格会因为例假而发生变化，衿子不认可，觉得连作为女人的自立性都被怀疑，感到很无奈。然而，风野不认为这是瞧不起女性。

因为例假而情绪不稳定，作为女人来说，也许是很自然的事。如果没有任何变化，反倒会丧失女人的魅力。

"没有那样的说法啊。你是把女人当成动物什么的来诬蔑吧？"

衿子表示出反感。风野并不觉得这是诬蔑，甚至认为：如果能从身体到精神都变幻无常，反倒是令人羡慕的事。

与之相比，平日里男人在精神上既不会亢奋，也不会消沉。就这么简单而明了，或说是仅此而已。有时也觉得性生活很无聊。

风野知道两人的感情，有时因为例假的来临而不稳定，故想在特定时间特别注意，可做到却是意想不到地困难。有段时间，他把衿子来例假的日子记在笔记本上，想在下次来例假前提醒她，无意中又忘记了。何况人的生理周期未必准确无误。若问下次例假什么时候来，也显得很荒唐。

另外，就是准确把握例假时间，也预测不了她的情绪为何会变坏。好像衿子只要有个可以找碴儿的对象就发泄，理由是什么都行。

就拿两人从京都回来吵架而言，深究一下，不过是风野背着衿子给孩子们买特产。仔细想来，觉得很无聊，甚至觉得不可思议：怎么会那么生气呢？值得吗？如果现在问衿子上次吵架的原因，她多半是忘记了。

吵架之时，她会抑制不住体内涌出的那种焦躁而胡闹，心情平静下来就好了。如果这么想，就能原谅她。

虽说吵架的缘由是生理周期，但从根本上说，是因为风野保有家庭，不和衿子名正言顺地生活在一起。

这样的状态会持续多久呢？今后会如何变化呢？每年随着年底临近，风野总会考虑这件事儿。

　　风野有各种焦虑，衿子却没有，生活得很快乐。

　　也有两人都快活且得意忘形的时候，还有两人闹别扭而互相攻讦的时候。

　　当然调子不合时，风野会退一步，避其锋芒，等着衿子的情绪恢复。而忍受一个女人的恣意妄为，也觉得很窝火。既然不愿意丢开衿子，些许的忍耐，也是没办法的办法。

　　衿子有个特点，情绪一变好，就变得落落大方。这也许是衿子身上的一个长处。上月底她给风野买了皮夹克，这次又要买开司米毛衣。理由是黑色套头毛衣配浅驼色夹克颜色协调。

　　"喂，别再穿外套啦！平时保持这身打扮！显得年轻五岁啊。"

　　风野穿着黑毛衣和驼色夹克，衿子满意且赞许。

　　风野从公司辞职后，很少系领带，经常穿着衬衫和短外套。尽管已成为自由职业者，也不轻易穿夹克衫。衿子说看上去年轻五岁，给他增添了自信。穿在身上又轻松，外出时也方便。

　　"顺便把那双鞋换了吧！冬天穿长筒靴多好啊。"

　　风野听衿子这么说，决意买双长筒靴。

　　"穿上不华丽吧？"

　　"年龄大了，华丽点儿好！"

　　衿子让风野装扮成自己喜欢的样子，似乎很高兴。而风野这身装扮回到家里，受到妻子挖苦和讥讽。

　　"怎么这身打扮！是你自己选的吗？"

　　"不是……"风野欲言又止，赶忙点点头。

　　"你觉得这装扮显年轻吗？"

　　"不是，这样打扮舒适。难道不自然吗？"

"你自己觉得好就行。"

对于着装，风野是保守的。的确也不是自己乐于这身打扮。妻子也许猜测自己受了别的女人的指使，故而冷漠视之。

短外套配套头毛衣，这种电视制片人或导演的打扮的确使人显年轻。可惜一周之后，风野得了感冒。

"是这套不合身的装扮造成的。"

妻子将感冒归咎于服装。实际是在深夜里，风野和编辑们喝完酒往家走，途中忽然想起去办公室取资料，便顺路去取，才出的问题。当时他想呕吐，便在沙发上躺了一会儿，不知不觉睡着了。等苏醒过来，已经是凌晨五点，便急忙出门，拦了辆出租车。坐在车上，感觉鼻子呼哧呼哧的，有点发冷，回到家赶紧睡了。临近中午才起床，仍感觉头昏脑胀，浑身慵懒。

然而，有工作当天必须要做，于是从下午开始工作。

到了晚上，他开始发烧。

"因为你到处游逛。"

妻子好像认为风野是陪伴女人才黎明回家的。

晚上，他喝过安眠药才入睡，次日醒来仍觉得身上发懒。烧是退了不少，但浑身骨关节仍疼痛，还流鼻涕。

虽不用像普通职员那样准点去公司，但稿子必须赶出来。

快到中午时，他写好了七张预约稿件。平时写这些，不觉得累，可能是发烧的缘故，写完了浑身没劲儿，便又躺进了被窝。

"总觉得感冒也传染了我啊。"

妻子边说边拿来体温计。给风野一量，三十八点二摄氏度。

"叫医生吗？"

风野非常讨厌注射抗感冒针剂，却又不能违背妻子的好意。明天还要赶写一篇稿子。何去何从很难选择。

妻子往各处打电话，好像时间有点晚，都被人拒绝了。后来总算有家医院答应，去那儿诊治！

"路有点儿远，还是去看看吧！"

"喝药一样嘛。明天去吧。"风野推辞道。

妻子不再强求。风野闭上眼睛，脑海里又浮现出衿子的身影。她现在干吗呢？她是不知道自己患了感冒的，也没有必要让她知道。她要知道了，只会担心和着急，不能解决任何问题。

已经三天没和衿子联系了。

在这之前，无论几天不和她见面，他每天都要与其通电话。像这次三天音信全无，是少有的。

也许她在担心自己呢。明天打个电话联系一下吧。风野想着想着便睡过去了。

次日早晨醒来，他身上退烧了，头还昏沉沉的，骨关节也还疼。

"我曾和大成社的青木先生约好一点钟在新宿见面。"

"现在外出，病情会加重的。"妻子认真地说。

风野决定打电话辞掉预约，便爬起来，穿上几件衣服，仍感觉后背凉飕飕的。他打完电话，想再干点工作，却觉得汗毛竖起般地发冷，根本没法顺利写作。只得用手往上拢了拢头发，躺回被窝里。

也许又发烧了。

年轻时患感冒，他很少卧床不起。就是卧床不起，最多一个昼夜，马上就好。

还是年龄的缘故吧……

风野迷迷糊糊地思考着，很快又睡了过去。再次醒来时，已经半夜了。

风野看看映着灯光的窗户，又想起了衿子的事儿。

两边没有任何联系，还是觉得担心。那边也可以来电话嘛，假设顾忌妻子出来接电话，也有托付其他朋友联系的办法。

我这边不主动联系，她那边也不想联系吗？如果相互不联系，关系很快就会断掉。

他不认为衿子是个冷漠的女人，大概是在意气用事吧。

风野心平气和地思考着，突然陷入一种隐隐的不安：她会不会去和年轻的男人幽会了呢？

风野有点沉不住气了，爬起来去了洗手间。回来时佯装去拿书，去了书房，抓起电话听筒。

风野拨通了衿子的电话，呼叫："喂……"

"感冒怎么样？"听筒中传来的是衿子的问候。

风野被突然问道，感到很惊讶。两天前身体才不好，衿子应该不知晓。

"太太护理，一定好得很快吧？"

"你说什么……"

"只是慰问一下。"

虽看不到她的表情，但挖苦的腔调说明她并不高兴。

"你听谁说的？"

"甭管谁。"

他感冒的事儿只告诉过有工作关系的两个编辑，他们和衿子不相识。

"别装模作样了，实话实说！"

"是你太太告诉我的。"

"你往这儿来过电话吗？"

"是啊。她说丈夫感冒了，正在休息，不能让他接电话。"

"在什么时候？"

"哎呀，可能是中午吧。"

中午的时候，风野躺在床上，没睡觉，只是有点发烧，并非不能接电话。

"是你自己拒接电话的吧？"

"我绝不会那样的。"

"太太为什么不同意你接电话呢？"

风野忆起自己卧床时响过几次电话铃，不承想其中一个是衿子打来的。

"自报名字了吗？"

"不可能说真名嘛。用的假名，说姓'工藤'。"

即使说假名也不予转达，也许妻子凭声音探知是衿子而故意使坏。

"她太狠啦……"

"是你太狠啦。你知道没有你的消息，我多么担心吗？"

不惜冒用假名来了解情况的衿子是可爱的。不明白为何妻子知情不报。不就一个电话吗！

"对不起啦……"

"没事儿啊。请在太太的精心护理下多保重！"

"什么精心护理？我还有点儿发烧，明天我给你打电话。"

"不要打。我明天不在啊。"

"要去哪儿？"

"外出一趟。再见吧！"

衿子快速挂断了电话，风野又觉得身上发冷。

衿子说明天不在，明天是星期三，又不是休息日，她要去哪儿呢？

风野打完电话，再次躺到床上，思考衿子外出的可能性。

很少有女性为公司出差，这么看来，有再次和男朋友去旅游的可能。可现在是十二月中旬，哪个公司都是最忙的时候。再说，那么年轻的男人，不可能休那么长时间的假。

正当风野冥思苦想之时，妻子进来了。

"横滨的千叶先生来电话啦。"

"他说什么？"

"问你是否参加二十号的忘年会。"

千叶是风野高中时期的朋友，是将于二十号召开的同年级同学忘年会的组织者。

"回复说我参加。"

"通知函还没到。年底信件走得慢。"

"你说我参加就行。"

"人家好容易打来电话，你去接吧！"

"就说我感冒了，在卧床休息。"

妻子揣测到风野不高兴，便转身离开了。

"真无聊！"

这样的电话及时转达，为何就不传达衿子的电话呢？你可知道你多管了闲事，我是多么吃不消吗！

然而，他又不敢面向妻子这样发牢骚。

衿子说要出门，可能是想让身患感冒的风野安心静养，故意编造的谎话。实际上，第二天早晨风野的体温已趋于正常。

昨天早晨起来时，身上已经退烧，头仍然昏沉沉的，身体发懒。今天早晨头也不疼了，身上各部位也舒服了，感冒总算好了。

令他感到惊讶的是，今天有种想和衿子睡觉的愿望。

然而，衿子并不在身旁，没办法。临近中午时分，他爬起来，开始穿衣服。妻子问道：

"出门身体能行吗？"

"已在家待了三天。不管怎样，今天要去趟办公室。"

"晚饭回来吃吧？"

"唉……"

风野态度含混地点了下头，穿上外套。

他走到外面，觉得风十分舒爽。这是十二月中旬，风应当是冷的，他却感觉不到寒气。可能是好久没在外面活动的缘故，他还感到光线有点刺眼，脚下根基有点不牢，道路好像悬浮着。

在大街前头的拐角处有个杂货店。风野看到那里有公共电话，马上想起联系一下衿子。

她说今天不在，姑且打个电话探探情况吧。风野站在电话前，拨了衿子所在公司的电话，很快有个声音年轻的女人接电话。风野说出衿子的名字，对方客气地说：

"请稍候！"

按理来说应该找不到她，风野心里正纳闷。衿子"喂"的声音传了过来。

"哎呀，你在呢。"

"有什么事儿吗？"

"没事儿。你昨天说要外出，打电话看你在不在，落实一下。"

"就这事儿吗？"

"我感冒总算好了，打算去办公室。你下了班不顺路过来吗？"

"别在外面啦，赶紧回家吧！"

"你甭管啦。和你见见面，我等着你！"

"你这人真怪！"

衿子说完这句话，推说"工作太忙"，便挂断了电话。

衿子说要外出却在上班。根据刚才通话的情况，听不出她还有之后外出的打算。另外再瞎猜一下，也许她是嫉妒风野在妻子呵护下养病，出于一时气愤才说要外出的。

不管怎样，风野总算放心了。听得出她还是有些不高兴。

风野直奔车站乘上电车，先来到办公室。

只是三天没来，却感觉已隔了很久了。室内依然是外出时的样子，只是桌子上积了一层薄薄的灰尘。风野用抹布把桌子擦了一遍，事毕点燃了香烟。刚吸完烟，事先约好见面的大成社一个姓青木的编辑来到了。风野把随笔的原稿交付与他，闲聊了一会儿。不久，以前同在公司工作的同事平井来到，跟他商量新发行社内报刊的事儿。

两人谈得十分入港，不知不觉已到了傍晚，街上开始掌灯了。

平井邀请风野去外面喝酒，风野以感冒刚好身体不适婉拒了。

平野默许，正欲站起来离开，突然门铃短促地响了一下，衿子出现了。

"怎么啦？"

风野感到很意外。好像衿子也感到惊奇，她望着门口的男人鞋，脸上露出诧异的神色：谁在呢？

"没什么事儿吧？"

风野没说谁在这儿。平井走到门口。

"你好！我先走一步啦。刚才正打算走。"

平井对衿子说这番话。他一边穿鞋，一边对风野说"再见"，随后便快步离去了。衿子送他出门，折身走进房间。

"打搅啦！"

"什么打搅不打搅。刚才打电话时，你说不愿意见面。"

"不是多么不愿意见啊。你说要让我来……"

"你自己愿意来就来嘛。"

"那我走啦。"

"哎呀，说着玩的！"

风野从身后揪住衿子的肩膀。

衿子所做的很多事都充满矛盾。昨天说今天外出，实际却在工作。电话上说很忙，却满不在乎地跑了过来。不知那句话是真，哪句话是假。风野被这种任性所折腾，感觉难以应付，这也许是女人竭尽全力的自我表现，以获得反抗他的发言权。也可以说，心里所想与实际言行不一致：心里喜欢对方，不愿意分开，嘴上却……

风野揪住衿子的肩膀，把她拉到身旁，衿子则顺势把脸埋在风野怀抱里。

令人怀念的衿子的体味儿飘进风野的鼻孔。

"谢谢你来到这儿！"风野柔声说。

衿子的态度来了个一百八十度大转弯，含情脉脉地点点头。

"很想见到你。"

"……"

"睡觉时也一直在想。"

"瞎说。"

衿子的声音清澈而利落。

"真的。没瞎说。"

"行啦。就算没瞎说。"

衿子挣脱风野的胳膊，走到窗前，看着夜色朦胧的街市。

"喂，这两天吃饭怎么样？"

"咱们好久没出去吃了。出去吃好吗？"

"可是你身体……"

"没事儿啦。"

风野刚才婉拒了朋友的邀请，接着自愿与衿子上街。他们并肩走进了位于主要街道一幢大楼一楼的天妇罗店。

风野喘气还有点呼哧呼哧地响，夹杂着轻微的咳嗽，喝啤酒好像较适合。他要了啤酒，与衿子斟到酒杯里碰杯。

"祝你尽快痊愈！"

"不是什么大病。"

风野喝干啤酒。衿子用很认真的口气说：

"你这次生病，我考虑了很多。"

"考虑什么？……"

"你要是这么死了，我就永远被甩下了。"

"喂！别说不吉利的话！"

风野手端着酒杯，两眼凝视着衿子。

"我没事儿的。"

"这么说的人最危险。据说前些时候，有个每天早晨坚持跑步的四十来岁的总经理去世了。"

风野确实看过那则消息。最近高中或大学时期的同年级同学也死去几个。前者得的是胃癌，同学大多是狭心症，据说有同学在东京站等电车时，突然觉得胸口堵得慌，一会儿工夫就死掉了。

"我得的是小病，不用担心！"

"并没担心。"

风野突然听到衿子冷冰冰的回答，感到有点惊愕。

"你死了，我也不去参加葬礼。不能看你的遗容，不能看啊。"

"……"

"再说，看到你太太和孩子哭泣，也没资格劝嘛。"

"谁说我马上就会死掉？要真有什么大事儿，马上就跟你联系。"

"不用。你不是有太太护理，有太太照看嘛。"

衿子的情绪好像又跌入深渊。不要再说什么，否则会发生争吵。

风野默默地吃着天妇罗。衿子大口喝干了啤酒，一字一句地说道：

"我们的关系嘛，不过是暂时的消遣啊。"

"没有那回事儿。我现在最喜欢的是你。"风野怕周围的人听到，压低声音，认认真真地附在衿子耳畔说。

衿子睁大眼睛，不解地问：

"为什么对你最喜欢的女人隐瞒生病的事，就是死了也不让她知道呢？"

当然，一个人离世的时候，最希望挚爱的女人待在身旁，与她告别，为他送终。如果双方咫尺天涯，何来相爱至死不渝？也难怪此次惹得衿子不高兴。

"我认为夫妻还是不得了的。"

"不是那回事儿。夫或妻死的时候，对方能早知道，其他也没什么嘛。"

"可不是这样的事儿。人死了，其他人早晚都会知道的。关键是以后。"

"以后？"

"对，埋进坟墓啊。"

衿子说到这里，把夹在筷子上的天妇罗放回盘子，慢慢说道：

"你死了，会和太太埋进同一个坟墓，骨灰永远葬在一起。我这样的身份，再怎么希望和请求，也不能和你埋进同一个坟墓啊。"

风野感到很惊讶：她想得可真长远啊！

"我们活着时分分合合，死了也要分离散开。"

"人死了，化成骨灰，在不在一起无所谓嘛。"

"不是那回事儿。死了骨灰分开，让人活着时感到寂寞啊。"

衿子竟在考虑这样的事儿。风野必须认真对待，他很快打起精神，对衿子一本正经地说：

"想在死了以后陪伴在一起，给分一些骨灰就行嘛。"

"这样的事儿对你太太说，你觉得你太太会允许吗？说我要分你点儿骨灰。"

"我可以写进遗嘱嘛。"

"即使写了遗嘱，你太太不遵从也一样嘛。我是没法把控的。"

"可以委托别人代理。"

"求你太太分给点骨灰，也很悲惨。"

"喂，我不会马上就死掉的。别净说些不吉利的话！"风野悠悠地说。

可能衿子也觉得可笑，嘿嘿笑了起来，随后打趣说：

"像你这样的人，也许能活到我之后啊。"

风野把瓶里的啤酒给衿子斟上。

"别说这些啦！"

两个人又开始喝啤酒、吃剩下的饭。不过，情绪稍显低落。

"你从来不患感冒啊。"

风野突然改变话题，谈论起衿子的身体。衿子轻轻地笑了笑，然后说：

"我要是患感冒，那就完啦。"

"怎么会完啦？"

"因为联系不到你。"

"哪有那样的事儿。给我打个电话不就行嘛。"

"我打电话说病了，你没接电话，你太太会给传达吗？"

"我又不是老待在家里，常在办公室，你也可以委托其他人打嘛。"

"我可不愿意求人转告，要你来看我啊。"

"别想得那么严重，病了打个电话就行。再说你不联系我，我会主动联系你的，不用担心。"

"像前几天那样，三天不通音信？我也许会在这期间死掉。"

"绝不会……"

"要是我真的突然死了，那也没办法。老家的父母或者什么人前来，匆匆办个葬礼。等你得知消息，我早已化为灰烬了。"

"又要说起骨灰啦。算了吧！"

"夫妻之间嘛，无论什么事儿，马上就能知晓。无论哪一方生病或死亡，会在第一时间知道。周围的人也会马上与其联系。"

"即使马上知道，也没什么嘛。"

"不管有没有什么，第一时间知道是很重要的。"

风野也没想过夫妻纽带之紧密，体现在这种地方。在衿子看来，这种事儿特别紧要。

"像我，一旦发生问题，就是个无人理睬的可怜女人啊。"

"没有那回事儿。我最爱你，绝不会丢下你不管。这可以向上帝发誓。"

"这不能简单地说。喜欢对方，不离不弃。只有夫妻才能够做到。"

可能由于话题深邃，两人谈来谈去，没有了食欲，饭剩了一半多。

女服务员走过来问："可以撤下吗？"衿子说："行，承您款待啦！"女服务员把剩饭端走后，衿子吃着刚端上来的草莓，不无感叹地说：

"我认为夫妻是一种保险。"

"保险？"

"对！既是伤害保险，又是生命保险，当一方生病时，另一方会负责地护理。一方死了，另一方会为其举办葬礼。"

"并不是妻子生病，丈夫都护理嘛。"

"就是不直接护理，也要送医院，付费用，承担必要的责任。"

"男人对于喜欢的女性，也会这么做的。"

"不是那回事儿。如果情人生病了，有人会以'我不知道啊'为借口来推脱。就是给出钱治病或护理，也只是暂时的，不会一直关怀和照料啊。"

"那是'迫害妄想'。"

"不是啊。比方说你，无论多么喜欢的女性，那个人卧床不起，大小便失禁，你会精心照料吗？"

"如果病情那样严重，即使是自己的妻子，也许就不再照料了。朋友们也不会去探望。"

"还是会支付太太的住院费吧？"

"那是因为可以享受医疗保险待遇。"

"如果是情人卧床不起了，会没人照料吧？平时说多么多么爱你的男人，会装作不知情，借故溜掉。"

"那要看是什么男人。"

"什么男人都一样。要是我卧床不起的话，你也会马上逃避，回到太太那边去。"

"你过虑啦。"

风野有点厌烦这个话题，衿子却一味假设假定，好像她自己预计一些未来的悲惨事儿，贬毁自己，反而使她很开心。

"如果是太太，能够领到丈夫的遗产，那个比率可能又提高了吧？"

"我家没有任何财产啊。"

"不是有房子嘛。"

"那房子一半以上是负债。再说还有孩子需要抚养，她什么也不能干。"

"对啦，做丈夫的就会那么想啊。"

"'那么'是什么意思？"

"就是本人自己死了，妻子带着孩子，没有工作收入，所以可怜得很。情人就不同了，可以放着不管，让她疲于工作也不在乎。"

风野想反驳，却找不到合适的语句。衿子所言并非不着边际，似乎也有正确的一面，和通常认识有点不一样。

"总之，情人之间嘛，双方或一方的热情降温了，关系就到头了。做情人不知何时会被抛弃，只有好自为之啊。"

衿子说到这里，叹了一口气，接着说道：

"情人因此会变得要强，变得比太太更聪明、更漂亮。虽不能像太太那样毫无后顾之忧地端坐在妻子的宝座上，角色赋予的那种紧张感反倒会促使她们大胆释放爱。"

衿子的说法似乎有点不连贯，也许还有点强词夺理。而天天都失去紧张感的妻子们确实是最怠惰、最丑陋的。当然，这种现象的发生，不能说丈夫没有责任。可以说，若干的男性都爱把妻子关在家里，让其变得无知，从而妻子也远离了那种紧张感。

"女人即使结婚成为妻子，一辈子住在住宅新村，花费很少的薪金，整天忙于做饭、洗衣服，看孩子，很快就会成为半老徐娘。没人欣赏和理睬，也很可怜啊。"

"……"

"所以，我当情人也行啊。这样心情多轻松，活得多自由啊。"

一会儿说当情人好，一会儿说当情人寂寞，衿子的认知飘忽不定。说实话，风野从未认真地考虑过情人的酸甜苦辣。正因为是这样，衿子所说的每一句话都让他觉得新鲜，觉得在情理之中。

不过，对这种问题再探讨也没用。衿子基本上忘记情人这一角色，站到妻子的立场上来，才能正确地对待彼此的长处和缺点。

"走吧！"

袗子还想再说什么，被风野的呼声所打断，他们付完款走出店门。

　　"咱们去下北泽好吗？"

　　"我还不想回公寓去。再找个地方喝酒吧。"

　　"我感冒初愈。"

　　"那去我的公寓干吗？"

　　说实话，风野怀有与袗子云雨的愿望，又顾及到自身感冒初愈，不好直接那么说。

　　两人并肩朝车站走去。风野已不再发烧，可能是好久没到外面的缘故，他感到浑身慵懒。禁不住咳嗽起来。袗子侧过头来问道：

　　"不要紧吧？"

　　"唉……"

　　"你还是回家吧！"

　　袗子刚才还在醋意十足地讥讽"有太太护理，有太太照看嘛"，风野念此不想回家去。

　　"还是去下北泽吧！"

　　"去我那儿干吗？"

　　"想要你。"

　　茫茫夜色之中，霓虹灯不停闪烁，路上人流如潮，风野回答得很自然。

　　"你感冒初愈，做不了吧？"

　　"我已经说过'好了'。"

　　"干那个，会传染我的。"

　　"只要不接吻，就没事儿。要说传染的话，早就传染啦。"

　　"讨厌啊。患了感冒还不依不饶，可不得了啊。"

　　"你想去哪儿？"

"不说啊。"

"又要和年轻的男人……"

"这种事儿怎么好说嘛。"

这一阵子，衿子频繁使用含糊的语言。以前是模棱两可地引风野嫉妒，最近是时不时地当真事说，引风野警惕。

"就去下北泽吧。"

到了车站前面，风野再次央求衿子，衿子不禁疑惑地问：

"前三天你怎么着？"

"因为身体有恙，完全没有欲求，今天见到你不一样了。"

"我可不是只为干这个的女人。"

"知道。但想要不想要很重要。要是一点儿都不想要，那可就麻烦啦。就是你想要，也只能溜掉。"

"是吗？一点儿也不麻烦。那倒是很难得的。"

风野不假思索地拦住一辆驶近的出租车，衿子只得默默地上车。

"下北泽。"

"你身体真的没事儿吗？"

"别担心！能这样拥抱，感冒就完全好了。"

"是为了治感冒才拥抱我吗？"

衿子瞪大眼睛，好像一切都是不情愿的。

虽然觉得身体能够承受，但一场做爱，使风野感到疲惫不堪。

也因为是隔了好久才这么紧张的缘故，也许是感冒初愈，身体尚未完全康复。

完事后，他躺在床上昏昏欲睡。衿子爬起来，去起居间沏咖啡。

"喝这个吗？"

"哎……"

他想要爬起来，突然感到一阵轻微的眩晕。就俯卧着身子，咳嗽起来。

"怎么啦？该不是发烧吧？"

想不到自己的身体会吃不消，风野侧脸躺下，闭上眼睛。

衿子在边喝咖啡，边读报纸。她突然转过脸，高兴地说：

"喂，你要是一直这样生病，就有意思啦。"

"有意思？"

"不是吗？这样你就不能回家了，太太会感到吃惊。"

"……"

"告诉她你在这儿睡觉，她会来看你吗？恐怕是不予理睬吧。"

女人常常会考虑一些荒唐的事情。风野感到惊愕，衿子得意地笑起来。

"她会说'丈夫受到照顾，实在感谢'之类的话吗？"

"别净想些无聊的事儿！"

"你太太也许会来这儿，强行把你捞走。"

"估计她不会这么干。"

"那会把你扔在这儿吗？"

绝不会发生自己病卧在这儿的事儿，假如真发生了，风野也无法预计后果。

"她也许会说：'这病人不中用了，甭管他啦。'真要是那样的话，你可就惨啦。"

"你是说你也不会照料我，把我扔到一边？"

"那是啊。因为我既不是太太，也不是其他家属。"

衿子可能又想起刚才的情人论争，她耸起肩膀说：

"可是你放心，我会好好照料你的。"

"无所谓……"

风野曾在烟花巷的茶馆里，听人说起过叔叔的事情。

那位叔叔和茶馆的老板娘关系非常密切，后来得了肝病，老板娘给予精心照料，最后还是在老板娘身旁死去了。自己真要是生病不能动了，衿子也许真的会照料自己吧。也许现在说得好听，真到了危急关头，会悄然走开，抛弃自己。

当然，还要以病情而论，假如不严重、不久就能治好，也许没问题。要是得了半身瘫痪，大小便失禁的病症，恐怕连妻子也会嫌弃。

"如果你太太抛弃你，你觉得可怕吧？"

"什么……"

"一想到你会被抛弃，就……你也许真会被抛弃啊。你让太太吃了那么多苦头，她一定会报复你的。"

"真傻……"

风野面露苦笑，心里也不太舒服：也可能现在妻子在忍耐，说不定将来什么时候会报复自己。

"仔细想想，男人也很可怜啊。"

"别再说这些啦！有果汁吗？我渴了。"

衿子去了厨房，打开冰箱，拿出橙汁倒进玻璃杯，小心翼翼地端过来。

风野喝完橙汁又躺下来。衿子站在旁边，两眼俯视着他，轻声问："你不洗澡吗？"

"不洗啦。"

"那我洗啦。"

衿子把空了的玻璃杯拿到洗碗池边，直接从那里去了浴室。

房间里又安静下来，能听到阳台下汽车引擎的轰鸣声。

风野一看枕侧的表，十点半。

就时间来说，应该回家去了。可对衿子怎么说呢？从衿子进浴室洗澡这一点看，她好像误认为自己今晚要住下。

因感冒已躺了三天，好容易爬起来了，接着就在外面过夜，情绪刚刚恢复的妻子肯定会生气。

早知是这样，也许应该在吃完晚饭时就分手。

正当风野犹豫不决时，电话铃响了。

风野瞥了一眼浴室，衿子仍在洗澡。

风野单独待在衿子的公寓时，每当电话铃声响起，总犹豫该不该接。

一直以来，衿子没说让接电话，也没说不让接电话。到现在为止，他很少接电话。记得有一次，他接过一个女性打来的电话，把对方所讲内容向衿子转达后，她只是微微点了下头，说了句："啊，是吗？"

即使他去接电话，她也不会反感，尽管如此，接电话也还是需要一点勇气。

如果接电话后，对方问"您是哪一位"，他会不知如何作答。倘若是衿子的男朋友或父母，那就更麻烦了。既不能对她的男朋友们炫耀"我就是衿子的男人"，也担心打乱与衿子和睦相处的平静生活。

只要衿子不特意告知自己"给接一下"，最好还是不接。但今晚的电话似乎不找到对方不罢休，长时间地响个不停。

想去告诉一下衿子，又感觉不合适。把正在洗澡的人喊出来接电话，也够麻烦的。

就这么任它响吧……刚这么决定，电话就切断了。

风野安静下来，松了一口气。刚不到一分钟，电话铃又响了起来。

对方一遍遍地打电话，可能是有重要的事儿，或者是很急的事。风野待铃声响了五六次后，毅然决然地抓起了听筒。

"喂……"风野刚说了半截，又吞声了。

奇怪的是对方一直不说话，听筒里一点动静也没有。是谁打来的呢？可能是对方在探察这边的动静吧。

过了十多秒钟，对方仍然沉默不语，风野不由得手上渗出汗来。

这大概就是衿子所说的无声电话吧。在短暂的一瞬间，风野面前现出了妻子的脸庞。

对方也有可能是妻子……

风野悄悄地放下电话听筒。

可能是因为自己没回家，妻子打电话探察吧。他欲言又止，按理来说，没让对方听到声音。如果真是妻子打来电话，后果很可怕。只是想象一下夫妻二人在电话两端抓着听筒，互相屏息且敌视的情景，就令人害怕。

"怎么啦？"

风野放下听筒不一会儿，衿子从身后招呼道。

"没什么……"

风野拿起桌上的香烟点燃，衿子凝视着风野说：

"你脸色不好，有点苍白啊。"

风野对着挂在墙上的镜子照了照，认可她的"苍白"说。

"不是发烧吧？量量体温吧！"

衿子一只手擦着刚洗完的头发，一只手从床头柜的抽屉里取出体温计，递给风野。

"还是没完全好啊。"

风野顺从地把体温计夹在腋下。

"做点儿热东西喝吗？"

"不用啊。"

这种体温计，夹过几分钟，就能看结果。红色的水银柱表明风野的体温是三十七点五摄氏度。

"瞧，还是发烧吧。赶紧躺下来。"

尽管衿子细心关照，声音听上去却有点欢快。

风野再次上床躺下，闭上眼睛。

怎么又发烧了呢？刚觉得感冒好了，退烧了，才从家里走出来，甚至还能做爱。又发烧也没办法。自己也太没出息了。年轻的时候感冒，睡一天就能好，无论怎么乱来，都不会复发。

现在却是这种情况，实在令人窝火。风野感觉身上也开始发烧了。

今晚确实回不了家了。哎呀，白天什么事儿没有，晚上却发起烧来。不知在这儿睡一觉，效果会怎样。

傍晚两人吃饭时，衿子说了很多，风野是作为开玩笑而听着的。难道自己真要像前面提到的那位叔叔一样，要让情人照顾左右了？

风野思考着这些事儿，有点昏昏欲睡。突然，枕边传来衿子的声音：

"这是感冒药，很管用。吃两片就行。"

衿子伸过来的手掌上，放着两个红而圆的小药片。

"快吃下去！"

风野在衿子催促下，把药片放入口中，用水冲下去。

"身上有点烫啊。"

衿子把手按在风野的脑门上，不无忧虑地说。

"冷敷一下吧？"

"不用，没事儿的。"

"就这样一直躺着吧。明天也不要动。"

"不行，明天我有事儿，无论如何都要出去。"

"不能出去。要是有什么事儿，我给你办。"

"你要上班吧？"

"我可以休息呀。在家这样照顾你。"

风野让衿子给掖了掖被角，不由得产生了一种被女人封闭的感觉，继而很快睡去了。

风野在沉睡中做了个梦，也不知过了多久，慢慢醒了过来。室内光线还很暗。衿子睡在旁边，像往常一样轻轻地呼吸着。他一看枕侧的台钟，五点半。

最近一阵子，风野睡觉醒来，总会陷入一种寂寞。这种寂寞，无法恰当地形容，有点近乎于被世人甩下，孤独、无助、难以遂愿的那种寂寥感。

当然，这与沉睡中所做的梦也有关。

最近所做的梦，醒来回忆总是模糊而不现实。昨晚的梦也没有条理性。

只是有一点记忆深刻：风野回到家里，孩子们在看电视，谁也不理睬他，像没看见一样。死去的叔叔与水户的妈妈、弟弟都待在那儿，觉得有点莫名其妙。

风野想要说什么，可大家都急着告辞离去。还不时闪现出妻子嗤笑的脸孔。场所既像是在水户的老家，又像是在京都旅游和衿子住的旅馆。风野问大家："怎么都要走呢？"妻子回答说："你患了感冒，还是留下吧！"

梦境似乎合乎逻辑，却又不合逻辑。别的记不清，唯有大家无言离去的寂寞深深滞留在他的脑海之中。

"怎么说也不是个好梦……"

风野小声嘟囔着，非常在意不是第一次做这种梦。

以前睡觉醒来时，也曾感受过孤零零被抛下的那种寂寞。但他那时并不介意，还常开导自己：这不过是个梦。

不是害怕发生这样的事情。死对于每一个活着的人来说，早晚会降临的。他不过是想通过否定梦境来忘却一家人的生死。但现在的梦境却显得有点生动。

"讨厌啊……"

风野再次嘟囔道，然后悄悄贴近衿子身边。

就是家属都离去了，还有衿子在。希望她始终陪伴着自己。衿子哪里知道他的想法，一直半露着白皙的脸庞，呼呼大睡。

风野采取仰卧的姿势，眯缝着眼注视微微发亮的窗口，思绪还没离开梦境。

随着时间的流逝，梦境已变得遥远，变得不合实际。追忆梦境，是和自己过不去。趁时间还早，抓紧再睡一会儿。然而，他的大脑格外清醒，翻来覆去睡不着。

身上好像已经不发烧了。

以往这样的时候，他会赶紧爬起来工作。而今，天气寒冷，室温较低，他怎么也不愿意起床。

干脆闭着眼睛养神。突然，门口传来报纸塞进信箱的嗦嗦声。

猛然间，风野想起了之前被扔在门口的海狮玩具。

今天该不会有吧？他感到有点担心，心想不如起床开门看个究竟，顺便取来报纸。

他略有迟疑，接着爬起身来，走到门口。先抽出报纸，又打开门看了看走廊。

拂晓的走廊上非常安静，没有人影。太阳还没升起来，光线很暗。借着外面的灯光能一眼望到尽头。风野的目光来回扫了一遍，走廊上什么也没有。

"好……"

风野放心地关上门，拿着报纸，回到卧室。

风野钻回被窝，打开枕侧的台灯。衿子可能感到灯光晃眼，故皱起眉头，转过后背。

风野看了一会儿报纸，感到困了，就关掉台灯，睡了过去。

风野再次醒来，已过了很长时间，从窗帘边上照进来的阳光已非常明亮。衿子早已起床。侧耳静听，洗碗池那边有菜刀切菜的动静。

"喂……"

风野在被窝里喊了一声，可能是忙于做饭的缘故，衿子没听到。又喊了一声，衿子才推开隔扇，伸过头来。

"现在几点钟？"

"已经九点了。"

"你该去公司了吧？"

"今天不去了，休假啦。"

"为什么？"

"因为你身体不好嘛！我马上给你做粥喝。"

"不要紧的。"

风野正要爬起身，衿子用手制止道：

"别起来。那儿有体温计，先量一下体温！"

风野侧目一看，枕头旁有个小小的托盘，上面放着药和体温计。风野乖乖地拿起体温计，插进腋下。

早晨去取报纸时，身上就退烧了，现在却懒得起床。

如果工作很忙，也许就起来了。不自觉地睡了回笼觉，也许是因为身体还没有完全康复。

过了几分钟，他自己取出体温计，看到是三十七点一摄氏度，正凝神瞅着表上的刻度，衿子把头伸了过来。

"怎么样？"

"顶多三十七度。没事儿。"

"从早晨起床就这体温，不行啊。今天还是老实点儿吧。"

"我已经睡腻了。"

"那就穿上这个！"

衿子从大衣柜里取出睡袍来。风野穿上睡袍，去盥洗室洗了脸。

"马上做饭吃。"

"刚起床，吃不下东西啊。不能给我冲点儿咖啡吗？"

正如衿子所说，风野感到浑身发懒，又开始咳嗽。

"今天再老老实实地待上一天，一定会好的。"

"不能那么悠闲啦。今天要去办公室，与《东亚周刊》的编辑和原先公司里的同事见面。"

"可以打电话说一下，因感冒去不了。我给你打。"

"那不行。"

听风野这么说，衿子气愤地转过身去，质问道：

"是吗？我打就不行吗？"

"不是这个意思。"

"你的意思就是太太可以打，我这个背后的女人不行？"

"不是的。因为是关于工作的事儿，还是我自己打电话合适。"

"那就自己从这儿打嘛。"

"稍微等一会儿，看看情况再说。"

在衿子的住处让衿子生气，会变成麻烦事儿。虽说她抢着打电话有点讨厌，但尽心竭力照顾自己的心情可以理解。

"感冒了，喝咖啡不如喝牛奶啊。"衿子边冲咖啡边说。

风野点点头，心想：任凭你来摆布，再悠闲自在一天吧。不知你下步怎样关照和料理，在不是妻子的女性这里接受照料，或许不差。

他决定沉下心来待在这里，可临近中午时分，又沉不住气了。

可以当着衿子的面，给约好在办公室见面的人打辞约电话。但不能当着她的面给自己的家里打问候电话。只能等衿子外出时再行动，可她丝毫没有外出的迹象。

早饭吃的是粥和盐烤鲑鱼片，午饭好像是面包。

看来今天一天都无法从这里溜掉。

风野慢慢平复了隐藏在内心深处的那种不安，适时改变了态度：干脆随它去吧！

到了吃午饭时间，两人只吃了沙拉和牛奶。之后风野给约好今天见面的两个人分别打了电话，对方都道"多保重"。他俩都误认为电话是从风野家里打出的。

风野从下午开始着手工作，不能像在书房里那样查阅资料和参考书籍，但可以写随笔。

风野把腿伸进被炉，开始写作。衿子陪在一旁织毛衣。

风野突然停住笔，凝神注视衿子。衿子也停住手，会意地一笑。

"怎么？"

"没什么……"

衿子摇摇头，又织起毛衣来，但神情愉悦，看样子很满足。

仔细一想，晴天朗日，也不是休息的日子，两人凑到一处，惬意地把腿伸进被炉，轻松地享受大好时光，这还是第一次。看到衿子满意的笑容，风野似乎觉得新建了一个家外之家。

"你不冷吗？"衿子关切地问。

"不冷……"

"写完一部分，就休息一下吧。"

"没事儿。"

"不行，你的病还没完全好。"

衿子说完，又跑到厨房沏茶。

"喂，我嘛，真的非常适合当家庭主妇。你说是吧？"

"也许是这样的。"

"世上的太太们都挺舒服吧？她们每天都这样度过。"

"相应的家务劳动很不得了啊。"

"没有那样的事儿。常言道：太太或叫花子当上三天就有瘾。"

风野听了，感到惊奇。衿子一边笑，一边说：

"你的病永远好不了，才是我最最如意的事啊。"

风野又在这里待了一个白天，天显得很短。他写完稿件，看了一会儿电视，已经到傍晚了。

"我出去买点东西，回来做晚饭。"

衿子站起身来，提起购物篮，走出门去。衿子及时准备晚饭，表明今晚她仍不让风野走。

到底想干吗呢？该不会忘记风野还有家庭吧？是压根儿就不考虑这事儿，还是忽略了此事呢？

风野在光线暗淡的房间里静默着，觉得自己既像一只被蛛丝缠绕的昆虫，又像一个被五花大绑的囚徒，难以脱身。

想要溜走，就要趁现在……

风野动了悄悄溜走的念头，不由得环视一下四周，又担心衿子会突然回来。也许她正在不远处监视着，出门会被她拽回来。

想象唤起想象，他不由得缩起了脖子。

已经在外住了一宿，家里有可能四处寻找过他。

按理来说，妻子应该料想到他在衿子这里。知道归知道，暂时保持沉默，但早晚会爆发。

是今晚爆发，还是明天爆发，尚不得而知。在平时，他好几天不回家，妻子也保持沉默。与以往不同的是，他现在是感冒初愈。

怎么办……

姑且打个电话吧，探听一下家里的情况。如果赶上衿子回来，赶紧挂掉电话。

风野拿起听筒，拨通了家里的电话，听筒中传来了稚嫩的女声，是长女。

"喂……"长女呼叫道。

风野这头没答话。对面连续呼叫了几声，风野只是听着悦耳的声音，不吭气，尔后默默地放下了听筒。

虽然没通话，家里应是平安无事，一切照旧。

风野放下心来，边喝水边看电视。不久，衿子回来了。

"今晚做鸡肉氽锅。感冒的人，喝点热乎的东西比较好。"

衿子说完，把买来的蔬菜放到洗碗池里，点燃煤气灶。

"也给你买酒来啦。"

"啊？我是病人。"

"少喝一点，容易入睡，也睡得踏实。"

衿子很麻利地准备好了晚饭。餐桌中央放上了氽鸡肉的锅，也烫好了酒。

"稍微喝点儿吧。暖和一点儿好。"

风野并不讨厌喝酒，让衿子给往酒杯里斟了少许，呷了一口，酒很快渗进了胃里。

"如果觉得酒好喝了，就是感冒好啦。我也喝点儿好吗？"

衿子很能喝酒。风野给她斟到杯里，衿子喝得很香。

"这儿有橙汁，还有萝卜泥拌辣椒粉。尝尝鸡肉氽锅！"

这都是衿子特意准备的菜。风野盛到碗里，慢慢吃起来。衿子关切地问道：

"怎么样？好喝吗？"

"哎！很好。"

衿子平时不常做菜，汤汁也是从海带中提取的，但提取得很好。

"好像我能做个好太太。"

"我没说过你做不了嘛。"

"好！"

衿子信心满满地点点头，又往杯子里斟酒。

风野望着衿子满意的表情，觉得有点儿匪夷所思：这和那个歇斯底里的衿子是同一个人吗？如果和她结婚，建立家庭，也许她可以成为一个好妻子。她之所以要强、经常歇斯底里，也许是因为没有登上妻子的宝座而焦躁导致的。

"您再喝点儿！头不疼了吧？"

"是啊。"

"只要病没彻底好，我就一直陪着您。"

衿子接着饶有兴趣地问道：

"喂！今年年底怎么办？"

"什么怎么办……"

"你还回老家吗？"

每年年末到正月期间怎样度过，他都要和衿子发生争执。衿子一个人孤单地留在东京，非常希望风野陪伴。但风野在老家有母亲兄弟等亲友，根据民俗和常规，正月应回老家。无论多么麻烦，都要设法回去。这也是对年迈的妈妈唯一的孝顺方式。

"今年过年，希望你和我待在一起！"

"好啊……"风野含糊地回答。

衿子向前探着身子问：

"你一直和我在一起吗？"

"计划还不能确定。等快到年末时再说。"

好容易呈现出和谐的氛围，谁破坏了，都觉得可惜。

"一定要在一起。一言为定！"

衿子这么说完，又往风野和自己的酒杯里先后斟酒。

"你有点喝醉啦。"衿子对风野说。

"没事儿。只有喝得酩酊大醉，才想要那个，我也不知道自己醉没醉。因为我是病人。"

"你竟说这话，我可真的想要你。"

"抑制欲望吧。今天就这样睡觉。"

"不，不行。"

衿子目光炯炯地瞅着风野。

"今天忍耐吧！"

"不，绝对要。"

"我可是患感冒需休养的病人啊。"

"但是要。"

衿子的眼睛在微笑。

"你这么做，我会复发的。"

"让你恶化，在这儿动不了。"

"喂喂，别开玩笑啦！"

会不会被衿子关在公寓里，胁迫从事，竭精而死呢？

真要是这样，那可不得了。他一方面想拒绝和逃避，一方面又享受这种仿佛堕入地狱的奇妙感觉！

风野被衿子醉醺醺的妖艳所吸引，又住下与她耳鬓厮磨，缠绵不休。黎明时分才醒过来，掐指一算时间，又有点沉不住气了。

他本来因为工作关系常不在家，但像这次感冒刚开始好，就在外面夜不归宿，且两天没有互通音信，这还是第一次。不知妻子对此怎么想。如果现在满不在乎地回家去，她会让他进家门吗？是否会与他发生争吵呢？

根据妻子以往的做法来看，应该不会吵架。不吵架只能说明自己已被她漠视，或许日后会受到更加严酷的报复。不管怎样，她的反应一定会异于往常。

早料到这种情况，昨天应该回去，现在后悔也来不及了。

怎么办呢……

风野望着晨曦中的阳台，心想：要不就破罐子破摔，干脆这样待下去。

他一直不回家，说不定过上四五天，妻子等得不耐烦，会找过来。如果现在回家去，说不定妻子会生气地闹起来。要是隔上十天乃至一个月在外面过夜，妻子就会很狼狈。也许她岂止不生气，甚至会苦苦恳求：求求您，回来吧！

然而，他很快醒悟到这不过是男人利己的愿望。

采用这种休克疗法，要是妻子采取谦恭、礼让的态度倒还好，如果反目成仇，未必不会和孩子们一起，把他轰出家门。

如果被扫地出门，既收不到有关工作的邮件，也看不到留存在家里的各种资料。再说单位划转到银行的钱，会由妻子自由支配，他想用会很麻烦。不过，如果真的爱衿子，想和她一起生活，这些事儿都应该有思想准备。

没有勇气经受磨难，却要搞婚外恋，本来就是错误的。

风野心无旁骛地思考相关问题，不觉天已大亮。门前传来了轻轻的脚步声，接着又听到信箱那里有响动。

应该是来报纸了。风野爬起身，取来报纸，钻进被窝里阅读起来。

他先看了看报纸的标题，又顺手拿起枕侧的温度计插进腋下，测试自己的体温。

他感觉自己好像完全退烧了。昨天早晨还懒洋洋的，碰到头发有种火辣辣的感觉，现在则舒适多了。

过了几分钟，他取出温度计察看，体温正常。刚来时感冒初愈，住在这儿几天，终于痊愈了。

风野特别享受这两天在此度日的美妙，又开始读报。

不知过了多久，他又迷迷糊糊地睡着了，再次醒来时，已是八点钟。

他看到衿子好像刚起床，正脱下睡袍穿衣服，也想赶紧起床。衿子赶忙给他拿来衣服，站在起居间劝他道：

"再睡一会儿吧。"

"不，今天我无论如何要出去。"

"去哪儿？"

本意是回家，难以启齿，因而没再言语。衿子换完衣服，走了过来。

"感冒怎么样？"

"已经没事儿啦。"

风野爬起来，到盥洗室刷了牙，洗了脸。

"你再休息一天好吗？"

"我真的没事儿，不用啦。"

风野换好衣服，拿起装着原告用纸和书的皮包，要出门去。

"那我走啦。"

"怎么那么着急！"

"我刚才想起了有件事儿急需办理，有点坐不住了。"

"也用不着这么早去嘛。"

"这事很急。"

风野匆忙地在门口穿鞋，衿子追过来说：

"你还是在担心家里的事儿吧？"

"嗨，也担心，已两天多没回家啦。"

"你现在回去，太太也不一定让你进家门啊。"

"为什么？"

"我昨天给她打过电话，说让您家老公住在我这儿吧。"

衿子在目瞪口呆的风野面前，抱着胳膊，面露微笑。

"为什么要说这些呢？"风野不解衿子之举。

"不能让太太担心啊。"

风野觉得从脚下到肢体开始打战。好歹下了决心回家去，看来不一定回得去了。

"太太对我说：'你请便！'"

"'请便'是啥意思？"

"就是说随你便吧。"

女人们怎么这样做呢？想象一下两人在电话两端各自拿着听筒对峙的身影，风野似乎觉得身上又要发烧。

"她同意你在这儿再待一段时间。"

"不！我要回去。"

风野赌气般地说完，接着走出房门，沿着走廊快步向前，很快乘上了电梯。

怎么办呢？风野边走边思考，不知不觉到了车站。他犹豫了片刻，接着朝公共电话亭走去。不管怎样，先打个电话，了解一下家里的情况，再决定下步的行动。

要是妻子出来接电话，该说什么好呢？也许仅凭对方"喂"的口气，就能察觉到她的基本态度。

电话拨通了，但无人接听。连续响到七次时，风野扣上听筒重拨，还是无人应答。

一看手表，八点半。

这个时段，孩子们已经去学校了，妻子应该在家里。也可能是去外面扔垃圾了，或者是在院子里，听不到电话铃响。风野去小卖部买了份报纸，大略地浏览了一番，又往家打电话。

仍然无人接听。是不是拨错号码了呢？他重新拨了一遍，结果还是一样。

是外出去哪儿办事了，还是离家出走了呢？孩子上学去了，按理说她是不会做出走之事的。既然电话打不通，只能直接回家看情况。除此之外，别无他法。风野只得买了票，登上站台。

风野在生田站下了电车，沿着熟悉的道路往家走，还时不时地环顾一下四周。

会不会遇到妻子呢？要是两人在这熙熙攘攘的大街上突然相遇，说什么好呢？

若是妻子真的离家出走，又恰巧碰到她，就能避免家庭悲剧的发生，或将悲剧转换为喜剧。

风野沿着宽阔的大街拐向右边，往前走了一百多米，看到了自己的家。

自家的蓝瓦屋顶和浅驼色的墙壁，和离家时没有两样。这本来是司空见惯的场景，他却觉得有点异样。他先窥视了一下院子里，又用手拧了拧门上的把手，门打不开。

看样子是家中无人。风野用钥匙打开门，走进屋里。

门口摆放着两个孩子的运动鞋和妻子爱穿的凉鞋，信箱里没有报纸，看来今晨妻子还在。风野继续往里走，看到起居间和餐厅都整理得很整齐，妻女们用过早餐的桌子上，还放着烤面包片、黄油和果酱瓶。

风野上到二楼，往卧室里瞅了瞅，妻子睡过的被子没有整理，走进书房，窗帘仍关闭着。

不在家时来的邮件也叠放在桌子上。

从概貌上看，家中没什么特殊变化，但东西整理得有点过于整齐，不禁让人叹为观止，甚至令人感到惊奇。

时间尚早，妻子到底去哪儿了呢？真要是离家出走了，应该写有书信。见不到书信，那就可能因事出去了。风野有点心神不宁地读着邮来的信件，后背上觉得发冷。

风野并不是重患感冒，他是在无人的公寓里感到寒气袭人。故走到楼下，打开了暖气。

风野这样待着，也不知妻子何时归来。从整埋过的房间看，她会回来得很晚。孩子们三点多才从学校回来。他孤身一人待在家里，也没意思，再说孩子们不在家时，只和妻子相处，心情也不太舒畅。

妻子和衿子的性情不同，她很少歇斯底里，但估计这次不会轻易了事。

看到家里一切正常，他觉得还是去办公室为好。但现在出行人多车多，感觉比较麻烦。再等一会儿，临近中午时，电车上人就少了，再活动比较方便。

风野坐在书房里，开始仔细查看邮件，阅读不在家时收到的报纸。刚阅读完收起报纸，就听到有开门的动静。妻子或孩子都有钥匙，但孩子不会这么早回来。

肯定是妻子……

风野静下心来听楼下的动静，好像脚步声移到了起居间。

门口放着风野的鞋子，按理说，妻子应该知道风野回家来了。

风野两天夜不归宿，刚回家来，理屈词穷，不敢贸然下去打招呼。

如果保持沉默，也许对方会上来打招呼。风野屏息不作声，端坐在书房的椅子上。

然而，楼下不时有小的响动，妻子却始终没有上来。

在干吗呢？要是妻子，按理说，应该会上来的……

要是小偷呢？风野突然不安地站起身来。

小偷不可能走正门且用钥匙开门慢慢进来。

或许妻子也像风野害怕碰面一样，不想见到风野。或许妻子怒火中烧，根本不愿搭理风野。

不搭理就不搭理吧，总比硝烟弥漫、战火纷飞好。风野这样开导自己，然后点燃一支香烟。香烟吸完了，仍没有听到有人上楼的脚步声。

怎么啦？风野站到走廊上，多方位窥视楼下，楼下没有任何动静。

难道妻子又出去了？但没有出门的那种动静。也许正默不作声地待在起居间或厨房里。

他又走到楼梯口看了看，楼下仍然静悄悄。

风野呆立了一会儿，不知不觉想小便，只有楼下有洗手间，他必须要下楼去。

早晚都要与妻子碰面，现在下楼碰上也无所谓。

风野拿定主意，沿着楼梯慢慢往下走，一直走到门口前。

放鞋的石板上搁着妻子穿的浅口无带扣女式皮鞋。

她现在在干吗？风野向起居间扫了一眼，妻子却从餐厅出来了，两个人的视线撞到了一起。

风野见状，不自觉地后退了一步，并慢慢垂下眼帘。尽管是在自己家里，因为做了亏心事，不得不摆出一副可怜的姿态，实属无可奈何。

妻子会在这时说些难听的话吧？风野做好了思想准备，妻子却没说话。

怎么回事儿？风野抬头张望，早已没了妻子的踪影。

家里面积很小，她不会自然消失。风野慢慢走到餐厅，看见妻子正背冲着这边，站在洗碗池前。

她好像正在往水壶里装水，其关开水龙头的每一个动作似乎都带着愤怒。

风野坐在饭桌前的椅子上，开口问妻子：

"刚才去哪儿啦？"

"……"

"到什么地方购物啦？"风野又问了一遍。

妻子背对着他回答道：

"下北泽。"

风野一惊，嗖地站起身来。她说去了下北泽，就是去了衿子那里。

"去干吗？"

"见那个人啦。"

"……"

风野惊得目瞪口呆，说不出话来。继而觉得她只是这么说说而已，但这种场合又不能认为是开玩笑。

"真的吗？"

妻子可能知道衿子的住所，按理说应该没去过。风野也一直不认为妻子去那儿扔过海狮等玩具。

"我跟那个人说清楚啦。"

"说什么……"

"她是从今后坚决跟你分手，还是全面照顾你。"

妻子粗鲁地拧开水龙头，任凭压力很大的水猛烈敲击洗碗池。

"这事儿不能老这样耗着。"

"那……"

"那个人说也想和你分手，不想让你再去那儿啦。她说并不愿意你过去，都是你不请自到。"

"她真这么说吗？"

"她说连见都不想见你。"

妻子说完，匆匆地朝起居间走去。

"你真的见过她吗？"

风野紧跟着去起居间，看到妻子从隔板上拿下旅行袋。

要干吗呢？风野觉得很纳闷。妻子拿着旅行袋，直奔二楼去了。

今天早晨，妻子擅自闯到衿子的公寓去，是令人惊讶的。假如风野从衿子那里晚出来一会儿，两人就撞个满怀了。

真要是发生这种情况，后果又会怎样呢……

要么两个女人会为是非对错而争斗和厮打，将风野弃置一旁。要么风野会成为两个女人的出气筒，被责骂一顿……只是简单想象一下，就会令人不寒而栗。

不管怎样，他没有经历那种争斗的场面，就是幸运的。风野歇了口气，点燃香烟。不一会儿，二楼响起凌乱的脚步声，妻子下楼来了。

风野定睛一看，妻子已经穿好外套，提着相当丰满的旅行袋，朝门口走去。

"喂……"风野急忙地招呼她。

妻子不答话，去了铺着三合土的房间。

"你要干吗？"

"今晚我不回来。"

妻子穿好鞋子，提起旅行袋。

"你要去哪儿？"

"去哪儿不行？"

"等等！孩子们怎么办？"

"已经跟她们说好了。"

"说好什么啦？"风野问道。

妻子置若罔闻，用力推开门。

"喂，等一等！"

风野还未说完，门"砰"地一声被关上了，妻子的身影一闪即逝。

到底想干吗呢？风野赶紧趿拉着凉鞋，追到外面，妻子已经沿着隔壁的院墙向前走了很远。

"喂……"

风野又喊了一次，便吞声了。大白天声嘶力竭地呼喊妻子，很不体面。附近分布着一些新建住宅，让人听到多不好。

"这家伙太任性……"

风野一边注视着妻子越来越远的背影，一边咂嘴。

"年纪那么大了，还这么歇斯底里，算了吧！"

风野有点怒不可遏，但知道自己有错在先，故不能随意发泄。

妻子去了哪儿了呢？既然拿着旅行袋走，不会在邻近一带，也许是很远的地方。或者是中野的姐姐那里，或者是仙台的老家。

下步怎么安排孩子们的生活呢？她们还没放寒假，还要按时上课。妻子一走了之，真不负责任。抑或是把妻子的去处告诉两个孩子，让她们在外头见面？

看今天这种架势，好像一时半会儿回不来。他自己也搞不清她的去处。

下步怎么办呢……

今天是周刊杂志的截稿日，根据眼下自己的精神状态，好像静不下心来写东西。他环视一下四周，感觉妻子离去的家里显得空荡荡的，没有生机。

"有什么可吃的东西吗……"风野肚子有点饿了。

他走进厨房，看了看电饭煲。电饭煲里空空如也，冰箱里也没有什么可吃的东西。也许妻子昨晚决定要离家，故意什么东西都不留下。

"糟啦……"

风野思忖实在不行，就再回到衿子那儿去。转念一想，如果真如妻子之前所说，衿子就不会让自己进她的房间。

衿子真的说过"连见都不想见"自己吗？也可能是你有来言我有去语，两人言辞激烈碰撞，衿子不由得走了嘴。不知到底是怎么回事儿。

妻子离开了，再被衿子嫌弃。难道真像梦中的场景那样，自己孤零零地被甩下吗？风野此刻认识到事情的严重性，但想不出可行的解决办法。

无奈，现在只有去办公室，坐等事态发展。风野拿定主意，上到二楼的书房，做好了外出的准备。

他离开家，坐电车来到办公室。计划伏案疾书，却沉不下心来。刚写了两三行，马上就停下手来，要么从窗户里看外面世界，要么烧水沏咖啡喝。还凭一时心血来潮往家里打电话，当然是无人接听。

在这之前，他往家中打电话，有时巴望妻子不在，而妻子接了，心情会变得郁闷。今天却不同。妻子不在，他显得坐立不安。

这么看来，到现在的忧郁也许是因为拥有妻子才表现出的一种作态。

假如妻子一直联系不上，那晚上怎么办呢？他自己一个人的事儿倒好说，必须要让孩子们吃饭。

风野思来想去，很快到了中午。没办法，他到外面吃了个荞麦面，回来继续伏案写作，但工作没有多少进展。

风野心不在焉地看了一会儿电视。电话铃响了。

他希望是妻子打来的，而抓起听筒来一听，是周刊杂志的编辑，催交手中的稿件。

"今天身体不好，请宽限一天！"

风野手持电话鞠躬，请求延长期限。

后来，电话铃又响了两遍。分别是出版社的编辑和以前所在公司的同事打来的，关键的妻子和衿子，谁也没有和他联系。

怎么办？风野陷入沉思，继而感到昏昏欲睡，不久便睡着了。醒来已是傍晚五点钟。

夜幕很快降临，街上的霓虹灯开始闪烁。

衿子下班的时间快到了。他本想在这之前与其通个电话，却又顾虑重重，怕这怕那。他点燃一支香烟，慢慢吸着，继而再次抓起电话往家里打，电话拨通了，大女儿的声音扑入耳廓。

"爸爸！你现在哪儿？"

"在办公室。你妈妈呢？"

"不在啊。她说今天有事儿，也许当天回不来。爸爸早点儿回来吧！"

"就你们两人在家吗？"

"对啦，妈妈留条子说：今晚吃寿司！刚才订了寿司。"

"还有条子吗？"

"就在我的桌子上。妈妈是出去办事儿了吗？"

这倒是风野想问的事儿。

"好，我马上就回家。"

不能把两个孩子扔在家里不管，只顾自己方便。目前要赶紧回家去照顾孩子，别无他法。

他从办公室径直回家，看到两个孩子正在吃外卖的寿司。他望着两个瘦小的身影并肩依偎着吃饭，突然觉得她们很可怜。

"妈妈去哪儿啦？"

"爸爸不知道吗？"

"不……"

如果说不知道，就会被孩子们瞎猜测，他赶紧打岔说：

"看样子寿司很好吃啊。爸爸也来一个吧。"

"可以啊。我现在给您泡茶。"

妻子不在，大女儿说话倒像个大人。她说完起身去了厨房。

吃罢晚饭，孩子们似乎忘记了母亲的缺席，看着电视嬉笑。

风野浏览晚报后，去了书房，工作压力在身，却不想伏案写作。查阅了一会儿资料，他下楼去探望两个孩子，姐妹俩仍在嬉笑着看电视。

"你们不学习吗？"

"……"

孩子们没说什么，眼睛也没离开荧屏。可能妻子不在，她们不习惯自觉上床睡觉。想训斥她们，又于心不忍。

"妈妈今晚不回来吗？"

小女儿扭过头来，冲风野问道。

"可能地方有点远。也许能回来，不知道啊。"

"明天吃饭怎么办？"

"有面包，没事儿。"

大女儿特意用很快活的口气说，表情却显得落寞。

妻子到底是想干什么？她把孩子们扔到一边，自己离去，也太不负责啦。风野虽然很生气，但也不无担忧：如果每天都这样，就只好认输了。

"这娘儿们太任性了！"

风野按捺住心中的怒火，坐下来翻看报纸。忽然，电话铃响了。

"啊，是妈妈……"

大女儿喊了一声，马上朝电话跑去。她哪来的灵感，怎么能猜测到是妻子？风野侧耳倾听，果然是妻子打来的。

"妈妈您在哪儿？"

"哦，是吗……"

妻子通过电话和孩子闲聊，无非是想打探家里的情况。

风野站起身，走到电话前。大女儿见状，对着听筒说：

"啊，现在爸爸在，让爸爸接吧。"

"等等……"

风野刚要接过听筒，大女儿又对着听筒反问：

"嗯，您说什么？……"

也许是妻子对丈夫接电话而说讨厌。

风野从女儿手上夺过电话，开口对妻子"喂……"了一声。

妻子沉默不语。

"喂，算了吧！"风野按捺住训斥妻子的情绪，耐心地等着妻子回答。可妻子并未吱声。孩子们在旁边有所担忧地注视着他。风野屏住气息，尽量用平静的声音问妻子：

"现在在哪儿？"

"……"

"你把孩子们扔到一边，想干吗！"

"这你甭管！"

"你说什么……"风野想要训斥她，好歹抑制住了心中的怒火。

如果吵起架来，比较难办的是风野。他即使生气也要采取低姿态，谦恭礼让地劝她回来，别无他法。

"你还是回来吧！"

风野尽管觉得窝火，却不由得苦苦恳求道。

"你真希望我回去吗？"

"当然。"

"真的认为自己做错了吗？"

"……"

"以后不再干这种事儿了吧？"

妻子连珠炮似的逼风野赔礼道歉，风野不好回答，只能含糊其词。

"真的道歉吗？"

"嗯……"

"那你说'对不起'。"

"回来后再说可以吧？"

"不，我要你现在就说。"

"现在……"

风野朝站在身旁的女儿使眼色，示意她们去起居间。她们离开后，风野把嘴紧贴在听筒上，轻声说道：

"对不起……"

"那我这就回去。"

"你现在哪儿？"

"东京。"

风野觉得好像中了妻子的圈套。但不管怎样，她答应回来，总算了却了自己的一桩心事。

一个小时后，妻子回来了。

在东京都内，一个小时就能回来，应该是去了不是多么远的地方。也许是去中野的姐姐那里。

风野觉得之前做事、吵嘴都有点过头，心里不禁产生一丝悔意。两个孩子高兴地一齐跑去门口迎接妈妈。

　　"哎呀，妈妈！"

　　"妈妈回来啦！"

　　两个孩子簇拥着妻子，风野赶紧把旅行袋接过来。

　　"妈妈累了吧？"

　　"妈妈不在家，我们很寂寞啊。"

　　孩子们劝慰妈妈并诉苦。妻子一边说"对不起"，一边抚摸两个孩子的头。

　　这要是自己离家出走归来，孩子们可能什么也不会说吧。

　　孩子们顶多边看电视，边问候一句："您回来啦。"

　　如此看来，妻子的做法确实太过分了，有点故弄玄虚。

　　风野吸着香烟，一句话也不说。妻子一手拉着一个孩子，进了起居间。

　　"妈妈吃过晚饭了吗？"

　　"吃过啦。我给你们带了特产。"

　　妻子从旅行袋里拿出两双带花卉图案的拖鞋，递给两个孩子。

　　明明是逃离家门，却自当作旅行回来。风野对此有些反感，装作什么也没看见的样子。这时小女儿跑过来教训爸爸：

　　"妈妈回来了，爸爸应该说'你回来啦'！"

　　风野竟被孩子教训，无可奈何地摇头叹息。妻子朝这边瞅了一眼。可能是要更换衣服，直接上二楼去了。

　　风野对妻子的逃离很窝火，为了孩子，不得不央求妻子先回家来。两人见面，无话可说，只有保持沉默。他无聊地坐下来看电视，妻子换上平时穿的毛衣和裙子，从二楼下来了。两个孩子仍像跟屁虫似的不离她左右。

"喂，阿圭，已经很晚了，睡觉吧！"

"妈妈，不会再出去了吧？"

"不出去啦。我会在的。"

"好。"

妈妈和女儿贴了贴脸。小女儿便慢慢解衣服扣子。风野感觉自己像是在观赏母爱题材的戏剧演出，"观赏者"很郁闷，"女演员"却很认真。

两个孩子仍要母亲陪伴。妻子便领着她们上二楼的房间去了。

风野目送她们上楼，心中暗暗思忖：孩子们睡觉去了，妻子或许会与自己一决输赢。孩子不在场，没有缓冲物，就要直接与妻子较量，到时候该说些什么呢？

妻子是故意逃离的，她应该先道歉。说一声"对不起"，他会愉快接受。她如果不道歉，采取"我是为你回来的"这种姿态，他也会冷酷地猛烈反击。

他已经在电话上向她道过一次歉，没必要再低头致歉了。

不多一会儿，妻子从二楼走下来，默默地开始叠两个女儿脱下来的衣服。

风野装作什么也没看见，低头望着已经读过一次的晚报。妻子打招呼说：

"我累了，先去休息了。"

"什么……"

风野抬起头来，看到妻子已起身迈步。

"喂……"风野想要叫住她，话到嘴边又咽下去了。

此刻把她叫回来，两个人面面相觑，也没什么特别要说的。说着说着，又会吵架，不必惹麻烦。

也许像这样停战对谁都好。风野尽管并不怯阵，但还是松了口气。

　　这场离家出走的骚动应当算平息了。明天，也许会因为其他的小纠纷再开战。

　　"结果就这样吗……"

　　风野嘟嚷完，脑海里又浮现出衿子的身影。

　　"她现在干吗呢……"

　　家里的战事得以平息，风野失落的情绪还没完全消除。

除夕

　　人在安定状态时，往往会产生一种负面情绪，觉得这种安定无聊和无趣。而在不安定的时候，会千方百计追求安定。一旦获得安定，又感觉不到安定带来的益处。

　　这种情况，如果说是人的任性，那就罢了。也许是类似于阴阳平衡之说。

　　如果人们得到安定后安于现状，人就会停留在这个阶段，不再进步。如果不忌讳居于不安定之中，心灵无暇得到慰藉，不仅不会进步，反而容易退步。

　　其要点好像是相互平衡。而在恋爱与爱情方面，未必总能保持平衡。不，在各种错综复杂的社会关系中，好像可以说，男女关系最难保持平衡。

　　很多男人认为结了婚，和妻子一起建立家庭，两者的关系就会安定，幸福就会降临。其实，很多男女未必能从中获得满足感。

　　尽管自己有老婆孩子，知道应维护家庭，但男人会无意识地把视线转移到其他女性身上。

　　与中意的女性相识，起先只是感觉不错，相互谈一谈，不久就想发生肉体关系。从精神方面不知不觉地向肉体方面加深，进而想在两个方面独占。站在家庭安定这一立场上看，男人明明知道危险，却去追求不安定。

当然，作为女性的妻子也是一样，本来有丈夫这一安定的对象，目光却会移向别的男性。身边的东西离得太近，往往看不见它的价值。或者说，这事没什么大不了的，因为夫或妻伴在身边，假面具才会摘掉。

　　近处的东西看着无趣，远处的东西看着美好，这是极其自然的事情，感情亦然。

　　这是人的深重罪孽，还是人的恶业呢？

　　人们追求不安定，往往是居于大致的安定之中。没有安定，却去追求不安定的情况，不太常见。就风野而言，也是在有了家的港湾之后，才想向外发展的。

　　妻子短时间地逃离家庭，让风野重新认识到安定的美好，但妻子一回到家来，他又想寻求不安定。

　　妻子逃离又归来，风野老实了一周。一周之后，他又开始试探着追求外面的美好。不，也可以说，从妻子回来的时候，风野就开始想念与衿子的风流韵事了。

　　家里的小骚动发生一周后，风野往衿子所在的公司打电话。

　　如果他往公寓里打，两人可以沉下心来谈话。正因为是这样，衿子也会率性而为，说不定又会吵起架来。之所以往公司里打，主要是考虑衿子周围有其他人在场，不便率性发作。他只是想试探一下她的态度。

　　衿子很快来接电话，一听到是风野的声音，就不吱声了。

　　"喂，是我。"

　　风野又说了一遍，衿子仍然不说话。

　　"生气了吗？"

　　"……"

　　"我想跟你见见面。"

"我现在很忙，对不起。"

电话被无情地挂断了。这也没办法。既然妻子掺和进来大闹了一通，衿子自然很生气。

风野对妻子是否真的去过衿子那里，一直将信将疑，现在根据衿子的应对情况，好像是去过。

要是真发生了那样的事情，衿子的情绪一时半会儿恢复不了……

在这之前，妻子与衿子只在电话上吵过几次架，见面对垒这是第一次。

想象一下，双方在电话上吵嘴，只闻其声，不见其面，倒还不算什么。假如两个人碰了面，唇枪舌剑地较量，后果肯定很严重。

根据刚才与衿子通话的情况，好像也不能肯定妻子找过衿子。

衿子的态度确实冷淡，不留情面，但也不像是暴怒或震怒。

当然，她身处工作的公司里，且身旁有人，不能畅所欲言。但也不是严厉拒绝的口气。

"现在很忙……"这话的意思是，如果不忙，还可以再多说几句。风野尽可能地宽慰自己，抱着和好如初的希望。

或许，只要自己真诚道歉，两人的关系还能恢复到从前的样子。

前些日子，风野还在为妻子逃离家庭而犯难，现在早把那件事抛到了九霄云外。再度追求衿子是他的第一要务。

连他自己都感到惊讶：这么快就"好了疮疤忘了疼"！对于这一点，靠理智或教养都不能拯救他。好像这个叫风野的人本身所具有的本能，把现实中的风野甩到一边，直接奔跑起来了。

第二天晚上，风野再次给衿子打电话。电话直接打到公寓，衿子马上就接了。

"干吗？"

衿子的声音依然很冷淡。

"我想看看你现在在干吗。"

风野把听筒换了换手，做了一个深呼吸后，意味深长地说。

"我想和你见见面，不行吗……"

"我跟你太太说过：我和你关系已经了断啦，请便吧！"

"这我知道。但这只是你们之间所谈，不代表我的意愿。"

"我说的是真心话。"

如果就此打住，两人的关系就完了。风野用力地握紧听筒，郑重地说道：

"不管怎样，想再见一次。求求你让我……"

预先并没想苦苦恳求，但在通话过程中，风野不自觉发出了这样的声音。

"喂，求求你！"

"我不愿再为这样的事争吵不休。"

"这我知道，知道。这次是没办法。都是我自己不好，什么也别说啦。真的想见到你。可以吧？"

"我累了。"

"就见几分钟。我这就过去啦。"

"不用来啊。"

"别这么说，我马上到。"

"……"

"好吧，行吧。"

风野重复此话时，电话已经挂断了。

风野一边往回放听筒，一边思忖：到底可不可以去呢？

衿子嘴上说不行，能感觉到她是在说气话。

当他说到"我马上到"，她就没再说话，而是把电话挂了。要是真的讨厌自己，她会斩钉截铁地说"不行"。她之所以默默地挂断电话，肯定存在默许的成分。

常言道：溺水者抓稻草。现在的风野，把一切都往好里想。

经常吵架的男女，假如在电话上或咖啡馆里一本正经地交谈，言归于好是很难的。

男女之间靠论理，论短长，未必能重归于好。感情问题是说不清、道不明的问题，仅靠讲道理，根本没用。风野在和衿子的长期交往中，真实地感受到了这一点。

他现在去衿子的公寓，并不是为了一本正经地辩解或说明原委。而是想见了面先低头认罪，然后紧紧地抱住她。

即使她违抗也没关系，就是要生抢硬夺。发生一次性关系要比辩解一百次更有说服力。

风野的这种观点也许会受到女性们的猛烈攻击。

她们会说女人不是纯粹的肉体性存在，女人也有理性和才智。

其实，这并不是单纯地亵渎女人。男人也会通过发生肉体关系而忘记先前的是非曲直。为了回避现实的纷争，有时也会沉迷于性。

八点稍多点，风野到了衿子的公寓。

他先按了下门铃，没有人从里面给开门。按了两次后，拧了拧门把手，门是开着的。风野默默地走进去，脱掉鞋子。

风野走到起居间，看到衿子在开着电视，读周刊杂志。

风野走过去，衿子却不把头转向这边。风野无奈，只得脱下外套，在衿子身旁坐下来。

"还生气吗？"

"不知道。"

当衿子转过脸的瞬间，风野冷不防地从一旁紧紧地抱住了衿子。

"讨厌……"

衿子想脱身，却难以遂愿，不由得手脚乱摆。风野不管三七二十一，硬把她抱到怀里，强行与其接吻。

"别这样……"

衿子猛烈地摇晃脑袋。风野的胳膊死死地钳住她，脸贴脸紧紧覆盖住她的嘴唇。

衿子拼命挣扎，风野拼命搂紧。如果两相脱离，和解的机会也许会就此消失。

既然奔跑起来，就不能再停止。尽管径直地全速前进。

风野这样说给自己听，从而把衿子搂得更紧，害得她快要骨折了。

只要身体和身体结合在一起，只属于两个人的时间又会悄悄地降临。

风野抱紧衿子，强行云雨。完事之后，他仰面朝天，微微地睁着眼睛。

衿子的内衣、外衣像散落的花瓣一般乱扔着，她脸朝下侧卧着身子，静静地闭着眼睛。风野看着她那瘠薄的肩头，脑海里思索以前做过的这样的事儿。

每当和衿子吵架，最后都是通过这样的生抢硬夺而和解。虽说是生抢硬夺，而本质上是一种爱的行为。无论开头多么凶暴，完事之后都充满柔情。

在历次以强迫手段获取原谅的过程中，衿子也复苏了温柔。

然而，只有这次例外，衿子抵抗的强烈程度前所未有，情感完全不为做爱所动。这也是她迄今为止最为持久的抵抗。

可能的原因，在于为何而吵架。了断关系的承诺促使她强烈地予以反抗。

衿子没有了力气，认输般地躺在那里。风野注视着迷蒙中的衿子，觉得很可爱。

"对不起……"

风野把手搭在脸朝下半伏卧的衿子肩头，轻声嘟囔道。

"请转过身来！"

风野欲用力扳过衿子的身子，衿子的上半身被拉了起来，风野的头凑上前去，把嘴唇贴近衿子耳旁。

"我喜欢你！"

衿子没说话，闭着眼睛像木偶一样任其所为。

"别再吵啦。"

"……"

"已经到年底啦。"

衿子的身体轻微地哆嗦了一下。

"怎样才会原谅我呢？"

"那你听我说吗？"衿子闭着眼睛开口道。

"当然。我什么都听。"

"我想在正月里和你一起去参拜一下。"

"去神社吗？"

"可是，您的时间不行啊。您要回老家吧？"

"我可以留在东京啊。"

迄今为止，风野没和衿子一起过过除夕。正月决定要回老家。

每年除夕，衿子总是一个人待在东京的公寓里度过。吃年底买下的东西，看稍有兴趣的电视节目。既没有要找的人，也没有要去的地方。独自倾听除夜的钟声，迎接元旦的到来。

她觉得与其轻率地回到父母身边去，让父母对自己发各种牢骚，还不如待在东京心里清静、自在。当然，一个人过年无疑是孤独和寂寞的。

而风野一直强调"老家的妈妈上年纪了，高中时代的老朋友也在等着，不能不回去啊。"

衿子对此一直谅解和忍耐，不提反对意见。风野想到这里，暗暗对自己说：今年除夕应该和她待在一起。

每年年底，风野的家属都要回水户的老家。一般是在十二月下旬的最后几天，时间约一个星期，正月五号前后回来。有时根据妻子或孩子们的情况多少做些调整。

"今年什么时候回老家？"

风野在孩子们放寒假前，向妻子发问道。

妻子看着挂历，好像有点不乐意去，反问道："还是要去吗？"

"那是啊。怎么？"

"每年都去，不得了吧？"

"妈妈期待见到孙女们，见到了很高兴。"

一家四口回家乡的消费，倒没什么了不起。回到老家，给妈妈或侄儿们零花钱，也是每年的习惯，可以说都是必要开支。

"不愿意去吗？"

"那倒不是……"

妻子俨然一副了无兴趣的表情。

"还是要去的。孩子们也期待着。"

"那你什么时候回去？"

"至于我嘛，年底还有工作。"

"我不愿领孩子先回去啊。我们到了，你没到，奶奶总说'光爸爸一个人忙工作，太可怜啦'。好像是我们闲着没事儿似的。"

"对这样的事儿，不用介意嘛。"

"对你来说，亲生的妈妈说啥都行。可我介意啊。新年还是待在东京的家里为好。"

妻子若无其事地随便一说，她好像受到了衿子之事的影响。

风野转过身子，问两个孩子说：

"你们放了假，要去奶奶那边吧？"

"学校到二十四号放假，二十六号去好吗？"

小女儿直率地点头应承。大女儿却说：

"我二十七号有告别会，在这之后才能去。"

大女儿已上到中学三年级。也许到了这个年龄，对回到只有新鲜空气和宽敞院落的老家，已提不起兴趣。

"奶奶会做好吃的等着你们，你们尽量早点儿去。"

"爸爸你什么时候去呢？"

"爸爸有工作，需稍晚一点儿过去。"

"妈妈说你要是手头有工作，可以从水户直接过去嘛。"

"别开玩笑。从那么远的地方怎么能直接过去呢？"

妻子好像跟孩子们谈起过这件事儿。既然是这样，就走一步看一步吧。要是妻子不愿意回老家，自己就一个人回水户去，三十一号再悄悄溜回来。

说自己在年底忙什么工作好呢？

与杂志有关的工作，到二十七八号就得完工。出版社和印刷厂新年期间都放假，到一月五号也没有人上班。妻子是知道这些的。

应当找个无可辩驳的理由：年底到正月期间有采访任务。

但是，除夕到新年期间，营业的公司很少，工作的人数也有限。在风野以往的工作中，未在此时段做过采访，公司也不可能安排他去做。

然而，风野已与衿子约好一起过新年。

风野感到困惑和沮丧，继而又想出了一种策略。

那就是找个"年底至正月到京都的街面上进行采访"的借口。

除夕到新年期间，京都的街道热闹非凡，足以成为采访对象。这时段，伴随着知恩院等各寺院撞响的钟声，新年后初次参拜的客人便朝八坂神社或平安神宫蜂拥而来。特别是八坂神社的苍术火祭仪式，祇园街的艺伎们也会跑来参拜，且从三号开始作巡回演出和首次练功仪式。

京都新年的街道，即使临街的店铺歇业，也是一幅壮丽的画卷。说去那里做必要的采访，家人就不会怀疑。

话是这么说，家人若问采访什么内容，也不好回答。

不过，妻子并不十分了解风野所写的东西。登着风野撰写文章的杂志，会准时送到家里来，妻子想看随时能看，但她好像对此并不热心。即使她见不到京都采访报道，对此不闻不问就没事儿。

可问题是说住在哪儿。妻子一定会像往常一样问自己所住的旅馆名字。只能推说年底到新年，京都的旅馆特别忙，旅客爆满，不知会住到哪里。

看来，与其勉强地把妻子和孩子们撵到乡下去，还不如从开始就说除夕到新年需外出采访。这样，孩子们能理解，他的心情也会愉快。

风野对自己的妙想感到满意，而事情的发展并不那么顺利。

二十五号，是孩子们上课结束的第二天，风野用略显困窘的表情告诉妻子说：

"从年底到新年这段时间，我要去京都采访。"

风野解释说：K社要做个标题为《日本的新年》的专刊，他要参加采访。

"你为何要做这件事儿呢？"

"不为何，人家让我做。"

"可是你原先并没做过这样的工作嘛。"

"人家让我做，没做过也要做。也借此看看正月的京都。"

"那也带着我们去吧。"妻子泰然自若地说。

风野赶忙摇头：

"我是去工作，家属跟着可不合适啊。"

"不要紧。你工作时，我们只在旁边看，决不打扰你。"

"新年也没什么奇特之处可看。"

"就是到神社或寺院转转也行嘛。"

"到了那儿，也没地方住。"

"你会住哪儿？"

"就我一个人，关键时刻可以住商用旅馆或小旅店。"

"我们也可以住那样的地方啊。"

"我认为你们还是回老家好。"

妻子重新在椅子上坐定，突然又开口说：

"你该不是又想做上次那样的事儿吧？"

"上次……"

"说是去大阪工作，其实是跟她一起逛京都。"妻子的目光像警察一样敏锐，"你在想什么、打算做什么，我全都能知道。"

风野悄悄地转过脸去，妻子又说道：

"别太瞧不起人！"

她撂下这句话，来了个急转身，直奔二楼去了。

风野仰望着楼梯，不由得叹了口气。

妻子对他十分怀疑。也许他不应该拐弯抹角，干脆直率地说他年底有工作，让她们先回老家！

事已至此，他已经说了年底在京都有工作，不能不去做了。如果中途变更，就相当于招认自己在撒谎。

"既然说到这里了，只有坚持说采访，没有办法。"

风野这样对自己说，但内心并没有多少自信。

二十五号之后，孩子们都放了假。她们似乎都有被解放的情绪，整日去外面玩耍。风野待在家里，除了吃饭时间之外，几乎听不到孩子们的声音。

往年到了二十七八号，孩子们就会说"我们马上要去奶奶那里"，或者问"爸爸什么时候去"。今年却好像忘记了此事一般，什么也没说。

到了二十九号，孩子们仍没说话，风野有点沉不住气了。

下午时分，风野听见走廊上有小女儿的声音，便把她叫到书房问道：

"你们什么时候去奶奶那里？"

"说是今年不去嘛。"

"什么？"

"妈妈说，只爸爸一个人留下来工作太可怜，大家都留下来，新年后再去奶奶那里。"

"不用管爸爸的事儿，你们马上去吧！"

"可以去吗？"

"当然。否则，奶奶就太可怜啦。"

"你就跟妈妈那么说。"

"得爸爸你说！"

斥责孩子没用，妻子的做法确实阴险。表面上是同情丈夫，实际上是故意使人不痛快。

风野心里感到窝火，但明白生气是没用的。

风野只能忍着。晚上孩子们睡觉之后，他质问妻子：

"你跟孩子们说不回老家？"

"这样好啊。"

"你上次不是说你们要去吗？"

"你在工作，光我们去玩，多不好意思啊。"

"别瞎说！"

"瞎说什么呀！"

"还是及早去好。我妈也高兴地等着你们。去老家过新年是孝敬父母。"

"……"

"可以吧？明白了吧？"

妻子把头转向一边，不说话。结婚十五年来，妻子变得一年比一年倔强。起先还只是直率一些，现在是天不怕地不怕。

风野对妻子的执拗感到惊讶。妻子变成这样，自己好像也有一部分责任。

　

年底的工作，实际在二十九号就完结了。到了晚上，风野和编辑们约定举行收工宴会并打麻将。

五点多钟，他们去了新桥一家熟悉的饭馆，简单地喝酒、用餐，都是些对脾气的伙伴。故风野告知大伙：他将以新年期间去京都采访旅行的名义躲藏起来。

"我藏匿起来，如果有什么事儿时，还请大家多关照！"

既然妻子怀疑他，他就要仰赖大家的协助，别无他法。

"一般是没事儿的。"

编辑部主任小田担心地歪着头思索。

"除夕丈夫不见了，可不一般啊。"

"所以请大家给出个主意。"

"要是那样，太太就太可怜啦。"

"喂！你站在哪一边？"

坐席上爆发出一阵欢笑，有不少人同情他的妻子。

"风野先生说情人孤单，这从某个角度看，是没办法的事嘛。"

"在哪一方的家里过年，确实是个棘手的问题啊。"

有个叫岸田的编辑，最近在外面找了个喜欢的女性。他正在认真思考并与己相对照。

"总之，要是人人问，就统一说话口径：风野到京都采访去了。"

"反正新年是休假时间嘛。"

"不，提防过后有人突然问这事。"

"那能说'风野先生一直泡在情人那儿'吗？"

"哎呀……"

"如果他去外面走动不留神，被发现了可就麻烦啦。"

"跟她睡两年挺潇洒啊。"小田开着玩笑说。

这些伙伴现在是风野唯一的依靠。

"麻将可要多输给我们呀。"

他们一边打趣地说这说那，一边上到二楼，坐下来打麻将。

风野没怎么输，只是担心新年的事儿而不能全身心投入。

今天已经是二十九号了，妻子却丝毫没有要外出的样子。她是打算这么拖着不去水户，留在东京吗？他那么强调，她却消极对抗，真是厚脸皮！想着想着，他不觉生起气来，麻将的打法也变得强硬，最后又放冲了。

结果那天晚上输掉了近三万日元，凌晨四点才收盘。

无论妻子采取什么态度，风野都打算在三十一号出行。要是妻子和孩子们不回老家，就随他们的便。

风野拿定主意，回到家，时间是凌晨五点多一点。他钻进被窝，很快就睡了过去。醒来一看表，已是十一点钟。

风野睡得很熟，似乎已消除了疲劳，但不愿马上起来。

从楼下传来孩子们的说话声和电视机的响声。风野又迷迷糊糊地躺了一会儿。突然，小女儿进房间来了。她身着外套，帽子拿在手中。

"爸爸，我们要出门啦。"

"去哪儿？"

"去奶奶那儿。饭在桌子上放着，你一个人吃吧。"

"真的要去水户吗？"

"对，乘一点半的快车去。"

这件事儿一直未听妻子提起，风野感到意外，他急忙穿衣下楼，妻子正冲着镜子整理发型，准备外出。

"喂，你们要去哪儿？"

妻子不看风野，脸孔仍冲着镜子，不无意味地说：

"妨碍你的事儿，我们走。"

"什么时候决定的？"

"昨天。奶奶来过电话，我们就决定去了。"

"要去就去，应提前打个招呼嘛。"

"本想昨晚告诉你来着，你不是早晨才回家嘛。看样子一时半会儿也起不了床。"

话已至此，也怪他自己躺着懒床，幸亏孩子跑来叫醒他。妻女要回老家，把自己扔下不管，太过分了！

"那我们走啦。"

妻子整理完发型，回到起居间，检查带走的行李。

"你是明天去京都吧？"

"哎！……"

"那你好自为之吧！孩子们，咱们走。"

妻子牵起孩子的手，小女儿担心地望着风野说：

"爸爸，工作结束了，马上就来吧！"

小女儿可能觉得有点不好意思，说完穿上鞋，挥着手喊了声"拜拜"，开门离去了。

风野突然有种被甩下的感觉。但不管怎样，他可以按自己的意愿行事了。

风野叹了一口气，独自走向餐厅。餐桌上放着两个饭团，还有鲑鱼块和咸菜。他没有食欲，只大口吃了一个饭团，就了点咸菜。

好像妻子出门前一直显得不高兴。

风野体验到了妻女不在身旁的解脱感，开始给衿子打电话。

"你在干吗？"

"大扫除呢。公寓虽小，年底要做一次大扫除。"

"我过去帮忙吧？"

"还是要会面啊。"

"什么？"

"如果明天没时间，那就今天过来吧。"

"今天开始就有时间啦……"

风野说到半截，觉得一下子说出全部原委有点可惜，就不再往下说了。

"就想除夕和你好好待在一起，你放心吧！"

风野把餐桌上的东西收拾好，把想在正月里读的书塞进手提包，开始锁门窗。他先锁上窗户，关上防雨窗，接着把空水桶放在信箱下面，并写了一张纸条，告知邮递员把信箱盛不下的信件放到桶里边。

他锁好门窗，熄了灯，关掉暖气。最近几天家里没人，必须慎重地处置家里的一切。

风野又环视了一遍光线变暗的家，从侧门走到外面。他回头重新审视时，方遗憾自己关着防雨窗的家，门前没挂有装饰新年伊始、取意吉祥的稻草绳。

"这是个缺乏情趣的家……"

风野和妻子不和睦的状态，也能从家的装饰上表现出来。但眼下风野的心情很爽快，觉得自由自在，精神振奋。

风野吹着口哨儿，去了衿子的公寓。衿子身着毛衣和牛仔裤，手持吸尘器清理室内卫生。她可能已经把隔板到壁橱里外都整理过了，厨房和起居间的角落里杂乱无章地堆放着啤酒瓶和瓦楞纸箱。

"喂，你把这个放到壁橱里面！"衿子指着瓦楞纸箱对风野说。

风野刚关上壁橱门，衿子又让他去扔垃圾，还要他帮着擦洗桌子或橱柜表面。

"年底帮帮我可真好。你在家里什么时候都干吧？"

"没有那回事儿。"

"贵府的大扫除已经结束了吧？"

"不知道啊。"

"明天你真的和我一起过年吗？"

"当然。不是说好的嘛。"

衿子半信半疑，她瞥了风野一眼，然后以征询的口吻说：

"那可以准备年节菜和煮年糕了吧？"

"当然。你多做点好吃的！"

"你们家过年准备什么？"

"都是普通的、常见的东西。"

"煮年糕做关东风味的，行吧？"

"什么风味都行，你随便做吧！"

衿子一直以来都是独自在东京过年，对于和风野一起过除夕，好像感到有些不适应。

"你能在这儿待到什么时候？"

"三号有个地方要去一下，三号之前都可以待在这儿。"

"从明天到三号，我们可以待在一起啦。"

"不是从明天，而是从现在。"

"太高兴啦。"

衿子猛地一下把吸尘器扔到旁边，伸出双臂紧紧抱住风野。

"怎么啦，怎么啦？"

风野一边拍打衿子的肩膀，一边迎合衿子的拥抱。

不过是从年底待到正月三号，衿子就这么高兴。

这要是妻子，会用那种理所当然的表情，漠视一切。不会表现出任何感激之情，甚至会觉得自己待在家里有碍她的风景：正月里你闲来没事儿，还不出去找个地方走走！

同样都是女人，怎么会有那么大差异呢？尽管妻子和情人不同，但高兴的样子，不应有这么大的差异。

风野松开衿子，拿起剩下的瓦楞纸箱。

"喂！我再把这些东西给收拾好。"

风野在家里从没这么勤快地干过活儿，但现在快乐得浑身是劲儿。

结束了室内大扫除，风野休息了片刻，尔后来到新宿。与原所在公司的三个同事聚餐，作为简单的忘年会。

他们汇合在西口的咖啡馆，再去到附近的小餐馆，在那里转悠着喝酒。最后又转到厚生年金会馆附近的小饭馆。当风野回到衿子那里时，已经是夜里一点钟了。

衿子已经躺在被窝里，见风野回来，就穿着睡袍起来了。

"真的回来啦！"

"当然，我说过陪你嘛。"

也是因为喝醉了酒，风野脱掉衣服，直接钻进了暖和的被窝。

"要一直待在这儿嘛！"

风野嘟囔了一句提高对方情绪的话，马上就睡着了。

第二天上午十点多钟，风野醒了过来，衿子早已起床了，正在厨房里干活儿。

风野走进厨房，看到菜板上放着海带，一旁的锅在冒着热气，散发着诱人的香味。

"哎，别动那个东西！我要做海带卷。"

"会做那样的东西吗？"

"当然。虽然到目前还没做给人吃过，只是没去做而已。"

风野似乎有意外的发现。因为迄今为止，两人没一起过过年，也难怪自己不知道。

衿子也煮了黑豆，风野捏起来一尝，很好吃。

"晚上要东西配齐的。"

衿子说完，急急忙忙地跑出去买东西。买完东西回来又赶紧切萝卜，剥虾皮。还跑到浴室试洗澡水温度。事情做得有条不紊。

风野躺在沙发上看书，还时不时地瞅瞅辛勤劳作的衿子。

衿子有时回望着风野笑笑，并不断地跑过来斟茶、倒咖啡。

时间很快到了下午。衿子问风野道：

"你不回家行吗？"

"没关系啊。"

"你家里人不找你吗？"

"她们今天都回老家啦。"

"她们都回去了，你不回去行吗？你妈在等你吧？"

"再过几天，到一月底前后，我独自回去一趟。"

"这样有点对不起你妈！"

衿子用十分沉静的口吻说。好像没觉得对妻子有亏欠之处。

到了傍晚，风野又和衿子一起外出买东西。

到了站前的商店街，看到人山人海，走路都挤不动。各家店铺都因为今天就要歇业，大声地呼唤客人进店购物。

衿子好像还有很多东西要买：除夕吃的荞麦面条和蒸鸡蛋羹的材料，还有年糕、干青鱼子等等。风野陪着她一起买，很多东西也不懂。姑且两人分头行动，风野负责去买新年挂在门前取意吉利的稻草绳，三十分钟后在站前的咖啡馆里再碰头。

最近住公寓的人多了起来，而买松枝的人数却大为减少。过年至少要装饰点稻草绳。风野便到站前广场的小摊上买稻草绳或小松枝。

"光这个就行吗？"卖货的人问风野。

此刻风野想起了在生田的家。

自己家是独门独院，过年却连一个稻草绳都没装饰。风野思忖：不行现在就买一个，跑回家里去装上。又担心衿子知道此事，会不高兴，还是不惹事为好。再说，妻子什么都没想装，也不必非去装。

风野买了稻草绳和小松枝，如约去站前的咖啡馆。

离约定时间还早，衿子还没到。各家店里都很拥挤，看样要花很多时间。

风野坐下来，点了咖啡，一边吸烟，一边透过玻璃窗观望来来往往的行人。

年前购物者果然以家庭主妇为主，间有中年男性掺杂其中。也有手拉手亲热相拥的年轻夫妇。风野看着他们，不由得想起了远在水户的老家。

也不知妻子和孩子们现在在干吗……

每年除夕，除了妈妈和弟弟两口子以外，风野的家眷和姐姐的家眷一应聚齐，十余人热热闹闹地凑在老家过年。妈妈喜欢家人团圆的氛围，除夕之夜拼命地做菜、加菜。

也许此刻妈妈正在切萝卜做醋拌萝卜丝或者品尝甘露煮小鱼的味道。妻子一定会帮忙，两个姑娘也会打下手。或许姐妹俩会被打发出去跑腿儿买东西。

"爸爸要是现在来就好啦。"也许此刻小女儿正在对妈妈这么说。

风野想着这个场景，涌起了想往老家打电话的念头，便快步走到收银台旁的公共电话前。

"喂……"

小女儿接的电话，并马上猜出打电话的是爸爸。

"哎呀，爸爸，你在哪儿？"

"在京都。"

"快来水户吧！大家都等着您。马上让妈妈接电话。"

"不用了……"

风野只想对自己的妈妈说暂时去不了，感到抱歉，并不想与妻子说什么，但好像孩子马上呼喊妻子了。不一会儿，听筒中传来妻子的声音。

"怎么啦？"

"没怎么，我想询问你们的情况呢。"

"你妈妈觉得很遗憾啊。你现在哪儿？"

"肯定是京都嘛。"

"用公共电话打的吗？"

"唉，离得远，打电话得多花钱啊。"

因为撒谎往往会多说些话，妻子敏锐地觉察到这一点。

"这么晚了，还跑到外面打电话……"

"是从四条的咖啡馆里打的。外面相当冷啊。"

"这边天气晴朗。不是多么冷啊。"

不能再说了，话说多了，谎言就会败露。

"喊一下妈妈接电话吧！"

"妈妈现在外出买东西去了，晚上再打电话联系吧！"

"好的，就这样。"

"你什么时候来这边？"

"我想三号就能去。"

"还没定旅馆吧？"

"还没有，因为客人很多……"

风野说到这里，衿子推开玻璃门，走进来了。

"那我挂啦……"

风野急忙挂断电话。衿子拿着一个大纸袋，走了过来。

"往哪儿打电话？"

"朋友那儿。"

衿子没再说什么，在风野等她的包厢里坐了下来。

"人真多，东西很难买。买了这些，一个正月生活没问题啦。"

"不用再去外面购物了吗？"

"对。正月里要把你一直关在家里。"

衿子边说边恶作剧般地眨眨眼睛。

风野似乎感觉自己再次被衿子布下的罗网所笼罩。

之前他患感冒卧床不起时，也产生过这种念头，并想从第二天开始摆脱这种笼罩。

而一旦摆脱了笼罩，心里又怀念那种被禁闭的状态，意欲钻回那张网中。当下他又产生了坠入网中的惴惴不安。

　　与之相同的情况，也发生在与妻子的相处中。妻子在家时，自己觉得郁闷，巴望她走得远点，以自由自在。而妻子一旦不在家，又觉得家庭失去了重心，生活没有依靠。

　　这些意念是反复出现的。当再次与妻子待在一起，马上又会厌腻，立即就想摆脱。

　　风野越发弄不明白：自己到底是怎么回事呢？只是可以明确地说，自己一旦进入或被推入某种既定状态，很快就会感到苦闷，不能长久地待下去。

　　这些意念，就像被海浪涌动的海藻一样，飘忽不定。风野也曾怀疑男人是否都如此，是否有的男人会停留在某一点上，并享受其中。

　　风野周围的男性，都有摆脱妻子笼罩的愿望。喝醉酒时讲真话，纷纷诉说不愿意待在家里与妻子相处。

　　而实际上，他们都按时下班回家里，第二天早晨又若无其事地离开。

　　是他们不得已而为之，还是自身缺少反抗的定力呢？不管怎样，世上的男性都对现状相当不满，这一点确凿无疑。他们只要有钱、有空闲，就会去冒险，这也是不争的事实。

　　冒险归冒险，他们是否具有不间断冒险的斗志，则是另一个问题。

　　男人为何不能安定在某一状态呢？像女人那样安于现状，一味地守着家呢？难道这是男人的天生特质吗？越想越弄不明白了。

　　"真是荒唐……"

　　当风野情不自禁地嘟囔时，衿子开始往桌子上摆菜。风野从未见过衿子动作如此轻柔，神情如此喜悦。

衿子的公寓里除了有成套的简洁家具，另外还有被炉。

当下被炉的桌面上放满了菜。除了衿子亲手制作的甘露煮小鱼和海带卷，还有甜食、鱼糕和虾等年节套菜，以及衿子为风野特制的蒸鸡蛋羹。

"哎呀，菜上全啦。你肚子饿了吧？"

"我在闻着香味，耐心等着。"

从开始备菜，到菜肴上桌，再加上买东西的时间，至少隔了五个小时。

"你喝什么？"

"今天是除夕，还是喝酒吧。"

"那我马上烫酒。"

衿子又去了厨房，把酒壶放进盛有热水的铁壶里。

衿子今天穿着黑色的套头毛线衣和长裙，不能说形体有多美，但向后凸起的臀部让人觉得可爱。

等喝完酒，吃完除夕该吃的荞麦面条，就去尽情抚摸这可爱的臀部吧。风野一边这样想，一边打开电视开关。

荧屏上正播放七点的新闻节目，各地街市繁华的新年气象映入眼帘。

和往年一样，电视上播音员在倒计时报告着新年到来的时间，再过几个小时，今年就结束了。

从今天到明天，地球还是像往常一样地转动，播音员却把今晚说得特别夸张，让人听来觉得有点荒唐。

"喂，你还是换件衣服吧。换了也暖和。"衿子对风野说。

风野穿上了放在大衣柜抽屉里的羊毛内衣。

"酒烫好了。"

衿子用一只手捏着烫热的酒壶，轻轻放到被炉上。

"先由我来斟。"

两个人在被炉前相向而坐。衿子先给风野斟酒，风野接过酒壶又给衿子斟。两人各自端起酒水满满的酒杯，轻轻地碰了碰。

"怎么说好呢？"

"托您的福，今年一年很顺利，明年也请多关照！"

衿子一本正经地说着，并欠身向风野鞠躬。

按理来说，两人应该很饿，但风野看到被炉上摆着那么多好吃的东西，却觉得有饱感。再说酒好喝，不由得开怀畅饮起来。

"喂，好不容易做的，多吃点儿！"

风野先从蒸鸡蛋羹下手。

"嗯，很好吃。"

"我会做菜，你知道吗？"

"知道啊。而且水平不得了。"

"比你太太好吗？"

风野听她提起了妻子，便皱起眉头。衿子却兴高采烈地说：

"从今天开始，一直吃我做的饭菜。"

吃衿子的饭菜，意味着要一直被关在衿子的公寓里。

"换个频道好吗？"

衿子转换了一下频道，荧屏上呈现出"除夕例行唱片大奖赛"颁奖的场面。两人一边饶有兴趣地看电视，一边你给我斟、我给你斟地尽情喝酒。

酒喝了三壶，风野渐渐觉得醉意朦胧了。

"吃荞面好吗？除夕吃荞面的寓意是永远长寿。但愿我们的关系也会像荞面那样一直延续下去。"

衿子一边小声嘟囔，一边盛面。这是素汤荞麦面，汁液中有墨鱼汤汁，味道很好。

"再多吃点儿！"

"不，我已经饱了。"

酒已喝足，再吃年节菜和荞麦面，风野感到很饱了。

"快要到红白电视节目时间啦。"

衿子转换了一下电视频道，红白双方 PK 的歌手正好入场。

衿子麻利地撤下了桌上的餐具，并把剩下的食品集中放到被炉上。

风野感到醉意朦胧和腹中满满，便在地毯上躺了下来。衿子拿来枕头，递给风野，自己也在旁边躺了下来。

屏幕上白组的第一个年轻男歌手开始唱歌。

"过这样无忧无虑的除夕，这是第一次啊。"

惬意和醉意让衿子面色红润地微笑着。风野点点头，表示同感，继而想起了老家那边的此时此刻。

一年一度的除夕红白节目开始时，家人已吃完饭，大家围坐在电视机前，饶有兴趣地观看此档节目。妻子和孩子们激动的笑脸浮现在风野的脑海，他为自己远离家人陪情妇过年，而略感不安。

风野看了一会儿红白节目，睡意袭上身来。也许是因为喝醉了酒，一天的疲劳也涌了出来。不！不应说是一天的疲劳，应该说是一年的疲劳。

他把身子从地毯移到沙发上，平躺着。衿子拿来了毛毯，给他盖到身上。

"睡觉吗？"

"不，打打盹。"

"初夜的钟声响了，咱们去参拜吧。"

"去哪儿……"

"还是去明治神宫比较好。通那儿的电车今夜一直跑。"

迄今为止，风野从未和衿子一起和着初夜的钟声，去神社参拜。之前就是同去参拜，也是在二号或三号。

"抓紧时间休息一下吧，因为你是老头啦。"

风野没搭话，仍睡眼蒙眬地瞅着电视画面。衿子开始收拾碗筷。

衿子在厨房里洗盘子，听到喜欢的歌手要登台演唱，就停住手，跑过来看电视。歌曲终了再跑回厨房。她好像依然喜欢腿长的年轻男歌手。风野佯装对竞歌节目不感兴趣，只在年轻的女歌手出来亮相时，睁开眼睛看一看。

根据中场的竞技结果，好像白组占优，次场的竞技却是红组领先。最终红组成功地甩开对手而获得了胜利。

"怎么会是这结果啊，还是男组唱得好。"

衿子认真地反对评判结果。风野置若罔闻，仍迷迷糊糊地待着，不说话。

他尚在浅醉之中有种倦怠的惬意。

之前待在衿子这里，时不时担心家里的情况，但此刻没有这种担心。

也许妻子和孩子不在东京而远离自己，给风野带来了难得的平静。

如果时间静止就好了，风野内心这样期盼着。荧屏上播音员在为新年的到来倒计时报数，说"再过十分钟，今年就结束了。"画面展示着各地迎接新年的热闹景象。

首先映出京都的知恩院和八坂神，接着镜头转移到雪中的永平寺。

"过去的一年，给我们留下了各种回忆，喜悦、痛苦……"

可能是出于对过去一年的惜别，播音员的感情投入越发深切，语调显得越发激扬。

"新的一年马上就要开始啦!"

伴随着播音员激昂的声音,响起了除夕夜的钟声。

好像专门利用这一瞬间似的,电话铃响了起米。

除夕之夜的此时此刻,谁打来电话呢⋯⋯

一直无忧无虑、欢喜有加的衿子,顿时变得表情僵硬起来,她大为惊恐地注视着电话。

铃声响到第七次时,衿子才慢慢地伸出手,抓起听筒来。

"喂⋯⋯"

也许是心理作用,衿子的声音微微发颤。

"喂⋯⋯"

衿子又喊了一遍,好像对方仍未答话。衿子一直把听筒按在耳朵上,过了一会儿,才满腹狐疑地放下听筒。

"那边不说话。"

风野没接话茬,聚精会神地瞅着电视画面,画面镜头已从雪中的永平寺移到了平泉的中尊寺。

"真是讨厌啊⋯⋯"

衿子变得不高兴了。风野为安抚衿子,故意岔开话题,向衿子建议道:

"咱们去神社参拜吧。"

"这就去吗?"

"那就把一年的不祥都祓除吧。"

衿子似乎心有余悸,不久站起身来,开始做外出准备。

风野脱下和服,换上便服,心里在疑惑刚才的电话。

虽然衿子嘴里没说什么,但她认为这个电话是妻子打来的。

果真是这样吗?不应妄下结论。衿子以沉默抗议,反倒让他想起妻子和孩子。

也可能是老家的亲人们去神社参拜过后，妻子没事才打来的吧。

风野换上便服，吸着香烟，等衿子穿好了外套。

"让您久等啦！"

风野又在毛衣上面围上围巾，穿上外套。然后两人走出了公寓。

浩瀚的夜空中，既没有月亮，也没有星星。三三两两相互为伴的人影，沿着夜幕下的马路，走向车站。这大多是前往神社参拜的人。

"和你一起去参拜，真的还是第一次。"

"是吧。"

"今年好像有好事儿啊。"

衿子似乎忘记了刚才电话的事儿，心情很好。

"外面不太冷啊。"

"哎……"风野应声附和。

夜空中传来了除夕夜的钟声。

风野边走边静听着衿子脚底摩擦路面的沙沙声，不禁想起了除夕夜钟声携带着消除一百零八种烦恼的祈祷。

他没有耐性的烦恼和彷徨到底持续到何时呢？何时才会消失殆尽呢？今年他可能还会在妻子和衿子之间左右摇摆，并在烦恼和彷徨之中持续地挣扎下去吧……

钟声在夜风中回响，好像要荡涤风野的灵魂，清除风野的烦恼。

一瞬间，风野像个受到斥责的孩子一般缩起脖子，竖起外套的领子，伴着模糊不清的黑色人影，朝车站方向加快了步伐。

译后记

　　《背叛》是作者二十世纪八十年代创作的一部情爱题材的长篇小说，由上下两卷构成，是一部构思奇特、悬念迭起、剧情曲折、别有洞天的情爱长卷。作品以自然流畅的笔触，对峙地描绘出风野与妻子、与情人对垒搏杀以及两个女人争风吃醋的碰撞场景，以妙趣横生的场面设计、形象逼真的人物塑造和节奏紧凑的时间规划，立体地展现出风野与妻子、情人所处的三角关系及其各自的生活窘态和情感世界，深刻地凸现出男人的孤寂与苟且……

　　四十多岁的风野克男曾在某公司工作，后成为自由撰稿人。他与公司职员矢嶋衿子发展婚外情，维持了五年关系。他认为这是自己人生中最后一次恋爱，无论遇到何种波折都绝不舍弃。而每当风野在外过夜或夜半回家，其妻子就在挂历上做记号。当妻子察觉到风野在外金屋藏娇后，妒火中烧，却又苦于抓不到确凿证据，显得无可奈何，不得不与风野陷入冷战之中。衿子与风野频频幽会，且对其家庭的存在充满妒意，总想着独占对方。风野时常与妻子或情人争吵，却巧妙地周旋于两者之间，且在情感的漩涡里痛苦挣扎，不想放弃任何一方。妻子想从衿子那里夺回丈夫，而衿子则想让风野脱离家庭，两个女人你争我夺，互不妥协，均难以如愿。风野横亘在妻子和情人之间，昂然屹立，岿然不动，小心翼翼地维系着各自的关系，不让天平倾向任何一方，使三角关系得以稳定地延续……

家庭是避风港，乃栖息之地，男女之间有亲情，未必有爱。男人回到家中轻松自在，却未必能得到性与爱的滋润与刺激。情人的怀抱乃温柔之乡，难现于光天化日之下，却能使男人尽情地享受妻子不能给予的情爱与甜蜜，并浸淫其中，流连忘返。因此，男人既不想抛弃家庭，也不想舍弃情人，而是想方设法同时占有，为己所用。男人厌恶妻子絮叨，却不想舍弃生活上得到的关照。情人的相逼常令男人苦恼、困惑，而其特有的温存和柔情，却又让男人欲罢不能，难舍难弃……男人往往会拜倒在情人的石榴裙下，却不舍弃家庭……

　　著名评论家秋山骏指出，本作品没用过一个"婚外情"或"婚外恋"的字句，却能在这种三角关系的纠葛中，展现出丈夫、情人和妻子各自的孤独。这种孤独，正是现今的生存状况所强加于我们的孤独。在物质极大丰富、生活节奏加快的当今社会里，人们的日常生活变得舒适、便利，而互助关系却发生了根本性的变化，人际关系随之变得微妙、乖戾，世态炎凉、情感淡漠、互不关心成为常态，人们的精神陷入孤寂之中……为拯救自我、驱除孤寂，男人会自觉不自觉地投向情人怀抱，寻求慰藉和解脱……

　　本作品以简洁、流畅的笔法勾勒出三角恋情的现实舞台，每每用直白的对话和简练的描述展现矛盾冲突，悬念连绵，高潮迭起，峰回路转，柳暗花明……体现着作者信手拈来、任意挥洒的创作技巧和纵横开阖、气象万千的鬼斧神工。洋溢着浪漫的现代气息和鲜明的时代特征，多层次地折射出物质文明背景下，人们对情感的渴求与捍卫以及由此给家庭、社会及自身所带来的各种影响。作者以除夕夜的钟声催人彻悟：什么是爱，怎样追求爱，怎样超度人生和情感世界。作品立意新颖，意蕴绵长，令读者展开无尽的联想和悠远的遐思……

《背叛》由日本著名出版社新潮社一九八七年十月二十五日初版发行。本书则取自一九八九年十一月十五日发行的第十三次印刷本。

译者于 2015 年 10 月